Dörte von Westernhagen

Und also lieb ich mein Verderben

WALLSTEIN VERLAG

Das Fest

Unschlüssig, ob er Geselligkeit suchen oder den Abend mit den Briefen und dem Porträt der Prinzessin verbringen soll, steht Königsmarck vor dem Hofmarschallhaus. Fackeln beleuchten den palastartigen Bau, der den westlichen Schloßhof zum Holzmarkt hin abschließt. Die Klänge von Oboen und Flöten sind zu hören. Die Gräfin Platen gibt ein Fest zu Ehren der schwedischen Gäste. Einzelne Schneeflocken taumeln aus dem sternenlosen, nachtschwarzen Himmel in die verschneite Leinstraße und auf die Schlitten und Sänften, in denen geputzte Damen und Herren zu ihrem Abendvergnügen unterwegs sind. Im Ballhaus wird Komödie gespielt; im Brauergildehaus wimmern Krummhorn und Geigen.

Königsmarck biegt in die Kramergasse ein; mechanisch folgt er dem schwankenden Schein der Hornlaterne, die der Mohr ihm voranträgt. Morgen reist die Prinzessin nach Celle. Vor einer Stunde hat er Abschied von ihr genommen; ihr Betragen war jedoch so frostig, daß er an ihren Gefühlen zweifelt. Ob sie ihm übelnahm, daß er überhaupt in Erwägung zog, der Einladung der Platen zu folgen? Verwundert stellt Königsmarck fest, wie sehr ihn seine Liebe verändert. Noch vor einem Jahr wäre es ihm nicht in den Sinn gekommen, eine Gasterei der *grosse Dongdong* zu meiden. Man divertiert sich bestens bei ihr, üppige Bewirtung und glänzendste Gesellschaft; verheiratete Damen, die neben den Freuden des Ehestandes noch andere *Douceurs* zu schätzen wissen; ein galanter, unzeremoniöser Ton. Aber wie unbedeutend und schal ist das alles geworden. Nur noch mit Scham denkt er an seine erste Zeit in Hannover, als er der Günstling der Platen und der aufgehende Stern am Hofe war. Sie ließ ihn nicht von ihrer Seite, rief ihn sogar tags in ihre Schlafkammer und genoß seine Liebe unter jedem Baum, auf jeder Bank in ihrem Garten in Linden, während sie dem Herzog weismachte, sie zöge ihn an sich, damit er ihre Tochter heirate.

Königsmarck streift die weiße Haube von einem Treppenpfosten und wirft dem Mohren einen Schneeball in den Rücken. »Eure Hochgräfliche Gnaden wünschen?« Der Graf wünscht nichts, er hat nur einen Scherz gemacht. Lächelnd verbeugt sich der Kleine und stapft wieder voran. Er ist ein Geschenk von Niels Bielke, zu dessen Beutegut er nach der Eroberung von Belgrad gehörte. Königsmarck ließ ihn taufen und behielt ihn in seinen Diensten, da die Prinzessin großen Gefallen an ihm fand.

Der Mohr hält die Laterne höher; sie sind am Marktplatz angekommen. Links steht dunkel und massig die Marktkirche, rechts zeichnen sich unter den hellen Schneepolstern die Treppengiebel des Rathauses ab. An der Gerichtslaube hält ein Schlitten, eine Mannsperson steigt aus und verschwindet eilig um die Ecke zur Marktstraße. Königsmarck stellt sich die wartende Liebhaberin vor und muß wieder an die Platen denken. Nach seinem Avancement zum Kommandeur der Leibgarde verlor sich der Reiz, den die *Maîtresse en titre* auf ihn ausübte, allmählich; er mied sie nicht, kündigte auch das Verhältnis nicht auf, suchte aber nach freundlicher Distanz. Die Platen zügelte ihre eifersüchtige Herrschsucht, wenngleich ihr violenter *Humeur* zuweilen mit heftigen Worten gegen ihn durchbrach. Vom Turm der Marktkirche wird neun Uhr geblasen. Königsmarck schreckt aus seinen Gedanken auf. Hat er seiner Schwester nicht versprochen, sie auf das Fest zu begleiten? Er pfeift dem Mohren und wechselt die Richtung.

In der Vorhalle des Marschallhauses empfängt ihn der Hofmeister. Den Rücken würdevoll durchgedrückt begleitet er Königsmarck zum Saal. Drinnen herrscht ein seltsames Halbdunkel. Anstelle von Kerzen und Kronleuchtern sind Schalen auf hohen Ständern aufgestellt, aus denen bengalisches Licht fließt. Die ersten Betrunkenen krakeelen zu den Klängen der Musik; auf den

Bänken an den Wänden poussieren Kavaliere ihre Damen. Im Vorbeigehen erkennt der Graf die Schwester der Platen auf den Knien eines schwedischen Offiziers. Am Nebentisch karessiert die Schwartzen, eine angemalte Schöne, zu der der Erbprinz kurze Zeit intime Beziehungen unterhielt, dessen jüngeren Bruder Christian. Eben führt General Bielke Klara Elisabeth von Platen in das in der Saalmitte großräumig abgeteilte Karree, in dem getanzt wird. Bielkes blonder Schnauzer wirkt in der fremdartigen Beleuchtung wie ein ausgebleichter Strohwisch; Lippen und Wangen der Platen sind kohlschwarz in dem weißgeschminkten Gesicht, ihre Robe schillert in unwirklichem Grün. Mit beiden Händen wedelnd winkt sie Königsmarck zu sich heran, um ihn für seine Verspätung zu schelten. Er küßt ihr die Hand und begrüßt den Schweden, entschuldigt sich aber sogleich mit dem Hinweis auf seine nassen Schuhe. Im angrenzenden Salon, wo unter Schwaden von Tabaksqualm an mehreren Tischen gespielt wird, sitzen der achtzigjährige, halbblinde General Podewils und der Kammerpräsident Grote. Erleichtert, daß sie keine Anstalten machen, ihn zu sich zu bitten, zieht Königsmarck sich auf eine Recamière vor den Kamin zurück. In der Unruhe seines Gemüts über den frostigen Abschied von der Prinzessin ist ihm jedes Gespräch über einen anderen Gegenstand als seine Gefühle zuwider.

»Sie wenden der Gesellschaft den Rücken zu?« Maria Aurora hat ihn entdeckt und setzt sich zu ihm.

»Mit nassen Füßen ist schlecht tanzen«, entgegnet Königsmarck.

»Sie verstehen sich schlecht auf Verstellungen, lieber Bruder. Ich sehe es Ihnen an der Nasenspitze an, daß es Ihnen nicht deswegen unmöglich ist, lustig zu sein. Und nach dem, was Sie mir kürzlich gesagt haben, ist es nicht schwer zu erraten, daß eine gewisse Dame der Grund für Ihre Betrübnis ist.«

Königsmarck dreht sein Glas in den Händen, rückt dann aber doch mit seiner Klage über das kalte Betragen der Prinzessin heraus. »Ohne eine moderierte *Jalousie* findet sich keine Liebe oder *Amitié*«, tröstet ihn die Schwester. »Diesen ist jene, was dem Feuer das Blasen.«

Philipp Christoph lacht ganz gegen seinen Willen. »Spotten Sie nur! Ich werde mich revanchieren, wenn ich Sie so leiden sehe wie Sie mich.«

»Ich denke nicht daran, Sie zu verspotten«, erwidert Maria Aurora, »im Gegenteil, Ihr Glück liegt mir am Herzen. Daher wünsche ich, daß Sie Wege finden, um nach Ihrem Gefallen leben zu können.« Indem sie ihr Glas dem des Bruders nähert, flüstert sie ihm zu: »Aber hüten Sie sich, daß Sie an der Flamme, die Sie entfacht haben, nicht verbrennen!«

Der Klang der Gläser geht in einem Tusch aus dem Festsaal unter. Die Spieler verlassen ihre Tische, auch Maria Aurora erhebt sich, um zu sehen, was vor sich geht.

Röcke, Rücken und Perücken bilden eine dichte Mauer; das Fräulein schiebt sich in die vorderste Reihe. Auf den in der Mitte des Karrees zusammengeschobenen Tischen geben Darsteller der französischen Komödiantentruppe eine Gavotte zum Besten. Die Demoiselle, der der plissierte Rock nur bis an die Waden reicht, läßt das Publikum im Springen und Drehen mit glitzernden Steinen besetzte Unterröcke und weiße Beine sehen. Das graziöse Schauspiel wird begeistert beklatscht und die Platen überschwenglich beglückwünscht. Während die Schausteller sich verbeugen, von den Tischen gehoben und herumgereicht werden, bekundet Bielke der Reichsgräfin, noch nie etwas derartig *Magnifiques* gesehen zu haben, worauf diese dem Weinschenken ein Zeichen gibt und die Lakaien eine Batterie Champagnerkorken knallen lassen. Unter den weinseligen Hochs auf die Gastgeberin sind zwei Gäste auf die Tische gestiegen. Das Stimmengewirr erstirbt; die Paare, die sich auf dem Parkett zum Tanz formieren, lassen die Hände sinken. Nur von dem spröden Klang der Oboen begleitet, Füße und Schenkel in enger Fühlung, den Kopf in den Nacken geworfen, wiegt sich die Gräfin Schwarzensteyn mit einem Leutnant vom Leibregiment in einer langsamen Sarabande.

Unter den Zuschauern ist mancher, dem der delikate Anblick das schmerzliche Gefühl eines Mangels bereitet. Auch im Gesicht der Platen malt sich Neid; suchend wandern ihre Augen über die Gäste. Auf der improvisierten Bühne steigert sich die Spannung des langsamen Anfangs, von schnalzenden Zurufen der Umstehenden befeuert, zu einem furiosen Rundtanz, bei dem der Leutnant seine Dame kurz vor dem Fehltritt über die Tischkante mit plötzlichen, harten Drehungen vor dem Stürzen bewahrt. In einer zackigen Pose kommen sie aufatmend zum Stehen. Während die im Publikum aufgestaute Erregung sich in stürmischem Beifall löst, drängen schon die nächsten herbei, begierig, ihrer Lust durch das Gesehenwerden Ausdruck und Erhöhung zu verschaffen. Die Musik spielt eine *Volte Gaillarde,* der deftige Werbetanz lockt weitere Paare auf die Tische. Man schiebt und stützt von unten, Gläser mit Wein und Champagner werden hinaufgereicht, oben treten die Tänzer sich in die Hacken; Degen, Fächer, Westen und Mieder kommen geflogen und werden johlend in Empfang genommen. Die Trompeten schmettern ohrenbetäubend in den farbigen Qualm. Bis auf Schuhe, Perücken und Kopfschmuck sind Männer und Weiber nun nackt. Sie reihen sich zu einer Polonaise hintereinander, bewegen sich schwankend vorwärts und rückwärts, stoßen sich mit den Knien, kommen kreischend zu Fall. Eins reißt das andere mit sich; der unterste streckt sich wohlig unter der Last der über ihn stürzenden Körper. Seufzend kommt der Haufen aus Leibern für einen Moment zur Ruhe. Dann kriecht der menschliche Tafelaufsatz auseinander, als liefen einem Kraken die Glieder davon, und läßt sich über den Tischrand in die gierig zugreifenden Arme der Zuschauer rollen.

Während das Fest mit der Jagd auf die Nackten seinen Fortgang nimmt, macht die Platen sich auf die Suche nach dem Obristen. Sie steckt den Kopf in eins der Kabinette, trifft aber nur auf

Ludolf Hugo, den Leiter der Justizkanzlei, der sich mit Madame Klencke und der Floramunde divertiert. Sie zwinkert ihm zu, die Damen werden es ihm schon recht machen.

Im Spielsalon sind nur noch wenige Tische besetzt; Montalban wild gestikulierend, ein Schwede mit zerraufter Perücke, Freiherr von Eltz in Gewinnerlaune. Durch die Schwaden vom Qualm der Tabakspfeifen und niedergebrannten Kerzen ist der blaue Turban von Königsmarcks Mohr zu erkennen. Klara Elisabeth windet sich zwischen Weinlachen und umgeworfenen Stühlen hindurch zum Kamin.

»Warum verkriechen Sie sich? Sie liegen ja da wie aufgebahrt!« Unaufgefordert zwängt sie sich neben den Grafen, der, die Hände über der Brust gefaltet, ins Feuer starrt.

»Um Vergebung, ich habe Flöhe im Kopf«, entgegnet Königsmarck, ohne die Gräfin anzusehen. »Durch die Umstände, in denen ich mich befinde, bin ich vom Lachen weiter entfernt als vom Weinen«.

»Lassen Sie sich von betrübten Zuschickungen doch das Herz nicht zu sehr einnehmen«, sagt die Gräfin, indem sie eine Hand auf seinen Schenkel legt. »Entdecken Sie mir Ihren Kummer, und wir werden sehen, was sich tun läßt, insonderheit wenn es sich um eine Herzenssache handelt.«

Klara Elisabeth rückt dichter und stützt einen Ellenbogen auf die Rücklehne. Ihr mit Parfüm gemischter, scharfer Geruch steigt dem Liegenden in die Nase; am liebsten würde er aufstehen und gehen.

»Welche Dame ist es«, insistiert die Platen und läßt ihre Hand aufwärts wandern, »von welcher Sie sich Subsidien für Ihr Stillesitzen erhoffen?«

»Bin ich Rechenschaft über meine Amouren schuldig?«, fragt Königsmarck grob und dreht den Kopf zur Seite. Ihr fleischiges Gesicht, in dem der natürliche Teint rot unter der Schminke zum Vorschein kommt, senkt sich auf ihn nieder. Angewidert zieht

Königsmarck die Knie an und springt auf die Füße. Klara Elisabeth rutscht zu Boden. In der grünen Seide wie eine Melone sitzend, blickt sie ihn verdutzt an.

»Verräter!«, faucht sie, seine Hand beiseite stoßend, indem sie sich aufrappelt und den Obristen an einem Knopf seines Kamisols zu sich heranzieht, »*mais enfin,* merken Sie wohl, *Madame est toujours la toute puissante*!«

»Bis der Herzog von gewissen Sottisen erfährt, die Sie mit mir angestellt haben«, versetzt Königsmarck erregt, »aber ich bin kein Verräter und beabsichtige nicht, es zu werden«.

»Sie sind mir eine rechte Bestia! Sie drohen mir, damit werden Sie nicht weit kommen«, lacht die Platen; sie hat ihre Fassung wiedergefunden. »Und heute abend waren Sie kein Verräter? Alle haben mitgemacht, nur Sie haben sich ausgeschlossen!«

Zwischen den Spieltischen taucht Maria Aurora mit ihrer Dienerin auf, beide in Hut und Mantel, die Dienerin mit Königsmarcks Degen unter dem Arm. Maria Aurora stattet der Platen ihren Dank für den Abend ab, der Mohr legt seinem Herrn das Degengehenk um.

»Und du, warum hast du nicht mitgemacht?« fährt die Platen den Pagen an. Der Schwarze senkt die Lider. In ungelenkem Französisch formen seine Lippen den Satz: »Das verbietet die Religion.«

»Du armer Tropf!« ruft die Platen verächtlich. »Die Religion verbietet vieles und erlaubt alles. Ich bete zu Gott, ohne mich zu schämen. Was hat man dich für Unfug gelehrt! Religion und Tugend machen nicht glücklich. Also, wozu zum Teufel sind sie dann da?«

»Für Ihr Metier haben Sie beides wahrlich nicht nötig«, sagt Maria Aurora leise.

»Hinaus! Gehen Sie!«, schnaubt die Pantocrâte. »Sie werden keinen Fuß mehr hierher setzen, dafür werde ich sorgen!«

»Wessen ich mich leicht getröste«, versetzt Maria Aurora und rauscht davon. Königsmarck folgt ihr betreten.

Der Brief

Das Heilige Römische Reich Deutscher Nation ist in großer Not. Im Osten hat es sich der Türken, im Westen des allerchristlichsten Königs von Frankreich zu erwehren. Nachdem dieser die Pfalz verwüstet, darauf das linksrheinische Gebiet von Philippsburg bis Bonn besetzt hatte, fanden die gellenden Hilferufe des Kaisers in Spanien, Schweden und England sowie bei etlichen deutschen Fürsten, unter ihnen Brandenburg, Sachsen und Hessen, endlich Gehör. Könige und Fürsten schlossen sich zu einem europäischen Verteidigungsbund zusammen, dessen Haupt und Seele Wilhelm von Oranien ist. Als König Ludwig sich anschickte, auch die Spanischen Niederlande an sich zu reißen, konnte die Große Allianz nicht länger anstehen, die deutsche Libertät gegen die französischen Expansionsgelüste zu verteidigen.

Am 1. Juli 1690 findet in Brabant auf dem historischen Felde von Fleurus eine Schlacht statt. Der Orléansche oder dritte Raubkrieg, von den Franzosen *Guerre de la Ligue d'Augsbourg* genannt, geht in sein drittes Jahr. Frankreichs bester Feldherr, der Herzog von Luxemburg, begann die diesjährige Kampagne, indem er Westflandern ausfouragieren ließ. Ende Juni stieß seine überlegene Kavallerie nördlich von Charleroi auf die Armee der europäischen Allianz, die der Fürst von Waldeck führt. Dieser sucht, der endlosen taktischen Märsche müde, die Schlacht und rückt auf die Höhen am Ligny-Bach vor. Zwischen den Dörfern St. Amand und Fleurus kommt es zum Treffen.

Unter dem Befehl Waldecks stehen auch die Truppen der Herzöge von Braunschweig-Lüneburg. Georg Wilhelm von Celle, seit vielen Jahren Freund und Parteigänger des Oraniers, ist überzeugt, der Verlust des Rheinstromes werde das ganze Reich in französische Dienstbarkeit bringen; Abseitsstehen hieße Verrat am Reich. Sein jüngerer Bruder Ernst August von Hannover sieht die Dinge nüchterner. Hielt er es bisher gleichfalls für vorträglicher, mit bewehrter Hand Frieden zu machen, als sich denselben willkürlich aufdringen zu lassen, sucht er seinen Vorteil jetzt darin, seine kostbare Armatur zu schonen.

Als die Kanonen der feindlichen Heere die ersten Grüße austauschen, sitzt der Chef des 9. hannoverschen Infanterie-Regiments, Oberst Graf Königsmarck, in seinem Zelt und schreibt.

»Madame! Es steht mit mir gegenwärtig zum Äußersten, und es gibt kein anderes Mittel, mich zu retten, als ein Wort von Ihrer unvergleichlichen Hand. Wenn ich so glücklich wäre, eines zu erhalten, wäre ich wenigstens ein bißchen getröstet.«

Der Oberst hat Zeit zu schreiben. Sein Regiment liegt zwei Tagesmärsche vom Schauplatz des Treffens entfernt und kommt, wie das hannoversche Korps insgesamt, nicht an den Feind. Während den holländischen und cellischen Regimentern im Feuer der scharfen Bataille die Kartätschen um die Ohren sausen, herrscht im Feldlager zu Ath schläfrige Ruhe. Daniel, der Ordre hat, niemanden vorzulassen, hört seinen Herrn im Innern des Zeltes einzelne Worte buchstabieren. Dem Obristen macht die richtige Schreibweise Mühe, da er – wie viele Personen von Stand – Französisch nur über das Ohr lernte. Um der Empfängerin des Briefes formvollendet zu begegnen, ließ er sich den Entwurf von einem verschwiegenen Gewährsmann korrigieren und überträgt ihn nun andächtig ins Reine.

»Ich hoffe, Sie werden barmherzig genug sein, mir diese Gunst nicht zu verweigern, und da Sie es sind, die meine Leiden verursachen, ist es nur gerecht, daß Sie sie auch lindern. Es liegt also nur bei Ihnen, mich in dem Kummer zu trösten, den die verwünschte Trennung mir bereitet, und ich werde daran auch erkennen, ob ich auf das bauen kann, was Sie mir einige Male in Ihrer Güte gesagt haben. Wenn ich nicht an eine Person schriebe, für die ich ebensoviel Achtung wie Liebe empfinde, fände ich Worte, die meine Leidenschaft besser ausdrückten. Aber ich unterdrücke sie aus Furcht,

Sie könnten sie mir übelnehmen, und bitte Sie nur, mich ein wenig in Ihrer Erinnerung zu bewahren und versichert zu sein, daß ich bin *Votre très humble esclave* Philipp Christoph Königsmarck.«

Der Oberst versiegelt den Brief, schreibt ein paar Zeilen auf ein zweites Blatt und schiebt beides in einen Umschlag, den er an Mademoiselle Eleonore von dem Knesebeck in Hannover adressiert. Dann schickt er Daniel zum Regimentsquartiermeister, der die Dienst- und Privatkorrespondenz zum Postmeister nach Ath weiterleitet.

Aufatmend läßt er sich auf das Feldbett fallen. Kopf und Glieder fühlen sich heiß an; seit er aus Ungarn zurück ist, plagt ihn das Fieber. Königsmarck achtet nicht darauf, jetzt mag kommen, was will. Zwar wagt er Kopf und Kragen, aber lieber das, als den bisherigen Zustand noch länger ertragen. Nachdem er im Frühsommer von der Adressatin des Schreibens Abschied genommen hatte, wurde er von den Gefühlen für sie so vollkommen okkupiert, daß er bald nicht mehr wußte, wie und wo er sich lassen sollte. Um seinen Seelenfrieden wiederherzustellen, entschloß er sich, alles in ihre Hände zu legen. Von ihrer Entscheidung ist nun abhängig, ob er der glücklichste oder unglücklichste Mensch auf der Welt sein wird.

Philipp Christoph Königsmarck ist 25 Jahre alt, ein glänzender Kavalier, dazu vollendet hübsch. Über der Oberlippe sitzt ein schwarzes Bärtchen; der Blick der grau-grünen Augen ist herrisch und verheißungsvoll. Die kräftige Nase stammt von seinem kriegerischen Großvater Hans Christopher, der als schwedischer Heerführer im Großen Krieg bekannt und gefürchtet war. Tod und Schrecken, die der Feldmarschall nach dem Ende Gustav Adolfs in Böhmen und im Norden des Reiches verbreitete, brachten ihm Reichtum und Ruhm. Mit dem Sturm auf die Prager Kleinseite fielen ihm nicht nur ungeheure Kunstschätze und Kostbarkeiten zu; Königin Christine beschenkte ihn darüberhinaus in wahlloser Freigebigkeit mit Gütern in allen von Schweden eroberten Provinzen. Seinen Herrensitz als Statthalter der Herzogtümer Bremen und Verden baute er sich bei Stade. Vom Geestrand, auf dem das in rotem Backstein errichtete, angenehm proportionierte Gebäude liegt, geht der Blick weit über die Elbe. Hier verbrachte Philipp Christoph seine Kindheit. Der Vater starb, als er sieben Jahre alt war. In seinem fünfzehnten Jahr trat er mit seinem älteren Bruder die Kavalierstour an, um fremder Nationen Sitten und Manieren, auch deren *Humeur* und *Etat* kennenzulernen. Die Reise führte die Brüder nach Oxford, wo sie Englisch und Latein lernten, darauf nach London, wo sie sich an der Akademie des Monsieur Faubert im Tanzen, Fechten und Reiten vervollkommneten. Philipp Christoph reüssierte mühelos, da seine Gewandtheit und Eleganz überall herausstachen. Er ritt dem König vor, wenn dieser die Akademie besichtigte; er schrieb ihm von einer Fahrt durch die Häfen der Süd- und Westküste; ihm war die Ehre zugedacht, die Prinzessin Anna nach Schottland zu begleiten. Der Verkehr bei Hofe endete, als Bruder Karl Johann, um die Hand einer von ihm begehrten Dame der Society freizumachen, deren Ehemann durch drei gedungene Banditen auf offener Straße erschlagen ließ. Der Skandal war ohnegleichen, ein Auftakt zu den tollen Liebes- und Seeabenteuern, die der Ältere zwischen Schweden und Afrika bis zu seinem frühen Tod aneinanderreihte.

Die jungen Herren entkamen nach Paris, dem ersten und glänzendsten Hof der Christenheit, wo ihr Auftreten ebenfalls nicht unbemerkt blieb; der Duc de Saint-Simon erkannte in Philipp Christoph einen Mann, *pour produire les plus grands désordres d'amour*. Zunächst zog der vielversprechende Lebemann jedoch in den Krieg. Zur großen Befreiungsschlacht gegen die Türken vor Wien kam er zu spät, nahm aber an den darauffolgenden Feldzügen in Ungarn teil. Als Adjutant des Türkenlouis schlug er sich bei der Belagerung von Ofen im mannshohen Busch mit den Janitscharen und entging nur mit knapper Not ihren Pfeilen. Er rettete sich vor den wildgemachten Kamelen, welche die Türken in die Reiterei der Christen trieben, und war Zeuge, wie der Pascha von Ofen seine eigenen Leute, die als Unterhändler in die Festung zurückgeschickt wurden, auf den Wällen enthaupten ließ. Er avancierte standes- und erwartungsgemäß zum Obristen eines Kürassierregiments, das sein väterlicher Freund, der schwedische Feldmarschall Nils Bielke, im kaiserlichen Dienst aufstellte. Als das Regiment kassiert und Philipp Christoph stellungslos wurde, wandte er sich nach Hannover. Mars und Venus begünstigten den neuen Anfang. Herzog Ernst August übertrug ihm mit dem Kommando der Gardekompanien seinen persönlichen Schutz. Beim glorreichen Sturm auf Mainz, der letzten militärischen Aktion, an welcher der Herzog in Person teilnahm, zeichnete er sich aus, indem er am Schenkel blessiert wurde, jedoch sonder Gefahr, da andere zu beiden Seiten neben ihm fielen. Er verlobte sich mit der reichen Erbin des dänischen Statthalters in den Herzogtümern Schleswig und Holstein. Die Verbindung ist wieder gelöst, aber schon spricht man davon, er werde die beste Partie in welfischen Landen machen. Die mächtige Frau des Premierministers Platen soll ihm die Hand ihrer mit dem Herzog gezeugten Tochter anbieten und, bis diese zum Heiraten alt genug ist, als Unterpfand dero hochgräfliche Gunst höchstselbst.

Die Sonne sticht durch das Zeltdach. Königsmarck springt auf; der Fieberanfall ist vorüber, der Kopf klar. Aus der Schüssel, die ihm sein Mohr reicht, schlägt er sich Wasser ins Gesicht und tritt ins Freie. Über dem Lager steigt der Rauch von den Kochstellen der Mannschaften in den Himmel, die Sonne steht fast im Zenit; der Regimentsauditeur meldet eine Rauferei, bei der einem Tambour ein Auge ausgestoßen wurde. Königsmarck setzt scharfes Exerzieren an. Während die Regimenter in Linie antreten, bezieht sich der Himmel.

Am Nachmittag verschlucken Regenwolken über den Hügeln im Norden Kanonendonner und Brandgeruch, unter denen die Schlacht von Fleurus mit unzähligen Toten und Verwundeten ihrem unglücklichen Ausgang zusteuert. Nachdem die Franzosen schon bis hinter Fleurus zurückgeworfen sind, entgeht dem Fürsten von Waldeck, daß Luxemburg eine Kriegslist anwendet, indem er ihn in der Front beschäftigt, sein rechter Reiterflügel unterdessen aber die geballte Streitmacht der Alliierten in einer ausholenden Bewegung umgeht. Die Gefechtsaufklärung ist unzureichend, das Gelände unwegsam, das Korn steht hoch, Bäume und Hecken verbergen die Angreifer, die Verstärkung aus dem zweiten Treffen kommt zu spät, kurz: der Entschuldigungen sind viele. Am Nachmittag ergeht der Befehl zum Rückzug und wird in Präsenz des nur vierhundert Schritt entfernt stehenden Feindes ungehindert ausgeführt. Erst danach stoßen die spanischen und brandenburgischen Völker zur Hauptarmee, welche nun stärker ist als die der Franzosen und die völlige Victoire erhalten hätte, wäre nicht überall nichts als Confusion gewesen.

Die Nachricht von dem Desaster erreicht das Feldlager in Ath noch in der darauffolgenden Nacht. Der Bote trifft Königsmarck mit seinen Offizieren beim Wein. Obwohl dieser seine Wirkung bereits getan hat, sind die Militärs fassungslos. Welcher Teufel hat den Prinzen Georg Ludwig, Chef des hannoverschen Korps, geritten, den Verbänden, die zwischen St. Amand und Fleurus so heldenhaft gestritten, nicht an die Seite zu kommen?! Daß der Erbprinz von seinem Vater strikte Ordre hat, nur die taktischen Märsche zu begleiten, sich bei einem Treffen aber nicht vom Fleck zu rühren, entzieht sich ihrer Kenntnis ebenso wie das diplomatische Kalkül dieses Befehls. Ernst August von Hannover ist in aller Stille von der Partei des Reiches abgetreten, um mit Frankreich zu paktieren. Der Verrat an Kaiser und Reich soll ihm die Kurwürde bringen.

* * *

Der 13. Juli 1690 ist ein Sonntag. Über Hannover lacht ein strahlender Tag. Von den Kirchtürmen läuten die Glocken. Taubenschwärme, die das Getöse aufgescheucht hat, kreisen über den Dächern. Aus dem Calenberger Tor kommen zwei Kutschen, gefolgt von einer offenen Chaise und einem mit Gartenmöbeln beladenen Rüstwagen. Die Kutschpferde tragen rote Samtdecken; die Lakaien in der Chaise sind in schönes, rotes Tuch mit Knöpfen aus massivem Silber gekleidet. Die Vorreiter blasen Signal, als der Zug über die Bohlen der Stadtgrabenbrücke rumpelt und durch die äußere Umwallung auf den Lindener Berg zufährt. Auf halber Höhe liegt das Dorf Linden. Weißdorn und Tollkirschen begrenzen die Dorfmark; unter dem Knick baden Hühner im Sand. Dahinter beginnt herrschaftlicher Grund. Eine Wiese zieht sich den Abhang hinauf, in deren Mitte eine ausgedehnte Baustelle liegt, an die nach Norden zu ein halbfertiger, nach französischem Muster angelegter Garten anschließt. Der Zug hält neben den Erdwällen an der Baugrube. Die Domestiken beeilen sich, Möbel und Gerätschaften abzuladen, um die Gelegenheit für das Frühstück zu richten. Aus den Kutschen schiebt eine Gesellschaft von einigen Damen und Herren, die eine korpulente, prächtig gekleidete Frau von gut vierzig Jahren anführt – Reichsgräfin Klara Elisabeth von Platen. Aus der schwarzen Perücke funkeln Diamanten, als sie den Kavalier, der ihr zum Aussteigen die Hand reicht, beim Arm nimmt und sich von ihm auf einen Grashügel neben der Baugrube helfen läßt, von wo der Blick frei über das Leinetal und die Residenz geht.

»Es ist ein schön' Prospekt, welchen man hier hat«, sagt sie in breitem Hessisch, »da alles wie ein Spielzeug zu meinen Füßen aufgestellt lieget«.

»Euer Gnaden hätten sich keinen schöneren Platz für dero Landhaus wählen können«, erwidert der Kavalier, »maßen selbst dero hochfürstliche Durchlaucht Frau Herzogin von ihrem Lusthaus nicht auf die Residenz herabsehen können; ist alles *piatto* wie in ein *pot de potage* im *Grand Jardin* von Herrhausen.«

Don Nicolo di Montalban, ein Priester im Kavaliersrock, der von seinem geistlichen Stand keinen Gebrauch macht, dafür Schulden, Weiber und Widersacher wie ein Magnet anzieht, hat in seinem Leben schon Schöneres gesehen. Die spitzen Kirchtürme, die die Kortinen und Ravelins der Stadtbefestigung überragen, gefallen ihm nicht; die Turmaufsätze des Rathauses und der Stadttore sind altmodisch. Das Schloß, von dem ein Stück der gelbverputzten Südfassade zu sehen ist, liegt eingepfercht zwischen Bürgerhäusern und engen Gassen. Nur die Calenberger Neustadt diesseits der Leine, wo er selbst wohnt, kann sich sehen lassen: regelmäßige Bebauung, stattliche drei- und vierstöckige Häuser mit langen Fensterreihen, dazu der geräumige Marktplatz mit St. Johannis und dem Parnaßbrunnen. Don Nicolo hütet sich jedoch, der Gräfin zu widersprechen. Sie ist nicht nur die Ehefrau des Premierministers, sondern auch die herzogliche Mätresse *en titre*. Als ehemalige Kammerjungfer der Herzogin liebt sie es, dieser mit kostbarem Schmuck und teuren Kleidern Konkurrenz zu machen. Und nun erst ihr Schloß! Wenn es fertig ist, wird der Sommersitz der Herzogin inmitten der fauligen Wiesen von Herrenhausen dagegen wie ein schlechtes Gartenhaus abfallen.

»Herrhausen hat weder *goût* noch Pracht«, bemerkt Don Nicolo. »Nur der Garten der Herzogin ist, *sans contredit, bien proportionné*. Leider liegt er hinter dem Schloß; dabei weiß doch jede Bäuerin, daß es das Beste ist, *servire qualcuno di tutto punto,* jeden von hinten und vorne zu bedienen.«

»Dazu muß man aber auch vorne wie hinten etwas haben, das vorzuzeigen lohnt«, versetzt die Gräfin lachend. Der Herzog hält ihr nun schon mehr als fünfzehn Jahre die Treue, und sie genießt seine Liebe mit soviel selbstgewisser Ruhe, daß weder die Herzogin noch ihr eigener Eheherr sie darob einige Eifersucht blicken lassen. Es ist auch nicht ratsam, wollen sie bei Serenissimus nicht außer Gnaden kommen.

Montalban lächelt zufrieden; die Mächtigen zum Lachen zu bringen, ist die beste Art, sich angenehm zu machen. Er zeigt mit dem Kavaliersstock auf den lehmigen Weg, der vom Schloß zur Heerstraße im Osten führt. Wenn das Steinpflaster verlegt und die doppelte Baumreihe gesetzt ist, wird daraus die prächtigste Auffahrt im ganzen Lande werden. Die Gräfin klatscht begeistert in die Hände: »Man muß es weitläufig machen, um Ehre davon zu haben und kein *Chagrin* wie beim Schloß unsers gnädigsten Herrn Herzog. Die Gassen sind gar zu winklig! Wenn man *en carosse* zum Schlosse kommt, ist man in einem elendigen Zustand, da man die Dreckkarren passieren lassen muß, womit die gemeinen Leut den Stallmist aus den Toren fahren.«

Montalban pflichtet der Gräfin bei. Hannover und das Leineschloß sind *mal bâti*. Selbst wer eine Sänfte nimmt, muß damit rechnen, in der Schweineherde, die täglich vor die Stadt getrieben wird, stecken zu bleiben. Auf den Straßen liegt der Kot, und jeder Tölpel von einem Bäcker oder Schmied hält sein Vieh im Hinterhof und wirft den Dreck auf die Gassen, wie es ihm gefällt.

»*La grande Cour* de Linden und Ihro reichsgräfliche Gnaden als seine Herrin!«, ruft Don Nicolo und vollführt eine spaßhafte Verbeugung. Dabei verheddert sich der Fuß, den er zur Verzierung der Referenz seit- und hinterwärts kreisen läßt, im hohen Gras und Don Nicolo muß, um das Gleichgewicht zu halten, einige Schritte vorwärts machen.

»Sie übertreiben die Devotion«, ruft die Gräfin und hat Mühe, nicht loszuprusten. Mit seinen kurzen Beinen und den bis zu den Knieschleifen reichenden Armen sieht der Abbate wie ein angreifender Schafsbock aus. Temperamentvoll und vielseitig begabt, bringt Don Nicolo italienischen Geschmack in das Knackwurst- und Schinkenland an Aller und Leine. Der Herzog schätzt ihn als Reisebegleiter und unterhaltsamen Causeur, und auch die Gräfin sucht seinen Rat; dennoch verursacht ihm sein untersetzter Wuchs einen Stachel, den keine Gnade aufwiegt.

»Gott hat mir Verstand und ein Herz gegeben, an Leibesvorzügen aber ...«, klagt er, nachdem er seinen festen Stand wiedergefunden hat.

»Ah bah, was reden Sie!«, fällt ihm die Gräfin ins Wort. »Sie gefallen *Son Altesse,* genügt Ihnen das nicht? Es kommt nur darauf an, was Sie damit beginnen. Nehmen Sie sich daran ein Beispiel!« Sie deutet mit dem Fächer auf ein breit hingelagertes Gebäude neben dem herzoglichen Schloß; es ist das nagelneue, mit großen Kosten erbaute Opernhaus. »Indem man das Schloß länger gemacht, so ist aus dem, mit Verlöff, mit Verlöff, Kackhaus, so vordem dort gelegen, der Comédiesaal geworden.«

»... welches wahrlich eine schöne Metamorphose ist«, ergänzt Montalban, pikiert von dem Vergleich, ohne es sich anmerken zu lassen. »Es hat in ganz Europa nicht seinesgleichen, und sogar die Theater in *Bruxelles* und Wien sind bei weitem nicht so schön als dieses.«

Die Gräfin und Don Nicolo verlassen ihren Aussichtspunkt und gehen die mittlere Allee zu den Teichen hinunter. Der Rest der Gesellschaft empfängt sie mit bewundernden Ausrufen über die herrliche Anlage des Wasserparterres. Eine Brücke führt zu einer künstlichen Insel hinüber, wo man das erste Glas auf die Gesundheit des Herzogs trinkt.

»*Le premier gentilhomme d'Allemagne!*«, ruft ein Kavalier in die Runde. »Sogar der französische Gesandte hat konzedieren müssen, daß Serenissimus wohl zu leben wissen.«

»Von dero Untertanen aber«, wirft Don Nicolo ein, »hat er allerlei *Malicen* nach Versailles berichtet. Sie liebten es, sich vollzusaufen und sehr schlechte Mahlzeiten zu halten, bei denen es für gewöhnlich nur Sauerkohl und gesalzene Fische gäbe.«

»Nun, so werden wir Gelegenheit nehmen und das Gegenteil erweisen.«

Die Gräfin lädt zu Tisch. Von der Stadt ruft Glockengeläut zum Gottesdienst. Klara Elisabeth verzieht das Gesicht. Was die

Pastoren vom christlichen Wandel predigen, kränkt ihr Ehrgefühl; daher gibt sie nicht viel auf Kirchengehen.

* * *

In der Schloßkirche besteigt Oberhofprediger Erythropel die Kanzel, nimmt die Gemeinde fest in den Blick und beginnt, über die Hoffart zu predigen. Eines der wappengeschmückten Fenster, die die herzogliche Prieche vom Kirchenraum trennen, wird hochgeschoben und ein beleibter Mann mit großen blauen Augen, kräftigem Kinn und der langen Nase der Welfen sichtbar. Herzog Ernst August ist sechzig Jahre alt, die scharfen Falten um Nase und Mund verraten den Melancholiker; bequem, aber nicht nachlässig in den Kirchenstuhl gelehnt, drückt er das Selbstgefühl seiner fürstlichen Stellung aus. Die Allongen der braunen Perücke fallen ihm bis auf Brust und Rücken herab. Herzogin Sophie, die neben ihm sitzt, hält sich sehr gerade. Sie ist zierlich von Gestalt, kostbar, aber nicht überladen gekleidet. Die Plätze hinter dem Herzogspaar nehmen die Erbprinzessin Sophie Dorothea, der jüngste Prinz mit seinem Erzieher, der greise Feldmarschall Podewils sowie etliche Damen und Kavaliere ein. Der Hof ist wie gewöhnlich am Vorabend von Herrenhausen in die Residenz gekommen, um am Gottesdienst teilzunehmen. Obwohl den Herzog alles Religiöse gleichgültig läßt, hält er die äußeren Formen des protestantischen Bekenntnisses ein. Herzogin Sophie hingegen glaubt, daß ein Gott im Himmel ist, doch liegt auch ihr jeder religiöse Eifer fern. Als Tochter des Winterkönigs und Enkelin Jakob I. ist sie ahnenstolz, dabei nüchtern, von klarem Verstand und stets auf neue Einsichten aus, wie Gott und die Welt zusammenhängen.

Der Hofprediger hat ihr dazu heute wenig zu bieten, sondern nur die französischen Sitten im Visier; wie trotz täglichen Mahnens und Rufens die verdammliche Pracht in den Kleidungen, auch der Überfluß in den Speisen dermaßen hoch gestiegen, daß mancher in Abgang seiner zeitlichen Nahrung gerät. Die Herzogin lächelt amüsiert. Obwohl ihr ehemals hellbraunes, natürlich gewelltes Haar dünn geworden ist, trägt sie keine Perücke, da ihr diese besonders im Sommer lästig fällt. Bei den Untertanen hingegen ist das Perückentragen in Mode gekommen; sogar nachts wird die künstliche Haartracht nicht abgelegt und dient, mit Bändern unter dem Kinn befestigt, als Schlafmütze. Den Grind, den die Leute davontragen, halten sie für ein Gesundheitsmittel. Mit starken Worten geißelt Erythropel das hoffärtige Wesen, durch welches kein Unterschied der Personen des einen und anderen Standes mehr erkannt werden könne, das Herz sich übermäßig an das Zeitliche hänge, statt seine Nichtigkeit vor Gott in bußfertiger Niedrigkeit nützlich zu beherzigen.

Sophie wirft einen Blick auf Ernst August, der nach den ersten Sätzen des Pastors die Augen geschlossen hat. Aus der intimen Kenntnis von mehr als dreißig Ehejahren weiß sie, daß er nicht schläft, sondern an die *Grandeur* des Hauses denkt, an den neunten Kurhut und wie er den Kaiser dazu bringen kann, ihn zum Kurfürsten zu machen. Welches andere fürstliche Haus im Heiligen Römischen Reich verfügt über so ausgedehnte Länder wie das welfische? Zwar sind sie zerstückelt und zerlappt, aber reichen sie nicht vom Emsland bis zum Eichsfeld? Wer sonst kann sich auf eine so alte und ruhmvolle Vergangenheit berufen? Haben seine Vorfahren, Heinrich der Löwe und der Welfenkaiser Otto IV., nicht schon über mächtige Stammesherzogtümer geherrscht und die Krone des Reiches getragen, als die Habsburger erst Grafen und andere Dynastien noch kleine Fürsten waren?

Die Herzogin faltet unwillkürlich die Hände im Schoß. Sie muß an ihren zweiten Sohn denken, der vom Vater verstoßen in Ungarn gegen die Türken steht. Ist es Selbstüberhebung, daß Friedrich August sich nicht unterwirft? Ist es Blindheit, wenn sie ihm hinter dem Rücken und gegen das Gebot des Herzogs hilft, wo sie nur kann? »Sünder sind wir allzumal und stehen in Seiner

Hand!«, ruft der Prediger von der Kanzel. Die Herzogin seufzt. Es ist ihr unmöglich, Gustchen nicht beizustehen, mag es hundertmal verboten sein, sich nicht dem göttlichen und weltlichen Regimentsjoch zu beugen.

Herzog Ernst August erwägt unterdessen, daß er mit der Rangerhöhung nicht weiter kommt, wenn er sie ausschließlich als Herzenssache evangelischer Politik verkauft. Das Verhältnis der protestantischen zu den katholischen Stimmen im Kurkolleg beträgt zwei zu fünf, die ruhende böhmische Stimme nicht gerechnet. Aber selbst mit Bayern, das ihm Hoffnungen macht, reichen die Stimmen nicht. Bei der Mehrheit der Kurfürsten stößt seine Sache auf nichts als mißgünstige Halsstarrigkeit, und auch beim Kaiser ist sie auf keinerlei Weise durchzutreiben. Die habsburgische Majestät geht einer Entscheidung vorsichtig aus dem Weg, indem sie seinen Antrag an den Reichstag zu Regensburg verwiesen hat, wo er nun schon geraume Weile liegt. Ernst August rollt die Augäpfel hinter den Lidern. Er ist nicht der Mann, sich mit diesem Zustand abzufinden. Im tiefsten Geheimnis hat er Fühler nach Frankreich ausgestreckt. Wenn er den Kurhut nicht mit dem Kaiser erlangen kann, muß es eben gegen ihn gehen, am wirksamsten mit des Kaisers ärgstem Feind, dem König von Frankreich.

»Hannover kann wohl für eine Realfestung unter den Städten der Welt passieren«, tönt es von der Kanzel, »aber daß in ihr der Heiland Jesus und sein erworbenes Heil lauter und rein gepredigt wird, das ist allererst ihre rechte Mauer und Wehr, dadurch sie an allen Seiten feste ist. Amen.«

Der Prediger hebt die Arme zum Segen; die Gemeinde singt das Schlußlied. Sophie findet, die Leute plärren wie die Katzen. Ernst August ist entschlossen, die gefährliche Extratour mit Frankreich weiter zu tanzen. Mitten im Krieg gegen Frankreich heißt das Verrat an Kaiser und Reich. Aber wozu Reichstreue, wenn sie ihn dem Ziel seiner Entwürfe nicht näher bringt? Mauer und Wehr, das sind für den tatkräftig-selbstherrlichen Fürsten politisches Kalkül und kluge Diplomatie. Mit der alten Maxime »In Treuen fest« mag sein weichherziger Bruder Georg Wilhelm sich zieren.

* * *

Über den Mühlenplatz prallt die Sonne auf den Leineflügel des Schlosses. Kammerdiener Casarotti schließt die Läden, füllt gegen den üblen Geruch, der aus dem Uferschlamm der Leine aufsteigt, zwei Becken mit parfümiertem Wasser und stellt ein Tablett mit gekühlten Getränken bereit.

»Wolang wi dat wol noch mokt?!« dröhnt es von der Tür. Ein Goliath von sechs Fuß Größe betritt das Audienzzimmer und läßt sich nach einer knappen Verbeugung ächzend auf dem Lehnstuhl neben dem Fauteuil des Herzogs nieder.

»Dat ward sik wiesen«, lacht der Herzog. »Gnarrend Wogens loopt an längsten.«

Otto Grote Reichsfreiherr zu Schauen, Kammerpräsident und Geheimer Rat, lacht ebenfalls, wobei der massige Leib unter der gestickten Weste in stoßende Bewegung gerät. Schon drei Jahrzehnte reibt der Kammerpräsident sich im Dienste des Landes auf. Er ist der fähigste Kopf in Politik und Verwaltung und ein unermüdlicher Vorkämpfer für die Kurwürde.

»Der Fuchs ist aus dem Bau, und auch das Jagen hat bereits begonnen«, nimmt der Kammerpräsident das Wort. »Monsieur Asfeld hat seinen Unterschlupf verlassen und haust nun in verschiedenen Quartieren. Mit Ballati kann er nur noch im Schutz der Nacht zusammenkommen.«

Grote setzt den Herzog über den letzten Stand der geheimen Verhandlungen mit Frankreich in Kenntnis. Da während des Krieges jede Verbindung nach Paris unmöglich ist, finden sie in Hamburg statt, wo ein Gesandter Ludwig XIV. den letzten Außenposten der französischen Diplomatie im Reich unterhält. Auch mit ihm verbietet sich jedoch jeder direkte Kontakt, so daß ein Bruder des Gesandten, ein gewisser d'Asfeld, den Verhandlungsgegner macht. Er ist Dragoneroberst und einer jener Mineure Ludwigs, die überall dort auftauchen, wo Frankreich dem Kaiser schaden kann. Für Hannover verhandelt der italienische Abt Ballati, der bei Kontrakten von einer klettenzähen *Impudence* ist. Er hat sich in der Hansestadt unter falschem Namen und dem Vorwand, Gold zu machen, einlogiert, und da Brandenburg bereits Wind von der Sache bekommen und ein Rollkommando ausgeschickt hat, um die Reichsfeinde aufzuheben, erwies sich die Vorkehrung des alten Schaumschlägers als äußerst nützlich.

»Das finsterste *Cachot* in der Bastille wäre Monsieur Asfeld lieber als die wechselnden Aufenthalte in dubiösen Kammern ohne Diener und Magd«, berichtet Grote und lacht behaglich. Je größer die Unannehmlichkeiten, in denen der Franzose steckt, desto eher wird Ballati ihn da haben, wo er ihn haben will. Wenn Hannover für die Dauer des Krieges aus der Allianz der Fürsten ausscheidet, soll Frankreich die Neutralität entsprechend versilbern. Der Herzog erkundigt sich, wie Asfeld die Erhöhung der hannoverschen Forderungen aufgenommen hat.

»Er hat lamentiert, das sei beispiellos«, antwortet Grote. »Kein anderer Reichsfürst habe bisher Subsidien in solcher Höhe bezogen.«

»So werden Wir die ersten sein«, erwidert gleichmütig der Herzog.

»*Sûrement,* sofern Ihro Durchlaucht nur weiter insistieren. Jetzt sind wir bei 333 333 Talern angelangt. Asfeld stöhnt, das sei das Äußerste. Wenn Euer Gnaden jetzt nicht abschließen, sei alles umsonst.«

Der Herzog wiegt den Kopf. Da Schweden sich abwartend verhält, hat Frankreich außer ihm niemanden, der bereit ist, aus der Großen Koalition auszuscheiden. Nichts hindert ihn, seine Neutralität so teuer wie möglich zu verkaufen.

»Wenn Ballati schon einmal unser Goldmacher ist«, sagt er, »so soll er darauf sehen, daß Monsieur Asfeld sich noch etwas weiter herausläßt. *Mon Cousin à Versailles* wird davon sicher nicht vor inextricable Schwierigkeiten zu stehen kommen.«

Grote nickt zustimmend; auch für ihn werden einige solide Ergetzlichkeiten herausspringen.

»Ich werde den Abbate Ballati dahin instruieren, Monsieur Asfeld solle seinen Herrn an die Rückgabe der okkupierten Plätze Philippsburg und Freiburg erinnern. *Votre très aimable Cousin* werden dann aufhören, uns vorzurechnen, seine *trésors* seien gänzlich erschöpft. Und sollten die Angebote unseres Galans in Hamburg danach noch immer zu mager ausfallen, wird Ballati ihm bedeuten, daß es uns an anderen Freiern nicht mangelt.«

Der Kammerdiener reicht Grote den Kavaliersstock und hilft ihm, sich zu erheben.

»Apropos«, sagt Grote, als er sicher auf den Beinen steht, »in Celle nimmt man bereits *Ombrage* davon, was sonderlich Geheimes am Werke sei. Der dänische Gesandte Mencken argwöhnt, wohin Ballati sich verloren.«

»Bauerngeschrei«, erwidert der Herzog. »Sie wissen noch nichts, selbst wenn der Däne seine Ohren überall hat. Mein vielgeliebter Bruder in Celle hat mir erst kürzlich gesagt, wenn ich mir einfallen lasse, vom Vaterlande abzutreten, so würde ich handeln wie einer, der sich die Nase abschneidet, um seiner Frau Verdruß anzutun. Er weiß also nichts, und alle Welt kann sehen, daß meine Nase unversehrt ist.«

* * *

Die Garden vor den Gemächern des Herzogs straffen sich, als Grote auf die Treppe zusteuert, die zum mittleren Schloßhof führt. Auf der obersten Stufe hält er einen Moment inne. Das Bild des Dickhäuters steht ihm vor Augen, der im letzten Karneval vom

Hof bis in die Vorzimmer der Herzogin geführt wurde. Im Rüssel trug er eine aus Silberdraht geflochtene, inwendig mit blauem Samt ausgeschlagen Krone, welche die Herzogin dem Ungetüm mit spitzen Fingern abnahm. Dies war sein letzter Auftritt. Kurz danach verendete das Tier, und die Komödiantentruppe, zu der es gehörte, zerstob in alle Winde. Der Kammerpräsident glaubt nicht an böse Vorzeichen, daß der Tod nahe bevorsteht, wenn ein Huhn wie ein Hahn kräht oder ein Glas von selbst zerspringt. Trotzdem verursachte ihm der Vorfall Unbehagen. Ob er den Tag, an dem der Kurhut hier emporgetragen wird, noch erlebt?

Vor dem Portal dösen die Domestiken im Mauerschatten. Ein paar Stockhiebe bringen sie auf die Beine; dann schaukelt die *Chaise à porteurs* in den äußeren Hof. Von der Marktkirche schlägt es Zwei. Der letzte Ton schwingt noch in der heißen Luft, da ertönt aus der Ecke, wo die Schloßkirche an die Mauer zur Leinstraße stößt, ein wütendes Fauchen und gleich darauf der markerschütternde Schrei eines Kindes. Jemand kommt gelaufen und beginnt, wüst zu schimpfen. Nachdem Grote sich aus der Sänfte gezwängt hat, erkennt er den Unterhofmeister Holsten, der den Enkel des Herzogs am Kragen gepackt hält und aus der Reichweite des Bären zu zerren versucht. Dieser stößt, an seiner Kette zu voller Größe aufgerichtet, ein zorniges Gebrüll aus.

»Einen Beutel Flöhe zu hüten, ist eine leichtere Aufgabe«, bringt der Unterhofmeister verlegen hervor; »kaum dreht man den Rücken, belieben der junge Herr, gegen das Federvieh und die Hunde *en bataille* zu ziehen, aber dem Bären hat er bisher stets den gehörigen Respekt bezeigt.«

»Ein hitziges Temperament unser erster *Cadet*, ganz die französische Mutter«, bemerkt Grote, da Holstens Schützling schon wieder mit dem Holzspieß fuchtelt und todesmutig schreit: »Ik slag em dot.«

»Weiß mit seinen sechs Jahren keine zehn Worte rechtes Deutsch«, setzt Holsten bekümmert hinzu.

»Wenn em sünst keene Dorheiten in den Kopp kümmen«, begütigt Grote, »dat löpt sik torecht. De Hauptsak is, hei ward nich to'n Hertog von Bibbern und Bevern.«

* * *

Die Mutter des Bärentöters, eine lebhafte, brünette Schönheit, deren ovales Gesicht ein prächtiges Doppelkinn ziert, macht sich nicht viel aus der periculeusen Expedition ihres Sohnes. Nachdem sie ihn zu einer christlichen *Conduite* ermahnt hat, schickt sie ihn auf seine Kammer, wo der Unterhofmeister ihm aus dem »Reineke Fuchs« vorlesen soll. Dann wendet sie sich wieder dem Brief an ihre Cousine in Wolfenbüttel zu, deren Ehegemahl ebenfalls in den spanischen Niederlanden steht. Was sie zu berichten hat, sind die winzigen Glanzlichter, die das sommerliche Einerlei des Hoflebens erträglich machen: die Ankunft italienischer Gaukler, ein Besuch der Kurfürstin von Brandenburg, ein Souper bei der Gräfin Platen.

»Man kann nicht stiller leben, als wir es hier tun, nicht das geringste Abenteuer geschieht. Wir sind die ganze Woche in Herrenhausen, am Sonnabend und Sonntag in Hannover. Der Hof ist sehr klein; die gesamte Gesellschaft in Herrenhaus besteht aus Oberkammerherr Klencke, General Weyhe, Kriegsrat Ilten und achtzehn Damen. Die Zahl der Hauben ist mithin größer als die der Hüte, und unsere Helden werden vor dem Winter nicht aus dem Felde zurück sein.«

Durch die geöffnete Balkontür dringt Pferdegetrappel herauf, Räder rasseln über das Pflaster der Leinstraße, italienische Flüche und Wortfetzen erschallen; die Prinzessin läßt die Feder sinken. In Venedig fluchen die Gondolieri unter ihrem Fenster, tagsüber und die ganze Nacht hindurch. Es war Karneval und auf dem Canal Grande ständiger Betrieb; selbst noch in den Morgenstunden, wenn Ernst August, nach einem Feuerwerk mit Regatta und

Serenadenfest, sie in den Palazzo Foscari begleitete und ihr augenzwinkernd einen guten Morgen wünschte. Vier Jahre ist das her, eine Ewigkeit, aber der Rausch der ersten Wochen ist ihr immer noch im Gedächtnis; der Wirbel aus begeisterten Bewunderern und feurigen Tänzern, in dem sie sich drehte – bis Georg Ludwig aus Ungarn zu ihnen stieß. Er war nicht eifersüchtig auf die Cicisbeos an ihrer Seite, aber er mochte nicht tanzen und verdarb mit seiner wortkargen Steifheit die angenehmsten Konversationen. Eines Morgens beschimpfte sie ihn, nur ein Braunschweiger, kein Kavalier zu sein. Ach, sie wünschte sich nur, daß er wenigstens jetzt um sie werben und alle anderen Galans auf die Plätze verweisen sollte. Bald danach reiste er nach Rom weiter, während sie mit dem Herzog nach Hannover zurückkehrte. Acht Monate später beschrie ihr zweites Kind, eine Tochter, die Wände der Wochenstube.

Sophie Dorothea winkt Mehmet, dem Leibtürken, ihr mit dem Fächer die Fliegen zu vertreiben. Die Schlußformel will nicht aufs Papier. Seufzend stützt sie den Kopf in die Hand und starrt auf den Turm der Marktkirche. Sie ist 24 Jahre, das einzige Kind des Herzogs Georg Wilhelm von Celle, dem älteren Bruder ihres Schwiegervaters, und der Eleonore d'Olbreuse, einer Hugenottin aus französischem Landadel, seit acht Jahren mit ihrem Vetter Georg Ludwig, dem Erbprinzen von Hannover, verheiratet. Das Mißvergnügen, welches das Paar gegeneinander empfindet, nimmt eher zu als ab. Sophie Dorothea findet den Erbprinzen unleidlich trocken und so kalt in seinen Reden, daß er alles in Eis verwandelt. Oder er redet gar nichts. Jedenfalls wird er seinem Herrgott wegen überflüssigen Redens keine Rechenschaft abgeben müssen. Georg Ludwig wiederum liegt die stille, weiße Fülle seiner Mätresse Ehrengard Melusine von der Schulenburg, einer Verwandten der Gräfin Platen, mehr als das quirlige Naturell seiner Frau. Ihr Temperament, ihre Lebenslust und Gefallsucht fallen ihm lästig; nicht umsonst nennt der englische Gesandte sie einen Wirbelwind; Kammerdiener Angeau, der ein strenger Calvinist ist, reicht ihr zuweilen morgens statt des Spiegels die Bibel.

In der Schlafkammer nebenan huschen Schritte über die Dielen; das Kammerfräulein steckt den Kopf in die Tür. Als es sieht, daß seine Herrin nicht schläft, tritt es ein. Eleonore von dem Knesebeck ist gut zehn Jahre älter als die Prinzessin, schlank, fast mager, der helle Teint beginnt zu knittern. Entgegen der Mode, die Hals und Nacken freiläßt, fällt ihr das Haar bis auf den Rükken. Die aschblonden Locken kaschieren die rechte, verwachsene Schulter jedoch kaum. Mit bedeutungsvoller Miene legt das Fräulein einen Brief auf den Sekretär.

»Vom Grafen Königsmarck.«

»Wo kommt der jetzt her?«

»Er ist ja nicht da, deswegen schreibt er doch!«

»Ich meine den Brief. Die Post ist ja am Vormittag schon von der Kammerstube gekommen.«

»Er hat ihn an mich adressiert. Und ich dachte, ihn nachmittags in Ruhe zu lesen.«

Die Knesebeck wird rot. Neugierig dreht die Prinzessin den versiegelten Brief in den Händen; er ist ohne Poststempel und Routen- und Gebührenvermerk.

»Hat der Graf denn an Sie geschrieben?«

»Ja. Er bittet mich, Euch diesen Brief auszuhändigen; diskret.«

Sophie Dorothea unterdrückt ein mitleidiges Lächeln. Die kluge Knesebeck ist trotz der mehreren Lebensjahre, die sie auf ihren schiefen Schultern trägt, in allem, was das andere Geschlecht angeht, entweder zu bitter oder naiv.

»Ach, liebe Eleonore, lassen Sie mich doch den Umschlag und Ihren Brief auch sehen. Dann zeige ich Ihnen, was der Graf mir schreibt. Wir beide haben ein wenig Unterhaltung durchaus nötig.«

Die Knesebeck läuft über die nachmittäglich ausgestorbenen Flure und Treppen ins Dachgeschoß. In ihrer Kammer holt sie hinter dem Spiegel das Handschreiben des Grafen hervor und eilt mit glänzenden Augen zurück. Als einzige von sechs Schwestern unverheiratet, nimmt sie am Wohl und Wehe ihrer Herrin umso intensiver teil.

»Ist es ein Liebesbrief oder ein Huldigungsschreiben?« fragt die Prinzessin, nachdem die Knesebeck ihr den Umschlag mit dem Billet übergeben und das Schreiben Königsmarcks überflogen hat.

»Euer Durchlaucht halten zwar nichts von meiner Meinung, was Herzensdinge betrifft«, erwidert das Fräulein, »aber sind der Umschlag und das Billet nicht der Beweis, daß der Graf etwas zu verbergen hat? Prinz Friedrich August schreibt Euch ebenfalls galante Briefe, aber er adressiert sie mitnichten an mich.«

»Ein Liebesbrief also«, sagt die Prinzessin, »ganz mein Gedanke, und ich gestehe Ihnen, daß er mir gefällt. Der Graf schreibt mit wahrem Sentiment. Wir brauchen uns jetzt nur eine Antwort auszudenken, die ihn noch ein wenig mehr hervorlockt.«

» ›Ich werde daran auch erkennen, ob ich auf das bauen kann, was Sie mir einige Male in Ihrer Güte gesagt haben‹«, zitiert Eleonore. »Und was haben Sie ihm gesagt?«

»Ich erinnere mich nicht, an keine Silbe! Was verspricht man nicht alles, wenn die Galans sich verabschieden!«

»Hat er nicht, ohne zum Dienst eingeteilt zu sein, häufig in Eurem Vorzimmer gestanden, bevor es in die Kampagne ging?« versucht die Knesebeck dem Gedächtnis der Prinzessin aufzuhelfen.

»Gewiß, neben all den anderen *sottes figures,* die mir den Hof gemacht und dabei die tollsten Sachen vorgebracht haben! Prinz Max flüsterte mir ins Ohr, sein Herz blute, während meines kälter als Marmor und härter als Stein sei. ›Die grausamste Frau von der Welt‹ hat er mich genannt!« Sophie Dorothea lacht verächtlich. Schwager Max ist ein Dummkopf, niemals würde sie auf seine Schmeicheleien hereinfallen.

»Unter den vielen falschen eine wahre Passion zu finden, ist wahrlich nicht leicht«, bemerkt die Knesebeck, »denn von ihren Leiden und Eurer Barmherzigkeit reden sie alle.«

»Außer Georg Ludwig«, setzt die Prinzessin finster hinzu. Daß der Erbprinz seinen ehelichen Pflichten nachkommt, sich ansonsten aber seiner Gunstdame widmet, kränkt sie umso mehr, als sie von ihren Eltern etwas ganz anderes kennt. Selbst nach fast dreißig Ehejahren ist der Herzog von Celle nie müde geworden, ihrer Mutter seine Ehrerbietung und sein Begehren zu zeigen; diese wiederum umsorgt ihren Eheliebsten wie in den ersten Tagen ihrer Liebe mit verzuckerten Früchten und bereitet ihm eigenhändig den Schlaftrunk.

»Die Schulenburg wird eines Tages genauso mächtig sein wie die Platen und ich in demselben miserablen Zustande wie die Herzogin von Hannover«, murrt die Prinzessin. Sie achtet und fürchtet ihren Schwiegervater zu sehr, um es zu wagen, seine Mätressenwirtschaft zu kritisieren; umso mehr verachtet sie die Platen.

Mehmet, der den Fächer ruhen ließ, um die eingetretene Stille nicht zu stören, beginnt wieder zu wedeln, da Sophie Dorothea plötzlich aufspringt. Aus den trüben Gedanken ist ein lustiger Einfall aufgetaucht. Sie tunkt die Feder ein und schreibt mit wohlabgezirkelten, großen Buchstaben unter den Brief nach Wolfenbüttel: »Ich sehe mit Vergnügen den zukünftigen Divertissements entgegen. Die Geduld, die uns die Abwesenheit unserer Helden abnötigt, ist nur ein Teil der Schmerzen, die wir um des Vergnügens willen, das sie uns bereiten, ertragen.«

* * *

Der Schatten der Lohmühle fällt breit über den Mühlenplatz bis zum Leineufer. Im zweiten Stock des Schlosses sind bereits die Gardinen zurückgezogen. Herzogin Sophie und ihre liebste Gesellschaftsdame, die Oberhofmeisterin Anna Katharina von Harling, sitzen am Fenster. Die Herzogin stickt; auf dem Schoß der Uffeln, wie die Harling nach ihrem Mädchennamen genannt wird, schläft der Enkel der Herzogin, der zweijährige Friedrich

Wilhelm von Brandenburg. Vor dem Fenster geht Hofrat Leibniz auf und ab. Er erzählt von seiner drei Jahre währenden Reise nach Oberitalien, wo er in den Archiven der Fürstenhäuser nach Beweisen für gewisse genealogischen Verbindungen suchte, nachdem man Heinrich den Löwen als Stammvater der Welfen wiederentdeckt hatte. In der Bibliothek von Modena wurde er fündig, was ihn beim Herzog sehr in Gnaden brachte und auch die Herzogin lebhaft interessiert. Zuvor jedoch muß der Gelehrte über Prinz Friedrich August berichten, den er auf der Rückreise in Wien traf. Die Herzogin lebt in ständiger Sorge um ihren Zweitältesten, da sein Kürassierregiment in Siebenbürgen im Kampf gegen Türken und aufständische Ungarn steht und das Unglück, das sie zu Neujahr traf, noch nicht verwunden ist. Ihr vierter Sohn fiel auf dem Amselfeld; man fand seine Leiche von Säbelhieben zerfetzt und von einem tartarischen Wurfspieß durchbohrt.

»Gegen die Fieberluft kann man nicht streiten«, sagt die Herzogin, denn mehr noch als die Säbel und Rohre der Türken fürchtet sie die Lagerseuchen, die unter den Orienttruppen wüten.

»Euer Durchlaucht Sohn waren gesund und befanden sich bei ziemlicher Leibeskonstitution«, beruhigt sie Leibniz, »wenngleich die Umstände, in denen er für gut befindet zu leben, nicht eben glücklich sind. Er fuhr mit starken Worten gegen seinen Bruder heraus und beklagte sich bitter, daß der Erbprinz in Flandern mit großem Hofstaat lebe, hingegen er statt schöner Marquisen und Kavaliere nur Kuhhirtinnen und den gestrengen Kriegskommissar zu Gesicht bekomme, in einem verfallenen Schweinestall überwintere, statt in Hannover in die Oper zu gehen.«

»Er klagt aber nicht aus Vanität!« ruft die Herzogin, von heftigem Mitgefühl ergriffen. »Wenn er wohlleben wollte und seiner Prätention auf ein Fürstentum abschwören, würde der Herzog ihm genug nach seinem Stand zum Leben geben. Mein Sohn hält es aber für schimpflich. Er will lieber ein simpler Soldat sein als eine gemeine *Lâcheté* zu tun!«

»Inmittelst muß er leiden«, bemerkt die Uffeln. Sie war bereits die Gouvernante von Sophies über alles geschätzter Nichte Liselotte von der Pfalz; in ihrer Obhut wuchsen die sechs Söhne der Herzogin auf, bis sie in die Hände der Hofmeister kamen, und sie erzog Sophie Charlotte, die Mutter des preußischen Thronfolgers, der ihr auf dem Schoße sitzt. Die Oberhofmeisterin weiß, daß Gustchen der Herzogin besonders nahe steht, da er das gerade Gegenteil ihres verschlossenen Erstgeborenen ist. Als Kind war er wild und böse, aber auch liebenswert und blendend wie ihr Bruder, als Jüngling ein rechter Pfälzer und Nachkomme der Stuarts. Nun, da aus ihm ein irrender Ritter, nobel und tapfer, aber ohne Glück und Stern, zu werden droht, wendet sich alle mütterliche Nothilfe auf ihn. Die Herzogin bezahlt seine Spielschulden und sorgt für seine Alimentation, allerdings hinter dem Rücken des Herzogs, der den Sohn wegen obstinaten Ungehorsams verstoßen hat. Friedrich August weigerte sich, die Erstgeburtsordnung zu beschwören, die der Herzog vor einigen Jahren mit kaiserlicher Konfirmation einführte. Die Unteilbarkeit des Landes durch Erbgang ist unerläßliche Voraussetzung, um den Kurhut zu erlangen; so legt es die Goldene Bulle fest. Der Prinz aber sah in der Politik des Vaters nichts als Schimpf und persönliche Kränkung. Er verharrte in seinem Widerstand, selbst als der Vater ihm die Bezüge sperren ließ, wandte der Heimat den Rücken und suchte kaiserliche Kriegsdienste auf dem Balkan.

»Habe Eurer Durchlaucht Herrn Sohn beweglich vorgestellt«, fährt Leibniz fort, »welchen Vorteil er davontrüge, wenn er seinen Widerstand aufgäbe und den Eid auf die Primogenitur ablegte; sein Herr Vater werde ihn reicher mit Apanagen und Deputaten ausstatten als alle seine anderen Söhne. Ihro Durchlaucht Sohn haben mir jedoch trotzig geantwortet, kein Pochen und Drängen könnten ihn je dahin bringen, sich seinem Herrn Vater zu unterwerfen.«

»Ich liebe ihn von Herzen«, sagt die Herzogin gerührt. »Wo ich ihm dienen kann, tue ich es, denn er leidet aus großer Generosität.«

Die Uffeln schweigt respektvoll, und auch der Hofrat sagt nichts. Ihm ist unbehaglich, da die Herzogin in der Unterstützung ihres Sohnes noch viel weiter geht. Sie bestärkt seine Widerspenstigkeit, indem sie ihm juristische Argumente gegen die Erstgeburtsordnung liefert, die sie bei ihm, dem herzoglichen Hofrat, erfragt. Er harmoniert mit der Herzogin in vielem; sich in Gesprächen und Briefen auszutauschen, ist beiden ein Bedürfnis. In der Primogenitursache jedoch kann er ihr nicht folgen; er darf es auch nicht, will er sich den Ratschlüssen des Herzogs nicht widersetzen. Um das Schweigen zu überbrücken, bedient er sich an der Anrichte mit einer Tasse Schokolade und drei Löffeln Zucker; der Hofrat liebt das Süße. Die Uffeln versprüht unterdessen gegen die Fliegen und den Gestank von der Leine Rosenwasser aus einer silbernen Spritze.

»Dieser schläfrige Nachmittagsfriede ist ganz, um melancholische Gedanken zu fassen«, nimmt die Herzogin das Gespräch wieder auf.

»Wäre wohl angenehmer«, pflichtet Leibniz ihr bei, »in Herrenhausen zu spazieren und *sans carosse* zwischen den Boskagen und Springbrunnen Luft zu schöpfen.«

Vom Mühlenplatz dringt Gejohle herauf. Leibniz beugt sich aus dem Fenster, wobei er, da er kurzsichtig ist, die Augen zusammenkneifen muß. Von der Pferdeschwemme an der Klickmühle galoppiert ein Gaul quer über den Platz, gefolgt von einem Pulk barfüßiger Jungen.

»Ewig schad, daß man aus dem Mühlenplatz keinen Garten gemacht«, sagt die Uffeln in der Hoffnung, die Herzogin von ihren trüben Gedanken abzubringen. »Die neue Steinbrücke zum Schloß ist nicht gering zu schätzen, aber es läuft doch viel Volks von der Neustadt durch den äußeren Schloßhof.«

Der Herzogin, der ihre Kinder über alles gehen, läßt das Schicksal Friedrich Augusts keine Ruhe. »Mein Sohn hat keinen Menschen bei sich, der ihm raten kann«, wendet sie sich wieder an

Leibniz. »Er muß in allem seinem eigenen Kopf folgen und hat noch wenig *Expérience*. Daher möchte ihm einiger Rat von Ihnen nützen.«

Der Hofrat steht auf dem Punkt, nun vielleicht doch vorsichtig zu bedenken zu geben, auf welch gefährliches Terrain die Herzogin ihn zieht, als das Kind auf dem Schoß der Uffeln erwacht. Es rudert mit den Armen, um an die bunten Garnrollen im Nähkorb der Herzogin zu gelangen. »Hiergeblieben, desertiert wird nicht!« kommandiert die Uffeln, während Sophie dem Jungen ein rotes Wollknäuel reicht. Die Primogenitur und Friedrich August sind augenblicklich vergessen, so daß der Hofrat die Gelegenheit ergreift und um Erlaubnis bittet, sich zurückziehen zu dürfen. Im Vorzimmer trifft er auf den dänischen Gesandten Haxthausen. Er befindet sich auf der Durchreise von Berlin zum Pyrmonter Brunnen und gibt vor, rein zufällig in seinem alten Wirkungskreis vorsprechen zu wollen. Leibniz stutzt. Das Gefährlichste an den Bestrebungen der Herzogin ist, daß sie Unterstützung für Friedrich August an auswärtigen Höfen sucht, die Hannover keineswegs wohlgesonnen sind, wohlwissend, daß der Herzog peinlich darauf Bedacht nimmt, die Erstgeburtsfrage aus der hohen Politik herauszuhalten.

* * *

Die Herzogin und Adolf Wulf von Haxthausen sind alte Bekannte. Ständige Gereiztheit und eine gewaltige, mit französischem Geld finanzierte Rüstung machen den Dänenkönig Christian V. zu einem unbequemen Nachbarn, so daß es für den Gesandten an den norddeutschen Höfen immer viel zu tun gibt. Haxthausen, der diesmal wirklich ohne diplomatischen Auftrag kommt, überbringt der Herzogin Grüße ihrer Tochter, der Kurfürstin von Brandenburg, erkundigt sich nach dem Wohlergehen des kleinen Kurprinzen und spart nicht mit Lob für das neue Opernhaus, welches ihm prächtiger als das ihres Vetters Herzog Anton Ulrich in Wolfenbüttel erscheint. Wenn das wolfenbüttelsche Haus hinter dem hannoverschen noch zurückstehe, antwortet die Herzogin, so werde doch gewiß das zweite Theater, das der Vetter derzeit in Braunschweig baue, um vieles prächtiger ausfallen.

Haxthausen wird hellhörig. Gewöhnlich läßt die Fürstin es nicht an Spott über den kunstsinnigen, aber großmannssüchtigen Vetter Tönis fehlen. Diesmal nichts dergleichen; vielmehr rühmt sie seinen uneigennützigen Sinn, läßt schließlich den Konversationston fallen und erklärt sich dem Gesandten offen. Die Liste ihrer Wünsche ist lang. Sie bittet den Gesandten nicht nur, ihre Korrespondenz mit Friedrich August über die dänische Vertretung in Wien laufen zu lassen, dieser möge sich zudem bei ihrem Neffen König Christian für die finanzielle Unterstützung ihres Sohnes verwenden. Außerdem solle der dänische Geschäftsträger in Wien den Prinzen dahin beraten, gegen die neuerliche kaiserliche Konfirmation des Erstgeburtsgesetzes Verwahrung einzulegen.

Haxthausen steckt zwei Finger in die Halsbinde, um sich Luft zu machen. Die Herzogin überschreitet mit ihren Wünschen die Grenzen, die ihr als Frau des Regenten gesetzt sind. Aber damit nicht genug. Sie entwickelt dem schwitzenden Diplomaten einen Plan, wie der Prinz nach dem Tode ihres Schwagers in Celle in den Besitz des Herzogtums Lüneburg kommen könne. Zum Schluß ihrer Ausführungen übergibt sie dem Diplomaten eine juristische Abhandlung, in der die Gründe gegen die Primogenitur zusammengefaßt sind und erklärt, ohne mit der Wimper zu zucken: »Ich habe das größte Vertrauen, daß diese Deductio jurium Ihre Königliche Hoheit vollständig davon überzeugen wird, daß die Ansprüche meines Sohnes rechtens sind. Bitte Sie dieserhalb im Stillen Anfrage zu tun, ob der König für meinen Sohn notfalls marschieren zu lassen sich resolvieren könnte.«

Haxthausen schnappt nach Luft. Er ist im diplomatischen Geschäft einiges gewohnt, aber dies ist ohne Exempel. Gegen alle

Etikette mustert er die fürstliche Frau unverhohlen. Sie scheint jedoch bei vollem Verstand; auch weint sie nicht wie vor fünf Jahren, als sie schon einmal über Wolfenbüttel eine geheime Verbindung nach Dänemark anbahnte; also muß ihr bewußt sein, daß ihr Ansinnen an Hochverrat grenzt.

»Ich schulde Euer Durchlaucht größten Dank und ewigwährende Obligation, weilen Euer Durchlaucht mich in Dero weitreichende Consilia einblicken lassen und dafür gebrauchen wollen«, antwortet Haxthausen betont förmlich. »Um eines guten Effektes halber bedarf die Sache einiges ferneren Nachdenkens und sorgfältiger Erwägung aller Umstände. Werde also nicht anstehen, meinem Herrn Rapport zu tun und mich ins Mittel zu schlagen.«

Auf den Gängen wird zur Tafel geblasen. Die Herzogin nimmt dem Gesandten das Versprechen ab, gegen jedermann Stillschweigen zu bewahren und erhebt sich. Beunruhigt, was aus solchem Wesen Unerquickliches auskommen möge, verläßt der Diplomat das Schloß.

* * *

Der Jagdwagen hüpft und schwankt, wenn der Kutscher das Gespann durch steinige Löcher und grundlose Sandkuhlen steuert. Herzog Georg Wilhelm von Celle, ein Mittsechziger mit hängendem Backenfleisch und gutmütigen Gesichtszügen, hat die Arme auf den Lederpolstern ausgebreitet. Behaglich um sich schauend nimmt er von der vorbeiziehenden Landschaft Besitz. Noch gestern hat er in der Nordheide Feldhühner gejagt, dann verdarb ihm die aus Brabant eintreffende Nachricht von der Niederlage bei Fleurus das Jagdvergnügen. Kurzentschlossen brach er das Jagdlager ab und befahl, die Festungsarbeiten in Ratzeburg zu inspizieren.

Die Fahrt geht durch das Lauenburger Land. Der Wagen passiert lichte Buchenwälder, blinkende Seeufer, Dörfer und wohlbestellte

Felder. Die Stimmung des Herzogs hebt sich. Das alles wird bald zum Hause Braunschweig-Lüneburg gehören, denn im vergangenen Herbst ging der letzte Herzog von Lauenburg infolge eines Stickflusses mit Tode ab, ohne Lehnserben zu hinterlassen. Georg Wilhelm zögerte darauf nicht, das so bequem an seinen Grenzen gelegene Ländchen mit ein paar hundert Soldaten vorläufig in Possession zu nehmen.

»Viel ist es nicht, was der Verblichene zwischen Elbe und Trave hinterlassen hat, und schwer zu verteidigen dazu«, bemerkt Feldmarschall Chauvet, ein langer Hugenotte, der dem Herzog gegenüber sitzt und bei der Schaukelei Mühe hat, seine Knie von denen des Herzogs fernzuhalten. Er ist mit dem Festungsbau in Ratzeburg beauftragt, findet es aber höchst überflüssig, wegen dieses Fleckchen Lands einen Krieg mit Dänemark oder Sachsen zu riskieren.

»Der Lauenburgische Elbzoll wirft pro Jahr immerhin 18000 Taler ab«, wendet der neben Chauvet sitzende Oberkriegskommissar Wackerbarth ein; er ist gebürtiger Lauenburger, dazu Oberhauptmann der Zitadelle von Harburg, dem festesten Platz der Welfen an der Elbgrenze. »Außerdem werden wir es in Zukunft sehr bequem haben, die Wege von Hamburg nach Lübeck, von Wismar nach Stade, von Berlin und Dresden an die Westsee zu kontrollieren.«

»Ja, wenn man wirklich Herr im Haus ist und nicht alle Jahre desselben Spiels mit dem Dänen gewärtig sein muß«, erwidert Chauvet verächtlich. Was versteht dieser Oberhauptmann von den Difficultäten, die die Lauenburger Sache dem Herzog, der als Regent geschäftsunlustig, im Umgang mit der Macht weich und unbeständig ist, unweigerlich auf den Hals ziehen wird.

»Militärisch haben Euer Gnaden, was Sie wollen, diplomatisch aber noch lange nicht«, wendet er sich an den Herzog. »Müssen Eure Durchlaucht nicht gewärtigen, das Herzogtum wieder zu räumen, wenn derjenige unter den Anwärtern gefunden ist, der das beste Recht darauf hat?«

»Ganz recht, mein Lieber«, antwortet der Herzog und bedenkt seinen timiden Generalissimus mit einem mitleidigen Blick, »aber maßen die Petenten so zahlreich wie die Erbverbrüderungen, welche der Verblichene geschlossen hat, wird es gute Weile haben, bis der Erbanwärter mit dem besten Recht zweifelsfrei gefunden ist.«

»In puncto possessionis kann man daher sehr wohl der Meinung sein, daß die Sache nicht so klar ist, daß nicht materia disputandi für einen Haufen Advokaten auf etliche Jahre vorhanden ist«, pflichtet Wackerbarth seinem Herrn lachend bei.

Chauvet schweigt verdrossen. Jeder Groschen, der in das Ratzenloch im See gesteckt wird, ist verschwendet. Mit Serenissimus ist darüber jedoch nicht zu disputieren. Zu vernarrt ist er in den Gedanken, das Ländchen, das ein Allod Heinrichs des Löwen gewesen sein soll, wieder dem Gesamthaus einzuverleiben.

Der sandige Fahrweg geht in eine gepflasterte Straße über. Der Wagen rasselt über das Kopfsteinpflaster bis auf den Sankt-Jürgensberg, von wo sich die Straße zwischen der St. Georgskirche und dem Amtshaus zum See hin senkt.

»*Ah, la belle vue!*« ruft der Herzog, als sich der Blick von der Höhe auf den See und die von Wäldern gesäumten Ufer öffnet. In der Mitte der glitzernden Wasserfläche liegt Ratzeburg, linkerhand der Palmberg mit dem Dom, rechterhand die Residenz. Auf dem vorgelagerten Schloßplatz stehen nur noch die Kanzlei, die Brauerei und einige Häuser; das alte Schloß und der Wehrturm sind bereits abgebrochen. Chauvet kneift die Lippen zusammen; das Städtchen liegt reizend, es wird aber nichts davon übrig bleiben, wenn der Dänenkönig hier oben mit Artillerie erscheint.

Zum Empfang des Herzogs ist General Boisdavid, der die im Land versammelte kleine Streitmacht befehligt, nebst einigen weiteren Militärs heraufgekommen. Zwei Rotten Musketiere feuern Salut. Als sich der Knall über dem See verliert, schreit von der Mühle hinter der Kirche ein Esel.

»Mit Eselstrompeten empfangen werden wir hoffentlich nicht mit Eselsfürzen begraben werden«, bemerkt der Herzog, während ihm der General aus dem Wagen hilft.

»*Point du tout*«, lacht Boisdavid und komplimentiert den Herzog zu einigen freistehenden Buchen, unter denen der St. Georgsberger Amtmann einen Tisch mit einem Imbiß aufgeschlagen hat, »Ihre Durchlaucht werden es an den Instrumenten, um den Dänen recht aufzuspielen, sicher nicht fehlen lassen.«

Bei gelierten Kalbsfüßen, Hecht in Kapern und süßem Tokaierwein werden die Taten hervorgekramt, welche bei der Besetzung des Herzogtums vorgefallen. Die Musketiere feuern Salut, das Wohl des Herzogs wird getrunken. Markig tut er den Herren Bescheid: »Wir werden Ratzeburg in eine *imprenable* und *inattaquable* Festung verwandeln! Und dies mit gutem Recht. Lauenburg ist Unser altväterliches Patrimonium. Hat nicht Unser Ahnherr, Heinrich der Löwe, es den Wenden abgekämpft und als Allod besessen? Ist es ihm durch die Acht nicht zu Unrecht entzogen worden? Wir werden Unseres Hauses Recht gegen jedermann behaupten. Wer den Schwanz vor dem Dänen einzieht, soll mit Eselsfürzen begraben werden. Wer ist mehr berufen, an des Reiches Nordgrenze zu wachen als das Haus Braunschweig! Der Kaiser wird es uns eines Tages danken.«

Der Herzog trinkt sein Glas leer und läßt als Zeichen zum Aufbruch einen kräftigen polnischen Seufzer hören. Dann geht es zu Pferd den Abhang hinab auf den provisorischen Damm, der zur Stadt hinüberführt.

Auf der fürstlichen Freiheit vor dem Lüneburger Tor sind Soldaten dabei, die restlichen Gebäude abzureißen; an ihrer Stelle sollen zwei Hauptbastionen und ein Ravelin aufgeführt und anschließend der Schloßplatz geflutet werden. Während Feldmarschall Chauvet dem Herzog anhand der Bauskizzen erläutert, daß dies im gesamten Befestigungsring die einzige Stelle ist, an der Außenwerke nach Vaubanscher Manier Platz haben, fällt vom

Dach des Brauhauses ein Schuß. Ein Kerl balanciert über den First und ruft: »Vivat Jürgenvatter! Lang schall hei leven un gesund tortoo!« Er zieht einen kleinen Puffer aus dem Gürtel, tut noch einen Schuß in die Luft und verschwindet hinter dem Schornstein.

»Wat is dat denn för een?«, fragt der Herzog belustigt.

»Dat is Hinnerk Rentsch, Dachdecker un Büchsensnieder ut Herzberg an'n Harz«, erklärt Wackerbarth. »Is' n düchtigen Keerl, man bloot'n bettjen abasig. Nah de Arbeit verpett hei sik de Fööt dor boben, ballert inne Luft un up'n Stutz is hei wedder weg.«

Der Herzog lacht anerkennend: »Sodennig Lüüt könnt Wi wol bruken.«

Chauvet drängt, mit der Inspektion fortzufahren. Aus dem Lüneburger Tor tritt jedoch der Magistrat, dem Herzog seinen untertänigsten Willkomm zu entbieten; acht Ratsherren und ein Stadtschreiber, allesamt in schwarzes Tuch gekleidet. Umständlich stellt der Bürgermeister seiner Durchlaucht vor, wie übel die Bürger dran seien und etliche sich beklagen, da Garnison und übermäßige Einquartierung sie gar zu sehr bedrücken: »Maßen die Stadt bei habenden tausend Einwohnern nur 150 Feuerstellen verzeichnet, liegen den Quartierswirten in ihren Häusern wohl fünf bis vierzehen Soldaten auf dem Hals und müssen sie sie mit Betten, Feuerung, Licht, Salz und Sauer verpflegen. Manche Witwe vermag ihres Gefallens nicht mehr im eigenen Hause zu wohnen. Manchem Hauswirt bleibt für seine eigene und seiner Angehörigen Nahrung nichts mehr.«

Der Herzog läßt dem Bürgermeister über Wackerbarth ausrichten, daß die Soldaten wieder ins Umland kommen, wenn die Fortifikation beendet ist. Dies solle geschehen, damit die Untertanen nicht ferner erschöpft, sondern bei ihrem Wohlstande erhalten werden; solange die Arbeiten aber dauern, müssen sie den jetzigen Zustand dulden.

Bis der Herzog und sein Gefolge in der Herrengasse verschwinden, bleiben die Ratsherren in respektvoller Verbeugung. Dann erst machen sie ihrem Unmut Luft. Mit dem neuen Landesherrn haben sie nicht viel im Sinn. Der verstorbene Herzog lebte auf seinen Gütern in Böhmen, sie entrichteten ihre Kontribution an die herrschaftliche Kasse; die fürstlichen Bedienten, die keine bürgerliche Nahrung trieben, waren gering an der Zahl. Jetzt aber ist viel Umtrieb und wenig Einnahme; durch die Einquartierung wird das Ersparte aus den Häusern gesogen. Mancher wünscht sich die Dänen herbei.

Chauvet entgeht nicht, daß sich nur wenige Leute auf den Gassen und in den Türen blicken lassen. Kaum ein »Vivat« ist zu hören, als der Herzog an St. Petri vorbei zum Ratzenschwanz reitet, eine Landzunge, die nach Osten hin in den See sticht. Der General führt den Herzog absichtlich an diese Stelle. Der Palisadengürtel, der die Stadt umgibt, tritt hier nahe ans Ufer. Serenissimus soll sich mit eigenen Augen davon überzeugen, daß die Bohlen zerbrochen und die Sturmpfähle verfault sind. Selbst wenn sie erneuert ist, wird die Palisade mehr dazu da sein, *pour faire figure que pour faire du mal.*

Chauvet hat Recht, aber er erreicht mit seiner Demonstration das Gegenteil. Der Herzog ist weit davon entfernt, seine Pläne aufzugeben. Er befiehlt General Boisdavid, die Stadt so weit wie möglich mit einer Erdumwallung zu umgeben; auch einige Bastionen alten Stils, Kasematten und Geschützstände sind aufzuführen. Eine bessere Befestigung erlauben die sumpfigen Ufer nicht. Im Inneren soll die kleine Garnison durch ein paar Kasernen, Barakken und Magazine ergänzt werden. Für Weiteres ist kein Platz; zu beengt liegt das Städtchen im See.

Chauvet resigniert, lenkt auf dem Rückweg das Augenmerk des Herzogs aber doch noch auf die Bauweise der Häuser; Fachwerk, die Dächer strohgedeckt; außer der Stadtkirche und dem Dom fast keine Steinbauten. Artilleriebeschuß wird verheerend sein. Georg Wilhelm schweigt. Er will nichts mehr hören. Wieder am Lüneburger Tor auf der Westseite angekommen, befiehlt er, den

Schloßplatz unter Wasser zu setzen und noch zwei neue Werke abzumessen.

Unterdessen ist es Nachmittag geworden. Ermüdet von den Dienstgeschäften möchte der Herzog den Abend auf dem Höhenufer verbringen, wo sein Zelt für die Nacht aufgeschlagen ist. Sorgenvoll blickt Chauvet auf das *Nid de rats,* ein richtiges Ratzenloch, zum Ausräuchern wie geschaffen; wenn der Ausgang besetzt ist, kann niemand heraus.

* * *

Fluchend, aber gottergeben, beziehen im Spätherbst 1690 die cellischen und wolfenbüttelschen Regimenter die Winterquartiere in Brabant. Die hannoverschen Truppen hingegen treten den Rückmarsch an und treffen Anfang Dezember im Lande ein, wenige Tage nachdem in Hamburg der Neutralitätsvertrag mit Frankreich unter Dach und Fach gebracht ist. Der Herzog hat sich das Versprechen, seine Truppen nicht mehr gegen Frankreich einzusetzen, mit 400 000 Talern versilbern lassen. Alsbald kommen die Louisdors, da Wechsel über die Schweiz zwei Monate laufen, in Weinfässern gut verpackt, die Mosel heruntergeschwommen. Nun kann nicht länger verborgen bleiben, daß Herzog Ernst August von der Sache des Reiches abgetreten ist.

Königsmarck hat das langsame Marschtempo der heimkehrenden Truppen nicht länger ausgehalten und ist mit der Post an die Leine zurückgekehrt. Madame Cramm schlägt die Hände zusammen, als sie seine Stimme im Vestibül hört. Die Zimmer sind ungeheizt, die Flöhe nicht aus den Betten gestöbert und die Möbel mit Leinzeug verhängt. Die Haushälterin scheucht den Hausintendanten Beneke und die Altmädchen auf, damit sie das Nötigste richten. Als das Kohlebecken und eine Kanne warmen Wassers in die Gardereobe gebracht werden, hat der Graf bereits sämtliche Truhen und Schränke aufgerissen und sucht eigenhändig nach einem passenden Anzug.

Auf der Gasse ist es dunkel und feucht. Wo ein Lichtschein aus den Häusern fällt, steht die diesige Luft wie eine Atemwolke vor den Fenstern. Königsmarck läuft vom Brand die Calenberger Straße entlang über die Leinebrücke bis zum Hofmarschallhaus, das den ersten Schloßhof zum Holzmarkt begrenzt, biegt in die Leinstraße ein und verlangsamt vor dem Schloßtor, aus dem die Wache geräuschvoll ins Gewehr tritt, seine Schritte. Von der Marktkirche tönen fünf langezogene Schläge. Er wird jetzt wie die Kavaliere, die zum Hofdienst eingeteilt sind, pünktlich im Vorzimmer der Prinzessin sein.

Hinter der Schloßkirche führt ein Torgang in den dritten Hof. Schräg gegenüber liegt das Opernhaus im Dunkeln. Musik klingt herüber, bricht ab und setzt wieder ein. Philipp Christoph erkennt das Motiv der *Folies d'Espagne,* das zur Zeit überall in Mode ist. Offenbar probt man bereits für den Karneval. Er passiert die Wachen und steigt die Stufen zum ersten Stock des Klosterflügels hinauf, der von den Kerzen in den Messingreflektoren nur schwach erleuchtet ist. Unzählige Male hat er sich das Wiedersehen vorgestellt. Wie ihre Augen ihn schon von ferne begrüßen, wie ihre Finger seinen Lippen antworten, wenn er ihre Hand küßt; daß sie sein Gespräch und seine Nähe suchen würde und irgendwann später, in einem unbewachten Augenblick, seine Fingerspitzen ihren Nacken streifen. Alles ist ihm ganz leicht erschienen, denn ihre Briefe drückten mehr aus als bloße Galanterie. Ein lockender, sehnsüchtiger Ton schwang darin, der keineswegs seiner Einbildung entsprang. Er hat die Briefe immer wieder geprüft. Er ist sich dessen ganz sicher gewesen. Nun verläßt ihn diese Gewißheit mit jedem Schritt, der ihn der Tür am Ende des Korridors näher bringt.

*   *   *

Mit ausgestreckten Armen hält Sophie Dorothea, die bereits zum Souper angekleidet ist, ihren Sohn von sich fern. Während er mit aller Gewalt versucht, ihr auf den Schoß zu klettern, kommt der Teppich unter seinen Füßen ins Rutschen und der Junge bäuchlings zu Füßen der Mutter zu liegen.

»Das nenne ich Devotion«, lacht Freiherr von Eltz, ein sommersprossiger Junggeselle mit weichen Gesichtszügen, der heute den Hofdienst bei der Erbprinzessin versieht. Der Hofkavalier läßt sich auf die Knie, um den Prinzen auf die Beine zu stellen, als die Tür aufliegt.

»Zwei Männer auf den Knien vor Euch? Da muß ich wohl auf den Händen laufen, um mich in gehörige Positur zu setzen.«

Königsmarck verbeugt sich. Die Prinzessin lacht entzückt. »Etwas überschwenglich«, findet Adam von Eltz. »Etwas grell«, denkt die Knesebeck, während sie dem Prinzen, der sich von einer Sekunde zur anderen vernachlässigt sieht und zornig das Gesicht verzieht, die Kleider zurechtzupft.

»Haben Sie es nötig, sich in Positur zu setzen?«, fragt die Prinzessin, während Königsmarck ihr die Hand küßt.

»Zu Hof wird viel vergessen, auch das Neue bald alt«, entgegnet Königsmarck, indem er sich erhebt, »eine geringe *Absence* animiert, eine langwierige macht vergessen.«

»Nun, so bemüht Euch, Euch in Erinnerung zu bringen, Sie waren mehr denn ein halbes Jahr fort.«

Sophie Dorothea sieht Königsmarck herausfordernd in die Augen. Dieser hält dem Blick der braunen Augen nicht länger stand, überreicht ein Päckchen, das Brabanter Spitzen enthält, begrüßt mit einigen Scherzworten die Knesebeck und Adam von Eltz, der sich neidisch fragt, warum es Königsmarck und nicht ihm gegeben ist, die Aufmerksamkeit der Damen so blitzartig zu fesseln.

* * *

In den Weihnachtstagen jagt Herzog Ernst August unter heftigem Fluchen die Abgesandten des Fürsten von Waldeck und des Generalgouverneurs der spanischen Niederlande davon. Sie flehen den Herzog an, den Truppenabzug aus Holland einzustellen, und auch aus Celle kommen eindringliche Gegenvorstellungen. Georg Wilhelm läßt Ernst August wissen, der Friede, den der Bruder mit Frankreich vorgeblich anstrebe, werde König Ludwigs Drang nach der Vorherrschaft in Europa nicht eindämmen; wenn man nicht jetzt darin einig sei, die Balance in Europa wieder herzustellen, so strecke man freiwillig den Hals unter das französische Joch, gebe Land, Leute und Souveränität dahin und trage doch nur den Schimpf davon.

Ernst August lassen die Bedenken Georg Wilhelms kalt. Er braucht das französische Bündnis, um den Kaiser in der Kursache unter Druck zu setzen. Zudem hat er sich mit Frankreich tiefer eingelassen als der Bruder überhaupt ahnt. In den Geheimartikeln zum Hamburger Vertrag sichert er nicht nur seine Neutralität im Reichskrieg zu, sondern verpflichtet sich darüber hinaus, einer dritten Partei beizutreten, sobald sich diese, etwa unter der Führung Schwedens, bilde, sowie ein deutsches Hilfskorps aufzubauen, damit Ludwig das Reich von zwei Seiten in die Zange nehmen kann. Der Verrat am Reich könnte nicht schnöder sein, und nur eine vollkommen selbstherrliche Natur wie Ernst August kann glauben, bei diesem Handel mit dem mächtigsten Mann Europas ihren Schnitt zu machen.

Die Verschwörung

Zu Neujahr setzt scharfer Frost ein. Gassen und Häuser sind mit einer glänzenden Eisschicht überzogen. Unter der Leintorbrücke ertrinkt die Magd des Hofseilers beim Garnwaschen, da sie einen heißen Kessel auf das Eis gesetzt hat. Dessenungeachtet vergnügt sich jung und alt auf dem Stadtgraben und auf der Leine. Am Mühlenplatz schlagen Krüger und Klippkrämer Buden auf, in denen sie Warmbier und Mehlflecken feilbieten. Im Schloß schleppen die Feuerböter Körbe voll Holz und Torf, die Fegemädchen Ascheneimer durch die Gänge. Hoch und nieder hustet wegen der ewig rauchenden Kamine. Der Herzogin friert beim Briefschreiben die Tinte ein. Leibniz befällt ein hitziges Fieber; dennoch läßt er sich zur Neujahrsaudienz beim Herzog melden, um einiges vorzutragen, was zur Beförderung der Historia des hochfürstlichen Hauses gereichen kann.

Seit seiner Rückkehr aus Italien arbeitet der Hofrat an der Geschichte des Hauses Braunschweig von seinem Ursprung bis auf die Gegenwart; sie wird vom Herzog bereits mit Spannung erwartet. Gründlichkeit und wissenschaftliche Neugier führen den Gelehrten jedoch fast bis zur Sintflut zurück. Die ersten Kapitel handeln von den Ureinwohnern zwischen Harz und Heide, von denen zu vermuten, daß sie Riesen gewesen seien, und von der Ursprache, von der alle Sprachen zwischen Indus und Nordsee herrühren. Den Herzog ergreift heftiger Unmut, als der Historiograph seine weitreichenden Absichten in einem kurzen Vortrag zusammenfaßt. Die Sache läuft auf ein monumentales Werk über den Norden des Reiches, ja des gesamten christlichen Abendlandes hinaus. Am Ende wird es mit der Historia gehen wie mit der Entwässerung der Harzbergwerke: endlose kostspielige Versuche, aber niemals ein greifbares Ergebnis.

»Ich danke Euch. Der Höchste verleihe Euch Kräfte und

Ausdauer, das Werk dereinst zu vollenden«, bemerkt der Herzog ungehalten und beendet die Audienz, nachdem Leibniz endlich bei Heinrich dem Löwen, dem Schmalkaldischen Krieg und wie es mit der Reformation in diesen Landen hergegangen angelangt ist.

Vorsichtig passiert Leibniz die frierenden Wachen und balanciert über das vereiste Pflaster zum Haus der Witwe von Anderten, wohin die Bibliothek während seiner Forschungsreise ausquartiert wurde. Bekümmert vergleicht er seine Lage mit der unter des Herzogs Vorgänger. Er beriet ihn in allen wichtigen Staatssachen, während er sich jetzt, unter Hintansetzung seiner Gesundheit, darin erschöpft, Gedenkmünzen zu entwerfen und Argumente für die Begründung der neunten Kur zu sammeln. Seufzend hebt er den Türklopfer. Wenn er nicht auf das Interesse der Herzogin zählen könnte, sähe es für ihn noch schlechter aus.

*   *   *

Im Februar stürzt sich der Hof wie jedes Jahr, seit der Herzog nicht mehr nach Venedig reist, in den Karneval. Sophie Dorothea und Königsmarck sehen sich in der Oper und in der französischen Komödie; sie tanzen auf den Redouten im Rittersaal, auf den Maskeraden im Rathaus und den Bällen, die die Gräfin Platen im Marschallhaus gibt. Zeremoniell und Ranganprüche sind meist beiseite gesetzt und auch den bürgerlichen Ständen der Zutritt verstattet.

Pechkränze erhellen die Straßen, als Königsmarck sich, mit Turban, Krummschwert und Leibbinde ausstaffiert, zu sechs Uhr abends auf das Rathaus begibt. Vor dem Eingang ist ein Unteroffizier mit einer Rotte Musketiere aufgezogen, der jeden zurückweist, der sich ohne Maske einschleichen will. Im großen Huldigungssaal brennen die doppelten Kronleuchter; auf den Galerien spielen Musikanten und Pfeifer continuo und durcheinander. Das fürstliche und das Hoffrauenzimmer in Mönchs- und Mannskleidern, Prinzen und Kavaliere in gestickten, mit Stutzfedern besetzten Mützen tanzen an einem Platz, auf dem anderen springt allerhand Canaille in grotesker Vermummung. Der Sultan wird, kaum daß er den Saal betreten hat, von einer Dame in Kardinalsmaske zu einem Saltarello tedesco engagiert. An dem hitzigen Eifer, mit dem sie die Füße setzt, erkennt er die Gräfin Platen. Da sie zwar eine geschickte Tänzerin, aber kurzatmig ist, kann er sie bald zu den Spieltischen bringen und der verschleierten Dame im spanischen Kostüm folgen, nach der er im Gedränge der Masken schon beim Betreten des Saales Ausschau gehalten hat. Während die Musikanten mit klappernden Kastagnetten die *Folies d'Espagne* intonieren, welche, seit sie in Paris an der Oper getanzt wurden, an allen Höfen Europas *à la mode* sind, fassen der Sultan und die Spanierin sich an den Händen. Ihr Tanz folgt keinem festen Muster, sondern der freien Invention und erfüllt alles, was die wahre Tanzkunst und das wohl-moralisierte Gemüt an Anmut der Gebärden und Leibeshaltung fordern. »*Superbe! La danse de caprice!*« ruft der Tanzmeister, wirft dem Paar doppelte Kußhände zu und läßt zur Steigerung der Tanzlust eine Allemande folgen. Im Schreiten und Hüpfen tauschen die Paare die Partner, drücken sich die Hände und grüßen sich mit den Augen, wenn sie im Wechsel der Figuren wieder zusammenfinden.

Unter der Galerie tuschelt die Uffeln mit dem Fräulein von Birkenfeld. »Was Sie nicht sagen, Euer Liebden, hinter der spanischen Maske steckt die junge Prinzessin von Cell? Nun, sie hat einen schönen Tänzer gefunden. Schöner als ihr Gemahl.«

»Und eifriger. Schon die dritte Allemande tanzt er mit ihr.«

»Unser junger Obrist Königsmarck, er soll sich vorsehen. Man sagt, die Gräfin Platen hat ihn in ihre Netze ziehen wollen.«

»Ist ihre Tochter zum Heiraten denn schon alt genug?«

»Ach, wenn die Tochter zu jung ist, tritt solange die Mutter an ihre Stelle.«

»Die Gräfin Platen sollte sich an einen so jungen Menschen, wie Königsmarck ist, gemacht haben?«

»Man spricht davon. Sehen Sie nur, welche Blicke sie herüberwirft.«

Von fürstlichen Personen sitzen die Herren Herzöge von Hannover, Celle und Wolfenbüttel nebst den Grafen Platen, Galli, Montalban und weiteren Kavalieren im oberen Saal an runden Tafeln und spielen, wobei die Bank hält, wer nur will. Der Herzog von Hannover trägt einen seidenen, mit goldenen Blumen durchwirkten Schlafrock; der Herzog von Celle ist mit einer türkischen Mütze und taffeten Maske angetan, demaskiert sich aber, wie auch die anderen Herren, während des Spiels. Vom großen Saal geht eine kleine Treppe in ein Gemach hinauf, worin ein Italiener mit allerhand Zuckerwerk, Zitronen, Pomeranzen, Zimmetwasser, Limonade und orientalischen Getränken, auch Wein und Branntwein, Schwarz- und Weißbrot steht und jedem für Geld gibt, was er feil hält. Der Sultan führt die Spanierin vor den Tisch des Italieners und ersteht ein rotes Zuckerherz.

»Votre Altesse tanzen wie ein Engel!«

»Und wenn die Dame im Kardinalshut glaubt, die Engelsflügel wären zwei Hörner, die Sie einer gewissen Person aufzusetzen zu belieben die Absicht haben?«

»Mag sie es glauben, die alte Zott! Kann sie uns hindern, bis an den Rand der Welt und noch durch alle sieben Himmel zu tanzen, wenn Sie es wollen?«

Alles solches Werk und Wesen endigt sich zu zehn Uhr, bis zu welcher Zeit Manns- und Weibspersonen auf- und abgehen, miteinander reden, sich kitzeln, küssen und scherzen und dann zu Hofe fahren, woselbst jeder der Herzöge in seinem Gemach speist. Die junge Herrschaft aber hält offene Tafel, woran die junge Prinzessin von Cell, dero Ehegemahl der Erbprinz, seine Brüder, der junge Graf Königsmarck, das Fräulein von dem Knesebeck und etliche Damen sitzen, während das übrige Frauenzimmer und die

Kavaliere in den Nebengemächern an fünf weiteren Tafeln gespeist werden. Der Erbprinz läßt selbige Nacht noch anspannen, um inkognito nach Burg Hehlen zu fahren, allwo seine Gunstdame mit einem Kind niedergekommen ist.

Es ist Mitternacht, als Königsmarck sich unter den Augen von Kammerdiener Angeau und seiner Frau, die die Prinzessin beim Zubettgehen bedienen, verabschiedet und vom Antichambre auf den kaum erleuchteten Flur hinaustritt. Am Ende des Ganges öffnet sich eine Tür, eine Hand winkt. »Warten Sie, bis ich Sie hole«, flüstert die Knesebeck, dann steht er im Stockdunkeln auf dem Schnürboden des Opernhauses und wagt nicht, sich zu rühren. Es riecht nach Staub und Kerzenqualm; seine Hände tasten nach dem Geländer des Stegs, von dem der Schnürbodenmeister die Prospektzüge bedient. Eine innere Bangigkeit schwächt ihm die Knie, während Rock und Beinkleid spannen und selbst die weitesten schweizer Hosen jetzt zu knapp wären. Endlich erlöst die Knesebeck ihn. Sie zieht ihn über den Gang vor eine Tür, hinter der er die Prinzessin vollständig bekleidet, aber mit aufgelöstem Haar und dem Aussehen einer Kranken auf einer Sitzbank lehnend findet. Die dunklen Augen brennen; ihre Hände hängen so schlaff von den Gelenken, als wollten sich ihr die Knochen auflösen. Unbeholfen läßt Königsmarck sich auf einem Tabouret nieder und beginnt, da die Prinzessin nichts sagt, eine förmliche Unterhaltung. Die vier Fuß Distanz zwischen seinem Sitz und der gepolsterten Bank sind wie ein Abgrund.

»Veuillez-donc ...«

Die Prinzessin, die seine Not nicht länger ansehen kann, weist auf den Platz neben sich. Steifbeinig folgt Königsmarck der Aufforderung, zerrt den Säbel aus der Leibbinde und zieht mit einem stummen Seufzer die Angebetete an seine Brust, daß das Fischbein ihrer Corsage knackt.

Der Morgen graut, als die Knesebeck zum Aufbruch mahnt.

»*Adieu, mon aimable Cœur.*« Königsmarck steht mit den Stiefeln in der Hand auf dem Gang.

»*Prenez garde à Vous, car je suis à Vous!* Sie werden sich die Füße erkälten.«

Die Knesebeck begleitet ihn durch den Bühnenausgang vor das Opernhaus. Bevor er um die Ecke zur Leinstraße verschwindet, wirft er ihr eine Kußhand zu und ruft: »Sagen Sie, *ma charmante Léonisse:* ›Es gilt der vorletzte Satz!‹«

* * *

Während des Karnevals geht der diplomatische Betrieb auf der Marschallstube unverändert weiter. Kuriere kommen und gehen; die Geheimen Räte suchen nach Partnern für die Dritte Partei, die militärisch potent und anfällig für die silbernen französischen Stoßtrupps sind. Premierminister Platen nimmt Fühlung zum Bischof von Münster auf, dessen ausgedehnte Ländereien bei allen Verwicklungen am Niederrhein ein wichtiges Aufmarschgebiet für Freund und Feind bilden. Der großmannssüchtige Herzog von Gotha ist zum Karneval geladen und kann in Hannover gewonnen werden. Nach Kursachsen geht ein mit den dortigen Verhältnissen vertrauter Gesandter. Mit Feldmarschall Niels Bielke, dem Kopf einer Delegation schwedischer Offiziere, verhandelt Herzog Ernst August höchstselbst.

In das Treiben im Leineschloß platzt die Nachricht, daß Prinz Friedrich August am letzten Tag des Altjahrs am Zernester Paß in Siebenbürgen gefallen ist. In der Morgenfrühe des 31. Dezember stieß er bei der Verfolgung einer Streifschar ungarischer Rebellen in einer Waldschlucht auf einen Hinterhalt, ritt nach kurzem Feuergefecht leicht verwundet zurück, um sich frische Pistolen geben zu lassen und erneut, diesmal zu Fuß und nur von sechs Reitern seines Kürassierregiments begleitet, in den Engpaß vorzugehen. Eine Salve der Rebellen empfing den Tollkühnen und streckte ihn nebst drei Reitern zu Boden. Die Leiche blieb in der Hand der Seinen. Einbalsamiert befindet sie sich auf dem Weg in die Heimat.

Es ist Kammerpräsident Grote, der der Herzogin die Umstände eröffnet, unter denen ihr Zweitältester zu Tode kam. Der Herzog selbst bringt es nicht über sich, da er dem ungehorsamen und infolgedessen gänzlich verstoßenen Sohn auch über dessen Tod hinaus grollt.

Die Herzogin ist wie betäubt. Jahr um Jahr kämpften ihre Söhne in Ungarn und Serbien, ohne daß einem von ihnen etwas zustieß. Nun hat ihr der Krieg innerhalb von zwölf Monaten gleich zwei Söhne genommen.

»Ihro Durchlaucht Sohn haben sein Leben für die christliche Sendung im Osten gegeben«, sagt Grote; der Gram der Herzogin verbietet es, mehr Worte zu machen.

»Was Gott nach seinem unwandelbaren Rat will, damit muß man zufrieden sein«, erwidert Sophie, »aber dies ist ein harter Stoß.«

Grote ist kaum abgetreten, als sich Prinz Maximilian Wilhelm melden läßt. Sophies dritter Sohn verkörpert das gerade Gegenteil seines gefallenen Bruders. Er bewegt sich schwerfällig, ist langsam im Denken und wenig wählerisch in seinen Liebesabenteuern. Nachdem er sich beim Schwalbenschießen zwei Finger der linken Hand abschossen hatte, gab er seinen Posten als venezianischer General auf. Unfähig, sich mit der vom Vater reichlich bemessenen Apanage einzurichten, steht er seither vor der Frage, wie er sein Leben in Zukunft bestreiten soll.

Polternd betritt der Prinz das Kabinett, kniet vor der Mutter nieder und ergreift ihre Hand. Niemals, verkündet er feierlich, werde er sich mit dem Unrecht, das der Vater Friedrich August angetan, abfinden. Sein Leben wolle er in die Bresche schlagen, wenn er und die jüngeren Brüder nichts, Georg Ludwig als der Älteste aber alles erhalte. Nach dem Tod des Bruders sei die Reihe nun an ihm, gegen das neue Recht der Erstgeburtsordnung aufzustehen und für die alte Ordnung zu streiten. Maxel hebt die Hand zum Schwur.

»Narr! Als Sie volljährig wurden, haben Sie einen Eid auf das neue Recht geschworen!« fällt die Herzogin ihm in den Arm.

»... und beim Reichshofrat in Wien zuvor meinen Einspruch unter Siegel nehmen lassen.«

»Der Einspruch entkräftet den Eid nicht«, entgegnet die Herzogin erregt.

»Als ich den Eid schwor, bin ich ein Kind gewesen, das die Affairen der Welt nicht begreifen und darüber urteilen konnte. Seither sind einige Jahre vergangen. Und hat nicht der zeitliche Abgang meines Bruders alles verändert? Die Hilfe, die er von Ihnen erhielt, erbitte nun ich. Denn auf den künftigen Fall, daß mein Vater, den Gott lange beim Leben erhalten wolle, aus dieser Welt abscheidet, brauche ich gegen den Erbprinzen auswärtige Beihilfe und Assistenz.«

Die Herzogin erschrickt. Ihre Hilfe galt einem Verstoßenen, der um seine Ehre kämpfte. Es ging um sein Recht. Maxel hingegen ist es um seine Revenuen zu tun. Sie bittet den Sohn, sie allein zu lassen. Im Moment ist sie außerstande, einen vernünftigen Gedanken fassen. Manchen Menschen, den sie liebte, hat sie verloren. Aber was ist das alles gegen den Schmerz um ein Kind. Sie schickt nach der Uffeln, um sich in ihren Armen satt zu weinen.

* * *

Der Hof unterbricht die Trauer für zwei Tage, um zu Ehren des Herzogs von Gotha, der sich für die Dritte Partei entschieden hat, eine Oper zu geben. Danach ziehen auch die letzten Karnevalsgäste ab. Königsmarck reist auf seine Güter nach Eppendorf, von wo er, an Sehnsucht und Fieber krank, der Prinzessin schreibt: »Und also liebe ich mein Verderben / Und hege ein Feuer in meiner Brust / daran ich doch zuletzt muß sterben. / Mein Untergang ist mir gar wohl bewußt; / das macht, ich habe lieben wollen / was ich vielmehr anbeten sollen. – Wie werde ich Sie küssen, wenn ich Sie in meinen Armen halte.« In das rote Wachs, mit dem er den Brief verschließt, drückt er ein neu angefertigtes Siegel. Es zeigt einen Altar, auf dem ein brennendes Herz liegt, und einen Sonnenstrahl, der es entzündet. Die Umschrift lautet: »*Rien d'impure m'allume.*«

»Wenn nicht Sie es sind, die mich zu etwas anderem zwingen«, anwortet die Prinzessin, »bin ich unwandelbar die Ihre.«

Im Redenschen Hof, wo Herzog Anton Ulrich von Wolfenbüttel während des Karnevals Quartier nimmt, da er als glühender Bewunderer Ludwig XIV. fürchtet, daß die Wände des Leineschlosses Augen und Ohren haben, wird gepackt. Der Reiseküchschreiber und der reisige Silberdiener wachen darüber, daß vom Tafelsilber kein Stück verschwindet. Futterknechte und Heubinder schaffen die restlichen Vorräte an Hafer und Stroh auf die Wagen; während des Karnevals ist bei der großen Zahl der Kutschpferde das Futter stets knapp in der Residenz. Der Wagenzug bewegt sich zum Ägidientor, vor dem die Bürgerwacht zum Abschied Salut schießt. Außerhalb der Umwallung geht es zügig voran. Über der Heide auf der Bult haben sich Scharen von Krähen gesammelt und füllen mit ihrem Krächzen den grauen Himmel.

Anton Ulrich, ein Sechziger mit tiefliegenden Augen und dünnen Lippen, lehnt sich in die Polster zurück. Gemeinsam mit seinem bäurischen Bruder, der alles Französische verachtet, regiert er das kleinste der welfischen Herzogtümer. Da seine Linie die ältere ist und er überaus ambitioniert, sticht ihn unablässig der Neid über den Aufstieg Hannovers. Daß der jüngere Vetter sich nun ebenfalls zur französischen Klientel hält, wird Wolfenbüttel noch stärker ins Hintertreffen bringen als bisher, zumal der allerchristlichste König in den Geheimartikeln die Erstgeburtsordnung zu dulden sich bereitgefunden haben soll.

Herzog Anton Ulrich vergräbt die Beine tiefer im Fußsack. Durch die Eisblumen auf den Scheiben sind die Umrisse eines Bauwerks sichtbar; Kommandos erschallen, der Wagenzug ist am Schlagbaum vor dem Pferdeturm angekommen. Die Garde salutiert und kehrt in die Residenz zurück. Von der Schäferei unweit des Turms, wo die Wohnung des Stadtjägers liegt, nähern sich vier Männer. Nachdem sie ihre Pferde in den Zug eingereiht haben, geht es an der Eilenriede fort auf die Heerstraße nach Peine und Braunschweig.

In der Kutsche ist es eng geworden. Dem Herzog steigt der Dunst des Branntweins in die Nase, den die Vier dem Stadtjäger abgezwackt haben; er läßt sich aber nichts anmerken, sondern begrüßt die Ankömmlinge überströmend vor Güte, allen voran seinen Neffen Prinz Max, und kommt sogleich auf den Zweck des Treffens zu sprechen. Wenn Celle und Hannover unter ein Dach kommen, werde nicht nur Wolfenbüttel unweigerlich der jüngeren Linie Gnade leben müssen, sondern die Balance im Norden des Reiches gestört, wohingegen, blieben die Häuser getrennt, doch etwas mehr Proportion wäre. Um den Anspruch des Prinzen auf eines der Fürstentümer und die Teilung des Erbes zu poussieren, wolle er daher alles daran setzen, was er in der Welt habe, und sei es demzufolge bei ihm schon beschlossen, den Sekretarius Blume in seine Dienste zu nehmen. Dessen Rechtskenntnis, die er beim verstorbenen Friedrich August erworben habe, solle nun Prinz Max zugute kommen, um die gute Sache zu befördern.

Der Herzog bedenkt den schmächtigen Mann, der durch den Tod des Prinzen stellungslos wurde, mit einem gnädigen Blick. Blume ist ängstlich bedacht, durch das Rütteln der Kutsche nicht auf des Herzogs pelzgefüttertes Reisekleid, welches die Bank fast ganz einnimmt, zu sitzen zu kommen. Nach Etikette und Anstand müßte er stehen; mit dem Herzog nun gar dasselbe Polster zu teilen, treibt ihm den Schweiß aus den Poren.

»Ihr nehmt mir die Worte aus dem Mund, cher Oncle, und sprecht mir ganz aus dem Herzen«, erwidert Prinz Max. Er sitzt, den Degen über beide Knie gelegt, von den Vettern Moltke an beiden Seiten eingekeilt, dem Herzog gegenüber. »An Eurem Hof müssen die Pfeile gemacht werden, so zukünftig für mich zu verschießen sind.«

Der Prinz ruckt mit dem Oberkörper nach vorn, um seine Referenz anzudeuten. Gleichzeitig befördert er Blume, den die Gewohnheit zum Aufstehen und ein plötzliches Schwanken der Kutsche auf den Schoß des Obristleutnants Moltke zwingt, mit einem Fauststoß in seine Ecke zurück.

»Verspreche hiermit«, lispelt der Sekretär seinen Kratzfuß im Sitzen scharrend, »die erwiesene Gnade durch alle Treue und Fleiß tags wie nachts zu verdienen.«

Neben dem Prinzen sitzt breitbeinig der Oberjägermeister Moltke, ein herrischer, habgieriger Patron, der entgegen der bartlosen Mode einen voluminösen schwarzen Schnurrbart trägt. Als Drost auf dem Amt Salzderhelden ist er für die winterlichen Saujagden Herzog Ernst Augusts im Solling und am Harz verantwortlich, wird auch für manche diplomatische Mission gebraucht, von Maximilian Wilhelm vor allem für diverse Brautwerbungen.

»Eure hochfürstliche Gnaden haben in dieser Sache gewiß auch ein Absehen auf gewisse auswärtige Mächte«, wendet er sich mit kundiger Devotion an den Herzog, »wo Eure hochgeltige Officia und Interzessiones die Sache unfehlbar befördern werden.«

»Zuvörderst muß man das Augenmerk auf Dänemark richten«, antwortet Herzog Anton Ulrich mit Blick auf den Vetter des Oberjägermeisters, ein hagerer Mann mit weißblondem Haar, der zur Linken des Prinzen sitzt. »Und da der Däne ohnehin beständig droht, Hannover seine Truppen auf den Hals zu legen, sollte es wohl gelingen, ihn auf das Interesse des Prinzen zu ziehen.«

Oberstleutnant Moltke, während der Feldzüge auf dem Peleponnes Adjutant bei Friedrich August, zuvor Kapitain in dänischen Diensten, schlägt die Augen nieder. Aufmunternd stößt ihn der Prinz in die Rippen: »Sie könnten wohl ohne sonderliche Verletzung von Ehre und Gewissen nach Kopenhagen reisen, da Sie von mir salariert werden, folglich mein und nicht meines Herrn Vaters Diener sind!«

Der Oberstleutnant, dem die Sache Furcht macht, bringt allerlei *Raisons* vor. Ob es nicht besser sei, wenn Blume zunächst nach Berlin reise? Da Brandenburg mit noch größerer Eifersucht als Dänemark darüber wache, daß Hannover nicht zu mächtig werde, müsse dem Kurfürsten umso mehr daran gelegen sein, die Kombination von Celle und Hannover zu verhindern, indem es dem Prinzen zur Regierung verhelfe.

»Kotzdonner, Eselei! Mit Zögerlichkeit bringt man Affairen ins Stecken! So kommt Ihr mir nicht davon!« poltert der Prinz. »Und habe ich gottlob genug Verstand, daß ich mir in diesem Beginnen selber einraten kann. Ihr reist nach Dänemark, Blume mag außerdem nach Berlin gehen. Überdies verspreche ich jedem, der die Sache ausbringt und mich mit meinem Herrn Vater kommittiert, ihn auf italienisch zu behandeln, daß er den Toten Gesellschaft leisten kann!«

Der Prinz stößt die linke Hand, der die mittleren Finger fehlen, vor sich in die Luft, als wolle er jemanden poignardieren. Der Weißblonde zuckt zusammen. Daß Maximilian Wilhelm brutaler ist, als kein Kutschpferd sein kann, hat er beim Gefecht von Nauplia erlebt, als der Prinz seinen eigenen Leuten den Degen in den Leib rannte, um ihre Flucht zum Stehen zu bringen. So habe er es nicht gemeint, versichert Moltke daher eilig, wolle doch nur beirätig sein, und verspricht, alles zu tun, was man von ihm verlange.

Da nun jeder bis auf den Oberjägermeister seinen Part übernommen hat, bietet dieser sich an, dafür zu sorgen, daß man untereinander unauffällig Verbindung halte, was ihm umso leichter falle, als Herzog Ernst August ihn häufig zu Reisen für die Neutralitätspartei nach Gotha gebrauche.

»Ich ergebe mich allen Teufeln und will mir das Abendmahl zur Verdammnis ausschlagen lassen«, spricht er und schlägt sich mit den Handschuhen auf die Schenkel, »wenn es nicht gelingt, noch mehr große Potentaten zur Partei des Prinzen zu ziehen.«

»Mit den auswärtigen Herren zu Freunden«, stimmt Prinz Max staatsmännisch ein, »kann die Sache auch ohne Unruhe, Krieg und großes Blutvergießen abgehen.«

»Man muß nur klug genug sein«, setzt der Herzog drauf, »den Hieb als die beste Parade vorzuschlagen, dann wird es am Erfolg nicht fehlen.«

Da der Zug vor Sehnde angelangt ist, gibt er Befehl, halten zu lassen. Der Kutscher schreit, damit die Gespanne nicht ineinanderfahren, die Ordre nach hinten aus; die Vorreiter blasen Signal, die Kutsche kommt zum Stehen. Blume steigt, froh über die neue Anstellung, in einen der hinteren Wagen. Der Prinz und die Vettern Moltke reiten gehobener Stimmung nach Hannover zurück. Vor dem Ägidientor trennt man sich. Maxel setzt sich auf die Heerstraße nach Hildesheim, um den anstrengenden Tag im Grünen Kleeblatt zu beschließen. Die Tochter des Krügers ist häßlich wie die Nacht, aber von bestem Gemüt und einer Devotion, wie man sie nur verlangen kann.

*   *   *

Das Frühjahr bringt Regen und feuchte Kälte. Ägidienmasch und Altstädter Ohe stehen unter Wasser. An der Neuen Brücke wird ein Wassertier gefangen, welches man für einen Seehund hält; es stirbt aber bald. In Rehburg, unweit des Klosters Loccum, ist ein Sauerbrunnen entdeckt worden. Der Hofbauschreiber läßt die Quelle einfassen und einige Tannenhäuser aufführen, damit der Hof Kraft und Nutz des Wassers im Sommer trockenen Hauptes gebrauchen kann. In Herrenhausen werden die Lorbeer- und Pomeranzenbäume ins Freie gebracht. Sobald die Alleen zwischen den gestutzten Hecken fest genug sind, nimmt die Herzogin ihre Spaziergänge auf. Der Anblick des Gartenparterres, das mit Arabesken aus Tulpen und Narzissen schöner als ein persischer Teppich prunkt, lindert allmählich den Schmerz über den Verlust des Sohnes. Im Mai geht der Abt Ballati als Gesandter nach Paris, um die Geldgeber des Herzogs günstig zu stimmen. Im Juni marschieren einige Regimenter an die Elbe, da der dänische König Hamburg zu bombardieren droht; ansonsten bleiben die Truppen im Land.

»*Le Chevalier est vainqueur!*« jubelt Königsmarck, als er die Neuigkeit erfährt und schreibt an die Prinzessin: »Und soll mit meines Lebens Lauf, bei mir die Liebe nicht hören auf.« Leichten Herzens schlägt er das Angebot aus, eine vorteilhafte Stelle in dänischen Diensten anzutreten. Aufstieg und Fortkommen bedeuten nichts mehr, da sein Glück nach jeder heimlichen Nacht in der Kammer der Prinzessin vollkommen ist. Vom Leiden, mit dem Fortuna sich ihre Gaben bezahlen läßt, kostet er, wenn der Bote, den er vor dem Rittersaal postiert, ohne Nachricht zurückkommt; wenn der Erbprinz nach dem Souper unverhofft in ihrem Vorzimmer auftaucht, wenn Adam von Eltz sich ahnungslos rühmt, er habe sie mit Nachthaube und offenem Haar gesehen. Dann verbringt er schlaflose Nächte über ihren Briefen oder läuft bis zum Morgengrauen ruhelos über den Wall. Am Vorabend einer kurzen Reise zum Jagdschloß Linsburg überwältigt ihn der Trennungsschmerz mit wildem Herzklopfen und Strömen von Schweiß, so daß Daniel ihm Riechfläschchen und Balsam ans Bett bringen muß. Erst eine Nachricht von ihr erlöst ihn aus seinem Zustand; Treueschwüre, Tränen des Glücks. »*Ricordati, cor mio, que me jurasta fe!*« – »Hast du mein Herz gestohlen, so behalt's jetzunder auch. Ich mag's nit wieder holen, dieweil ich's nicht mehr brauch.«

* * *

Im Sommer ist des Herzogs Sonderbündelei mit Frankreich so weit gediehen, daß sich der Umriß einer Dritten Partei abzeichnet. Gegen gute Bezahlung haben auch Gotha und Münster sich verpflichtet, einen Teil ihrer Truppen im Land zu halten. Da König Ludwig drängt, nicht nur Neutralitätsverträge zu schließen, sondern militärische Aktionen zu planen, erhält sein Unterhändler Dragoneroberst Baron d'Asfeld Weisung, die deutschen Subsidienempfänger zum Marschieren zu bringen. In dem Maße aber, wie Asfeld Taten fordert, fressen die Verhandlungen sich fest. Um vorwärts zu kommen, schlägt er eine Konferenz der französischen Interessenten vor. Vor den Augen und Ohren auswärtiger Gesandter geschützt, soll sie in der ländlichen Einsamkeit des Klosters Loccum stattfinden.

Sonne, Wolken, Lerchen über dem Moor; Benoit Bidal Baron d'Asfeld gibt seinem Pferd die Sporen. Im Jagdsitz quert er die Heide, galoppiert einen sandigen Karrenweg hinunter und kommt erst vor einer von Weiden und Binsen gesäumten Wasserfläche zum Stehen. Zum ersten Mal seit vier Monaten kann er sich frei bewegen. Nachdem ihm der Boden in Hamburg zu heiß geworden war, schlüpfte er in Hannover unter und saß seither im tiefsten Geheimnis beim Kammerdiener Brunck auf der Osterstraße. Hier spann er seine Fäden, durfte sich auf Geheiß des Herzogs aber nicht einmal nachts auf der Gasse zeigen. Immerhin war er in Sicherheit vor dem brandenburgischen Militär, das auf den französischen Sendling fahndete. Zwei Tage nach seiner Flucht schlug es mit Äxten gegen die Tür seines Quartiers in der Hansestadt; der Vogel war jedoch schon ausgeflogen und über seinen Verbleib nichts zu erfahren.

»Meinete schon, Ihr wollet geraden Wegs bis nach Versailles reiten«, dröhnt eine Stimme hinter Asfeld. Es ist Oberjägermeister Moltke, der Ordre hat, den Franzosen nicht aus den Augen zu lassen und ihn über abgelegene Wege sicher zum Kloster zu führen.

»Keine Sorge, Monsieur, zum Ausreißen ist es zu früh«, lacht der Franzose, »aber Ihr habt wohl noch niemals sechzehn Wochen auf einer dumpfen Stube gesessen, ohne einen Fuß vor die Tür zu setzen. Sonst wüßtet Ihr, daß man seinem Schöpfer dankt, was er die *sujets ordinaires* jeden Tag genießen läßt.« Asfeld saugt die warme Luft ein und läßt die Augen über den Himmel und die blinkenden Sumpflöcher wandern.

»Ihr müßt Eurem Herrn sehr ergeben sein, denn Ihr riskiert Kopf und Kragen für eine Sache, deren Erfolg höchst ungewiß ist«, bemerkt Moltke. Der Franzose, der sich mitten im Reichskrieg in das Gebiet des Feindes wagt, imponiert ihm. »Ich an Eurer Stelle würde nicht darauf setzen, daß mein Herr für den Euren marschieren läßt. Ich glaube es selbst dann nicht, wenn die Regimenter vor mir bereits Revue passierten.«

Der Oberjägermeister wirft Asfeld einen vielsagenden Blick zu und sitzt ab. Jenseits des Wassers ragt der Dachreiter des Klosters aus den Baumwipfeln. Am sumpfigen Ufer führt ein Knüppeldamm entlang, der neben einer Mauer aus rotem Sandstein in einen Fahrweg und eine niedrige Toreinfahrt mündet. »Deo gratias! Benedicte!« Der Pförtner empfängt die Gäste und bringt sie zum Abt Molanus, der sie gnädig unter seinem Dach willkommen heißt.

Die Konferenz beginnt am nächsten Morgen im Kapitelsaal des Klosters, einem düsteren Raum, aus dessen Wänden die Kälte kriecht. Um den Tisch zwischen den gedrungenen Säulen, die das Kreuzgewölbe tragen, sitzen die Grafen Grote und Platen für Hannover, Domdechant Schmising für Münster und der Gesandte Hardenberg für Gotha. Zufolge der nächtlichen Floh- und Mückenplage kratzt sich jedermann, als gelte es schon jetzt, Leib und Blut für das Vaterland dranzusetzen. Der Vormittag vergeht mit Förmlichkeiten und einem nutzlosen Streit der Gesandten um das erste Wort. Franz Ernst von Platen, Reichsgraf, Premierminister und Oberhofmarschall, ein gedrungener Herr mit akkuraten Gesichtszügen, fördert die Umständlichkeiten mit hinterhältiger Genauigkeit.

»Hab' ich es Euch nicht gesagt?«, liest Asfeld den Augen des Oberjägermeisters ab, der gleichmütig unter den Geheimen Räten im Hintergrund sitzt, nachdem der Premierminister zwei geschlagene Stunden darauf verwendet hat, die Argumente zu wiederholen, die Asfeld in den Vorverhandlungen schon hundertmal hörte. Daß ein Zwei-Fronten-Krieg nach Ost und West für den Kaiser, für Holland, für Kursachsen, für Brandenburg, für Baden, Sachsen-Eisenach, Braunschweig-Lüneburg und noch weitere große und kleine Potentaten, die sich für die Sache des Reiches in die Bresche schlagen, nicht zu gewinnen sei, ohne die Wohlfahrt der Lande und die Heere zu Grunde zu richten. Wie man daher auf einen fördersamen Frieden zwischen Frankreich und dem Reich zu sehen bemüht sei, weil solcher für alle Seiten vorteilhafter sei, als sich gegenseitig weiter zu erschöpfen, Gut und Blut, Mann und Vermögen, am Ende noch das Seelenheil dem Kriegsgott zu opfern. Kein Wort über etwelche militärische Aktionen.

»Der Mann wäre ein Bettler ohne den Verzicht auf Frau und Ehre«, denkt der Franzose erbittert, »daher ist er noch rücksichtsloser im Nehmen als der Sieur de Grote.« Asfeld erwirkte im Frühjahr für beide Minister eine Jahrespension aus der französischen Kriegskasse; aber da Ballati ihn glauben machte, der Einfluß der Gräfin Platen könne den Herzog zum Marschieren bewegen, fiel Platens Jahrgeld weitaus solider aus als das Grotes. Er birst vor Ärger und Ungeduld, als Platen in aller Ruhe das Wort an Grote weitergibt, der ebenfalls zu negotiieren versteht, wie kein französischer Minister es besser tun könnte, so daß man bis in den Abend weiter auf der Stelle tritt.

»Wenn Sie mir jetzt noch nicht glauben, so doch spätestens morgen«, sagt Moltke, einen Fuß bereits im Steigbügel. »Den Kaiser wegen der Kur in die Zange zu nehmen und Euren Herrn in Versailles so lange wie möglich zu melken, ist alles, was sie bezwecken.«

Verdrossen blickt Asfeld dem Oberjägermeister nach, der vor dem Klostertor fröhlich den Hut schwenkt. Er gäbe etwas darum, statt in der kalten Zisterze die Mönchsbänke zu drücken, mit nach Rehburg zu reiten, wo der Hof ein sommerliches Ablager hält, seiner Gesundheit lebt, das Junkerhandwerk treibt und sich im Freien ergeht.

* * *

Als Moltke Rehburg erreicht, steigt der Mond über die Baumwipfel. Das herzogliche Lager befindet sich in der Nähe des Dorfes auf einer ausgedehnten Waldlichtung. Lange Reihen von Wagen und Karren, zwischen denen Soldaten lagern und Zelte aufgeschlagen sind, säumen den Weg zum äußeren Ring. Im Inneren wird schon zur Nacht gerüstet. Hofdiener tragen Wasser und Licht zu den Holzhäuschen der herzoglichen Familie. Am Brunnenhäuschen werden die Fackeln gelöscht. Der Oberjägermeister gesellt sich zu den Posten auf den mondbeschienenen Platz vor des Herzogs Tür.

»Sauerbrunnen alle zwei Stunden, dazu rohe, zähe, saure und hitzige Speisen vermeiden und schon gar eine Tafel wie diesen Abend«, hört er die Stimme Brandan Conerdings durch das geöffnete Fenster, »so werden Durchlaucht bald zu völliger Gesundheit gelangen.«

»Wenn das Wasser nur anschlüge«, ächzt der Herzog. »Wir furzen zuviel und kommen zu wenig zu Stuhle.«

»Ausfahren von starken Winden, Verstopfung und Leibesbedrückung werden ganz aufhören, wenn Eure Durchlaucht die Trinkkur nur richtig gebrauchen und darauf sehen wollten, nicht nur den Körper zu stärken durch Mäßigkeit, sondern auch Ihre Seele zu erquicken durch angenehme Divertissements, als da sind Spaziergänge und Ausritte, aber sich fernhalten von Staatsgeschäften, großen Jagden und schönen Frauen.«

»Geh Er mir vom Acker«, grollt der Herzog ergeben, worauf sich die Tür auftut und zufriedener Miene der Doktor heraustritt.

»Wehe Ihnen, wenn Sie schlechte Nachrichten bringen!« Der Medikus tippt dem Oberjägermeister mit seinem spanischen Rohr auf die Brust und entfernt sich zwischen den Zeltreihen.

Moltke findet den Herzog im Bett. Sein süffisanter Bericht über Platens verzögerliche Genauigkeit und Asfelds Ungeduld läßt die allerhöchste Person ruhig einschlafen.

Am nächsten Morgen kommt der Abt Molanus von Loccum herüber, um, mehr zum Zeitvertreib als in der Erwartung greifbarer Ergebnisse, mit der Herzogin und Leibniz das Gespräch über die Wiedervereinigung der beiden christlichen Bekenntnisse fortzuführen. Alle drei unterhalten zu dieser Frage einen lebhaften Briefwechsel mit katholischen Personen ihres Vertrauens in Frankreich. Die Herzogin ist zu dem schwierigen Thema heute jedoch nicht aufgelegt, sondern verlangt nach Bewegung in frischer Luft. Den Hofrat zur Rechten, den Abt zur Linken, Doktor Conerding und zwei Bediente mit Gläsern und Karaffen, in denen der Säuerling sprudelt, als Arrièregarde strebt sie dem Waldrand zu. Der Weg vom Brunnenhäuschen unter die Bäume am Saum der Lichtung ist extra für sie angelegt worden. Molanus, den das ungewohnte Gehen in Atemnot bringt, fingert ein flaches Döschen aus dem Lutherrock, läßt sich ein Glas geben und spült mit dem Säuerling mehrere Pillen hinunter.

»Mit Arzneien leben ist nicht mehr leben«, bemerkt die Herzogin, »die Herzogin von Ostfriesland hat zwei Hüte voll Pillen eingeschluckt, ihrem Kreuz und Elend aber nicht wehren können«.

»Es sind Ihro Durchlaucht aber neben anderen Gemüts- und Leibesvollkommenheiten von Gott mit einer starken Natur begabt«, erwidert der Abt, »so daß Sie mehr ausstehen können als unsereins, und daher, wie Monsieur Conerding berichtet, in etlichen Jahren fast niemals krankheitshalber bettlägerig gewesen.«

»Weil ich mich selbst kuriere«, versetzt die Herzogin, »indem ich spaziere, was ich als die beste Medizin ansehe. Denn wenn die Kunst der Ärzte zu Ende ist, muß man doch sehen, was die Natur tun wolle.«

»Weil aber häufig kein Verlaß auf sie ist«, wirft Leibniz ein, »wäre es besser, die Medizin als eine Wissenschaft zu fördern, wie auch Wundärzte und Amtschirurgen die Grundlagen der Anatomie und Chemie stärker studieren sollten, damit ein Unterschied zwischen ihnen und den Badern und Quacksalbern ist.«

Während des Gesprächs hat man sich dem Waldrand genähert. Unter einem gestreiften Sonnensegel sitzt die Gräfin Platen mit Montalban, Hofdichter Mauro, dem Komponisten Steffani und einigen Damen bei Rhein- und Burgunderwein. Von der jungen Herrschaft ist nur der Erbprinz zugegen; die Tochter der Herzogin und die Erbprinzessin vergnügen sich auf der anderen Seite des Lagers beim Krebsfang.

»Wer viel säuft, verhitzt und verbrennt die Leber«, vermahnt Conerding die Gesellschaft.

»Der Wein ist die Milch der Alten«, pariert der Dichter.

»Und auch wer gesund lebt, muß auf dem Siechbette sterben«, sekundiert der Komponist.

Indem die Herzogin und ihr Gefolge Platz nehmen, kommt ein Diener, der einen Krebs hinter den Scheren gepackt hält, gelaufen. »Wenn Ihro Gnaden so gütig sein wollen, mir die Augen an dem Tier zu weisen, so Sie mir einzusammeln befohlen.« Er kniet vor der Platen nieder und tippt fragend auf die Stielaugen, die neben den Fühlern und den Scheren aus dem Kopfpanzer herausragen.

»Ei was, dummer Kerl!« schilt die Gräfin. »Die Krebsaugen sind nicht die, mit denen er sieht! Er hat sie im Magen! Es sind kleine Steinlein. Sammel Er mir soviel er kriegen kann.«

»Wenn Sie ein Mittel daraus fabrizieren«, sagt die Kurfürstin mit einem spöttischem Blick auf den davonstolpernden Diener, »mit dem man die Regimenter des Feindes dazu bringt, wie die

Krebse rückwärts zu gehen, sollten Sie den guten Mann augenblicklich auf die Kriegskanzlei oder besser noch nach Loccum schicken.«

Klara Elisabeth läßt sich nicht beirren. »Die Küglein, welche die Krebse im Magen haben«, erwidert sie und setzt sich in Positur, »sind gegen das andertägige Fieber. Man muß sie stoßen, dann in Essig abbrühen, zuerst sieben, dann fünf, das dritte Mal drei davon nehmen; das Fieber wird davon unfehlbar weichen.«

»Ridiküle Medikamenta«, entgegnet Conerding, während Leibniz, immer auf Ausgleich durch Vernunft und Einsicht bedacht, von abergläubischen Arzneimitteln zu dozieren beginnt, auf welche der Mensch aus falscher Einbildung einige Hoffnung auf Gesundheit setze, obwohl sie doch im Grunde keine solche Wirkung bei sich haben.

»Krebsaugen sind eine sehr nützlich Arznei; sie temperieren die Hitze, wie ich oftmals probiert«, widerspricht Montalban. »Sie zählen zu den milden Mitteln, denn ganz andere kommen in der wirklichen Drecks-Apotheke vor, wie unser Dottore gewiß bezeugen kann.«

Conerding sträubt sich, da er dem Aberglauben keinen Vorschub leisten will, muß aber doch zur Unterhaltung der Gesellschaft mit seiner Kenntnis von der geheimen Wissenschaft herausrücken, wie unbelehrte Leute und alte Weiber mit Kot und Urin die schwersten und giftigsten Krankheiten vom Haupt bis zu den Füßen zu bessern vorgeben, insbesondere aber bezauberte Schäden in- und äußerlich glücklich zu heilen versprechen, indem sie Hundekot sammeln, der weiß sein muß, Hirsch-Pösel einkochen, gedörrte Kröten, Igel, Hasen und sogar Menschenfett auflegen.

Da nun vor allem die Damen etwas zur Drecksapotheke beizusteuern haben, sei es, daß sie selbst solche Mittel schon gebraucht oder sie von den Domestiken erfahren haben, wird die Unterhaltung überaus lebhaft. Gegen die schwere Not ist die Nachgeburt einer Frau gut, die zum ersten Mal gebiert; sauber ausgewaschen, gedörrt und zu Pulver gemacht, soll man so viel nehmen, als auf einen Kreuzer zu häufen ist. Gegen die fallende Sucht soll man einer schwarzen Henne den Kopf abschneiden und dem Kranken auf den Kopf legen, nachher aber einem Hund zu fressen geben; gegen Blasenstein einen Märzhasen in Essig ertränken, danach zu Pulver brennen und morgens und abends einnehmen.

Das Gespräch wendet sich der schwarzen Magie zu, gegen die zu predigen der Abt Molanus nicht müde wird, aber wenig Erfolg damit hat, weil sie die Hoffnung der Armen ist. Die Hofdame von Krosigk weiß zu berichten, wie kürzlich im Gefängnis in Hameln ein Bettelmädchen, welches Mäuse und Ratzen gemacht, eines sehr verdächtigen Todes gestorben, indem es bei seinem letzten Seufzer von Fledermäusen umflogen gewesen sei, und wie ein Schuhflicker zu Einbeck mit dem Teufel im Bunde gestanden und die Kühe auszumelken pflegte, welches bei den Bauern im Umkreis großen Schaden angerichtet. Madame von dem Bussche, die Schwester der Platen, erzählt, wie ein gewisser Rentsch, Büchsenmacher aus Herzberg am Harz, durch Wände gehen könne und sei derselbe vor Walpurgis überm Besenbinden ertappt und hernach auf einem rotäugigen Ziegenbock durch die Lüfte fliegend gesehen worden.

»Wer glaubt, daß mit Märzhasen und Krebsaugen Gesundheit zu machen ist«, sagt die Herzogin unfreundlich, »der muß auch glauben, daß Spuk und Gespönste, Besessene und Zauberinnen, am Ende noch Höllengeister und böse Engel sein. Ich glaube solche Dinge nicht! Hat nicht der König von Frankreich allen Höfen Europas ein Beispiel gegeben, indem er das Brennen der Hexen verbieten ließ?!«

Molanus, Leibniz und Conerding nicken eifrig mit dem Köpfen, die Platen errötet, Montalban sucht nach einer gefälligen Entgegnung. In das betretene Schweigen platzt die junge Gesellschaft, angeführt von Sophie Charlotte, Tochter der Herzogin und Kurfürstin von Brandenburg, die aus Berlin zu Besuch ist, eine rundliche, agile Person, die geschlagen von ihrem Verstand ihr Zungenschwert über alles und gegen jeden zucken zu lassen sich niemals bemeistern kann. Da sie die letzten Worte ihrer Mutter hört, ruft sie in die Runde: »Vielleicht kann man Schönheit werkstellig machen, wenn schon nicht Gesundheit? Auf schwache Waden aufgebracht, hilft Fell von Märzhasen zu Muskeln und Kraft.«

Die Damen erstarren. Montalban, über den erzählt wird, er stopfe sich die Waden aus, verfärbt sich. Den Oberkörper vorgeneigt, bewegt er sich mit hängenden Armen auf die Kurfürstin zu und stößt sein rechtes Bein auf das zunächst stehende Tabouret.

»Die Euch das erzählt haben sind Lügner!«

Er packt ihre Hand, hält sie wie in einem Schraubstock und führt sie an seine Wade.

Frau von Krosigk fällt dem Unverschämten in den Arm, bekommt aber einen Nasenstüber versetzt, daß sie blutet. Steffani und Mauro stürzen sich auf den Abbate. Ohne ihn noch berührt zu haben, ertönt ein Schmerzensschrei. Der Abbate hüpft auf einem Bein, das andere schlenkert er wehklagend in der Luft. An seiner Wade hängt ein Krebs, beide Scheren durch den Seidenstrumpf tief ins Fleisch gegraben.

»Sie sind echt! Sie sind echt!« kreischt Sophie Charlotte.

Der anfängliche Schrecken entlädt sich in einem homerischen Gelächter. Wiehernd hält die Herzogin sich die Seiten, die Hofdamen brechen in hemmungsloses Gackern aus; Molanus verliert alle Beherrschung und röhrt wie ein Seelöwe, stoßweise meckert Leibniz dazwischen; Steffani und Mauro fahren die Lachsalven wie Trompetengeschmetter aus den Hälsen. Die Hofdamen tupfen sich die Augen und flehen um Gnade, da sich der Lachzwang beim Anblick des gepeinigten Montalban und der lachenden Anderen immer neu entzündet.

»Nee, nochmal, wo kann dat angeihn!« stöhnt Conerding und bewegt den Unterkiefer, um seine Gesichtszüge wieder in eine menschliche Ordnung zu bringen.

»Lachen is Lewen, Düwel ok!«, seufzt Molanus. »... und die beste Medizin«, jappt die Herzogin.

Die einzigen, die nicht mitgelacht haben, sind Königsmarck und die Gräfin Platen. Drohend trohnt sie auf ihrem Sessel und wirft dem Obristen giftige Blicke zu. Dieser hat den Auftritt mit schadenfrohem Lächeln verfolgt. Er hält die italienischen Künstler für eine Bande aufgeblasener Verführer, den Alleskünstler Montalban aber wegen der falschen Confidence, mit der er die Gunst des Herzogspaares zu gewinnen versteht, für einen ausgemachten Betrüger mit nichts als Feigheit im welschen Tigerherzen.

»Wer sich zum Narren macht«, sagt er, »braucht für den Spott nicht zu sorgen.«

»Das müssen Sie gerade sagen!«, zischt die Gräfin, »Sie haben dem Abbate den Krebs doch nuffgesetzt!«

Der Nachmittag vergeht mit Gesprächen, bei denen der Auftritt noch einmal hin- und hergewendet und kräftig belacht wird, wenngleich jeder zugibt, daß Montalban übel mitgespielt wurde. Dieser will am liebsten gleich abreisen. Die Herzogin möchte auf den unterhaltsamen Causeur jedoch nicht verzichten und bewegt ihn zu bleiben. Ihrer Tochter redet sie ins Gewissen, dem beleidigten Kavalier Genugtuung zu tun, da *Civilité* nicht nur hohen Herren und der Noblesse anstehe, sondern auch die Damen, insonderheit eine Fürstin, kleide; sie koste nichts und gewinne viel. Indem Hofdichter Mauro für die nächsten Tage ein Spiel zur feierlichen Versöhnung vorschlägt, in welchem die Herzogin als Göttin der Weisheit auftreten soll, wird der äußere Friede wiederhergestellt.

Trotzdem ist nicht alles beim Alten. Montalban ist das Feuer des Zorns, wozu der Schwefel verletzten Stolzes die Flamme gibt, ins Dach gefahren. Finster wie Ananke sitzt er in seinem Zelt. Außer dem jüngsten Prinzen hat nur Königsmarck, der Lackaffe, dem der Abbate seit je sein glänzendes Aussehen neidet, die Tiere am Bach mit bloßen Händen angepackt. Der ausgestochene Bösewicht soll ihm den Frevel büßen.

Während die Sonne hinter den Bäumen der Waldlichtung verschwindet, wird zur Tafel geblasen. Die französischen Violinisten packen ihre Instrumente aus. Der Herzog, der sich tagsüber nicht hat blicken lassen, zeigt sich heiter gestimmt; in Loccum geht alles nach Wunsch. Bei Anbruch der Nacht läßt Chiacanelli Arien von Lully hören. Mit unendlichem Wohlgefallen verfolgt Königsmarck, wie die Prinzessin dem Sänger lauscht, während der Lichtschein der Fackeln ihr über Nacken und Schultern zuckt. Bei Aufhebung der Tafel entsteht Unruhe: einige Damen und Kavaliere sind verschwunden, auch nach den Violinisten und etlichen Lakaien ruft man vergebens. Die Herzogin mahnt zu Geduld; Oberjägermeister Moltke habe eine Überraschung versprochen. Es dauert auch nicht lange, da erhellt sich jenseits des Baches die dunkle Waldkulisse. Ein Hirsch, von Fackelträgern und Nymphen begleitet, schiebt sich auf die Lichtung. Geweih und Körper leuchten golden, auf seinem Rücken trägt er das herzogliche Wappen. Aus dem Wirbel zweier Feuerräder treten die Initialen des Herzogspaares hervor, aus dem Wappen schießen Raketen und zeichnen eine Krone in den Nachthimmel. »Der Kurhut«, flüstern die Zuschauer ergriffen. Unter den Klängen einer feenhaften Musik verschwindet die Erscheinung zwischen den Bäumen am anderen Ende der Lichtung. Die Herzogin legt den Finger auf den Mund. Um den zauberischen Eindruck nicht zu zerstören, geht man schweigend auseinander.

*   *   *

In Loccum wird endlich vom Krieg gesprochen. Während über dem Kloster mit Blitz und Donner ein Unwetter niedergeht, als hätten die Kriegshandlungen schon begonnen, entwickelt Asfeld den französischen Aufmarschplan.

»Der Norden des Reiches ist frei und von den Truppen der Allianz gänzlich entblößt.« Einladend streicht der Franzose über die auf dem Tisch ausgerollte Karte. »Der Bischof von Münster fällt in Oberjissel oder in die Gegend am Niederrhein ein; der Herzog von Hannover macht sich zum Herrn von Norddeutschland; mein Herr geht bei Mayen auf breiter Front über den Rhein.«

Domdechant Schmising bekreuzigt sich. Draußen kracht es ohrenbetäubend, als hörte man ein Regiment Tambours unaufhörlich Alarm schlagen.

»Warum länger zaudern, meine Herren«, übertönt Asfeld den Lärm, »es kann nichts passieren, wenn Sie nur alsbald losschlagen! Gemeinsam haben Sie dreißigtausend Mann schönsten Volkes an der Hand!«

Unter dem rauschend einsetzenden Gewitterregen lassen die Neutralisten ihren Wünschen freien Lauf, bringen Dänemark, Schweden und die Fürsten im Westen des Reiches hinter sich, erobern die spanischen Niederlande und zwingen den Kaiser zum Frieden. Der Franzose verspricht bereits astronomische Summen an Subsidien, als Grote, der sich bislang auffällig bedeckt gehalten hat, nach einem Blickwechsel mit Platen feststellt: »Selbst mit 50 000 Mann könnten wir es mit Brandenburg, Sachsen und Bayern nicht aufnehmen. Fassen wir es also bescheidener an, stellen die Armee nördlich des Mains auf und fressen als erstes das Gebiet des Landgrafen von Hessen. Danach kann sich die Streitmacht gegen Holland und das Reich wenden.«

»Ein Drei-Fronten-Krieg, um den Kaiser zum Frieden zu zwingen«, erwidert Asfeld verächtlich, »kann nicht in Hessen beginnen!«

»Er kann gar nicht beginnen«, sagt Grote trocken und streicht sich das schiefe Kinn, »wenn Ihre Majestät, der allerchristlichste König, nicht zuvor und von Anfang an bekannt gibt, unter welchen Bedingungen Sie überhaupt zum Frieden bereit ist. Wird Sie Philippsburg herausgeben und Freiburg oder nur eins von beiden? Zieht Sie sich aus Italien zurück, wenn dies auch die Kaiserlichen tun?«

»Eure Zögerlichkeit bringt die Affäre ins Stecken!«, versetzt der Franzose aufgebracht.

»Richtig«, bedeutet Grote dem Baron in seiner *Franchise ordinaire,* »wenn mein Herr schon mit einem fremden und feindseligen Kalbe zu pflügen bereit ist, muß er der Welt seine guten Absichten wenigstens vorstellen können, um nicht ganz als Verräter dazustehen.«

Auch dem gothaischen Gesandten Hardenberg fällt nun ein, daß man die Rechnung bisher ohne den Wirt gemacht habe, weshalb er, um anderen wohlintentionierten Ständen Anleitung und Rückhalt zu geben, sich ebenfalls der Dritten Partei beizufügen, zuvor die Bedingungen für den so hochnötigen Frieden kennen müsse.

»Möchte wohl meinen«, pflichtet Domdechant Schmising bei, »daß es anders nicht geht, und da der Friede nicht ohne andere genügend mächtige Fürsten zustande kommt, ist die Dritte Partei bisher imperfect.«

Asfeld muß nun einsehen, daß von diesen Herren nicht mehr zu erwarten ist als eine einfache und schwache Neutralität. Letzte Gewißheit bringt ein Bote, der mit der Nachricht aus Gotha kommt, die Truppen des Herzogs seien am Vortag nach Baden und an den Rhein ausmarschiert. Asfeld protestiert aufs Schärfste, worauf Hardenberg ungerührt erklärt, dem Herzog von Gotha sei noch nie in den Sinn gekommen, mit den Waffen für den Frieden zu agieren. Da die Katze nun aus dem Sack ist, trägt Platen keine Bedenken mehr, ihr auch die Schelle umzuhängen. Auch seines Herrn Absicht sei es niemals gewesen, den Frieden anders zu erreichen als auf dem Verhandlungswege.

* * *

Anfang Oktober begibt sich Herzog Ernst August mit einem Gefolge, das vom Oberstallmeister bis zum Windhetzer, vom französischen Mundkoch bis zum Pastetenbäcker keine Charge vermissen läßt, zur Hirschjagd in die Göhrde. Das Jagdschloß inmitten des weltentlegenen Urwalds südlich der Elbe gehört dem Herzog von Celle. Obwohl er die Extratour Hannovers keineswegs gutheißt und seine eigene Treue zum Reich in der verwichenen Kampagne wieder mit ziemlichen Verlusten an Offizieren und Mannschaften bezahlte, blieb er dem Bruder dennoch in beharrlichen Gnaden zugetan, stand daher aus fürstlicher und brüderlicher Großmut auch nicht an, ihn zur Jagd einzuladen. Er selbst läßt sich in seinem bevorzugten Rotwildrevier in diesem Jahr nicht blicken, da niemand glauben soll, er wolle sich bei dem Abtrünnigen zutäppisch machen.

Nachdem Ernst August mit zwanzig Gespannen, zweihundert Pferden und ebensovielen Hunden seinen Einzug gehalten hat, posaunen die Jägerburschen in den Flecken im Umkreis alsbald die Jagdtage aus. Murrend holen die Bauern das Horn- und Borstenvieh, welches sie gerade erst zur Mast ausgetrieben, aus dem Wald zurück. Da sie mitansehen müssen, wie die Knechte des Herzogs, indem sie, um freie Bahn zu schaffen, Zäune, Schar- und Hegehölzer niederlegen und die Mastung zerstören, fallen sie zwei von denen, die Herrendienste verrichten, im Dunkeln an und schlagen sie also blutig, daß sie es zeitlebens nicht abwischen werden. Mehreren Nutzen haben die geplagten Leute von dergleichen Exzessen und Attentaten aber nicht. Bis in den November hallen in den Forsten die Signale der Parforcehörner wider, hetzt die Hundemeute kläffend durch Busch und Holz, stampfen Pferdehufe über Weiden und Wintersaat.

Von den wilden Ritten, zu denen jeder sich drängt, der noch keine Sänfte nötig hat, haben die Leibärzte alle Hände voll zu tun. Dem Jagdwagen der Damen bricht ein Rad, wovon die Gräfin Platen einige Beulen davonträgt, ihre Schwester aber mit dem Kopf durch die Scheibe fährt und trotz des Schußwassers, das man ihr gibt, aus der Stirn blutet wie ein gemetztes Schwein. Königsmarck fällt vom Pferd und muß das Zimmer hüten. Als er so weit hergestellt ist, um zur Abendtafel erscheinen zu können, verschlingt er die Prinzessin im Beisein der Herzogin mit seinen Blicken derart, daß sie ihm sagen muß: »Laßt mich in Frieden. *Allez-Vous en!*« »Davon das Herz voll ist«, entschuldigt er sich beim nächsten Treffen in der Kammer der Knesebeck, »davon sind die Augen die Verräter.«

An Allerheiligen erhebt sich zur Nacht ein gewaltiger Sturmwind und hält selbigen Tag mit größter Heftigkeit an. Vom Schloß und dem cellischen Stall fliegen die Schindeln; in den Flecken Bredenbeck und Witzetze fallen die Kirchspitzen zu Boden; in den Forst bricht gesundes Stammholz, daß der Schaden nicht zu beschreiben. Am Tag nach dem Unwetter erscheint östlich vom Schloß ein doppelter Regenbogen. Der Herzog nimmt ihn, obwohl die Jagdgesellschaft allenthalben schon hinkt und lahmt, als gutes Vorzeichen und setzt die letzte Jagd auf den Hubertustag fest.

Noch vor der Morgendämmerung ziehen die Jäger und Piqueurs in den Wald. Der Leithund spürt die frische Fährte eines Hirsches auf, worauf die Meute losgelassen wird und mit Gekliff und Gejiff die Verfolgung aufnimmt. Die Jagdgesellschaft bricht mit dem ersten Büchsenlicht auf. Entwurzelte Bäume liegen im Weg, in Kuhlen und Erdkratern steht schlammiges Wasser, Gräben und Tümpel sind über die Ufer getreten. Hunde und Reiter geben ihr Äußerstes, um die Spur des flüchtigen Tieres zu halten. Am Nachmittag, als jedermann verdreckt und durchnäßt auf das Signal zum Abbruch wartet, verläßt die Fährte den Forst und führt nach Norden. Die Sonne verschwindet bereits im grau-gelben Novemberdunst über den Klotzbergen, da erklingt das Signal zum Sammeln. Der Hirsch ist auf dem Steilufer über der Elbe zu Stande gehetzt, ein Hund sitzt ihm am Blatt, ein anderer hat sich im dichten Behang des Kragens verbissen. Mit gesenktem Geweih hält der mächtige Schaufler die andrängende Meute in Schach. In fiebernder Hast hantieren die Jäger an Büchsen und Pulverflaschen, aber Pulver und Lunten sind naß, kein Schuß will sich lösen. Schritt für Schritt nähert der Hirsch sich der Abbruchkante, aus der dichtes Geäst emporragt, schüttelt mit einer zornigen Bewegung des Hauptes die letzten Peiniger ab und ist schon im Begriff, in den Steilhang abzuspringen, da hechtet ein Mann an die Seite des Wildes. Mit einem gurgelnden Schrei stößt er dem Tier den Hirschfänger in die Tränengrube unter dem Auge. Dem Schaufler brechen erst die vorderen, dann die hinteren Läufe weg. Er sackt zur Seite und begräbt den Mann unter sich; Haupt und Geweih hängen über dem Abgrund.

Als die Jagdgesellschaft vor dem Schloß anlangt, ist es Nacht. Die Kienspäne in den metallenen Haltern, die die Zufahrt zum Schloß markieren, sind abgebrannt, aber alle Fenster erleuchtet. Moltke wird im Triumph in das Foyer gebracht. Ein Feuer prasselt im Kamin; der Oberjägermeister wird neben dem Lehnstuhl des Herzogs gebettet. Der Hirsch ist ihm so unglücklich auf den Leib geraten, daß man ihn nicht eher hervorziehen konnte, als bis das Tier keinen Lauf mehr regte.

Diener warten mit Punsch und Braten auf. Unterm Blasen der Hörner trägt die Jägerei den Kopf des Hirsches herein. Der Herzog trinkt auf die Gesundheit seines ersten Forstmannes, dann macht der Pokal die Runde. Eine größere Ehre wird dem Oberjägermeister all sein Lebtag nicht mehr widerfahren.

* * *

Am Nachmittag des nächsten Tages trifft der geheime Legationsrat Limbach, seit drei Wochen überaus eilig und ohne sich eine Pause zu gönnen von Wien unterwegs, mit wichtigen Nachrichten aus der Hofburg ein. Obwohl er von der grausamen Reise und dem bösen Wetter so erschöpft ist, daß er schon seit Göttingen fürchtet, das lose Zipperlein zu bekommen, besteht er darauf, vor den

Herzog geführt zu werden. Sein Bericht versetzt Ernst August trotz des Hundssoffs der vergangenen Nacht in die allerbeste Laune. Da sich alle Aussicht verloren habe, daß das brandenburgische Hilfskorps auch für den nächsten Feldzug in Ungarn bleibe, die eigene Rüstung des Kaisers wider die Türken aber unfertig und unvollkommen sei, suche man in Wien nach Ersatz. Der Kaiser werde deswegen unfehlbar in Hannover nachfragen.

»Der Wind hat also endlich umgesetzt«, Ernst August schiebt sich den Eisbeutel aus der Stirn. »Und die Gerüchte sind wahr, daß es mit den Kaiserlichen in Ungarn rückwärts geht?«

»Ihro Durchlaucht wissen, wie meine Person am Wiener Hof in schlechtem Ansehen stand. Seit etlichen Wochen aber begannen die kaiserlichen Minister, mich sehr zu karessieren und haben mir schließlich die herrlichsten Ouvertüren gemacht«, bestätigt Limbach. »Sie ließen durchblicken, wenn Ihre herzogliche Durchlaucht sich bereit fänden, dem Kaiser Hilfe gegen die Türken zu leisten, könnte dieser bestimmt werden, der Kursache wieder näherzutreten.«

Ernst August reibt sich die Hände. Die Notlage des Kaisers auf dem Balkan ist die Situation, auf die er gerechnet hat. Er dankt seinem Getreuen, der sich kaum noch senkrecht halten kann, und schickt nach den Ministern. Limbach ist jedoch noch nicht am Ende.

»Ich habe«, sagt er mit ernster Miene, »in einem unbewachten Moment Einblick in die Papiere des dänischen Gesandten nehmen können, woraus ich mit Gewißheit erkannte, daß Prinz Maximilian Wilhelm mit Dänemark und anderen Mächten etwas ins Werk zu setzen im Begriffe steht. Habe darauf, zuerst mit gehöriger Vorsicht, dann mit mehr Aplomb auf diesen und jenen Busch geklopft, bis die kaiserlichen Minister sich mir offenbarten und von den höchstgefährlichen Anschlägen des Prinzen Nachricht gaben. Zweifellos taten sie dies, um Ihro Durchlaucht umso sicherer auf die Seite des Kaisers zu ziehen.«

Limbach entdeckt nun dem Herzog und den Ministern, daß die Fäden der Intrige sämtlich bei des Herzogs Vetter in Braunschweig zusammenlaufen, der Oberjägermeister Moltke höchst verdächtige Beziehungen zum Reichsvizekanzler der Hofburg unterhält, der Adjutant des Prinzen zweimal in Dänemark war und für Dezember eine öffentliche Protestation des Prinzen gegen die Primogenitur in Braunschweig geplant ist.

»Vetter Tönis! Diese Bestia! Dieser gottverdammte Lumpenhund!« stößt der Herzog hervor, »Arm und Bein werden Wir dem Kerl zermalmen!« Er flucht, daß der Schloßturm davon einfallen möchte, bis Grote, den nichts aus der Ruhe bringt, bemerkt: »Wenn der Teufel eines Kanzlers bedürfte, sollte dieser Herzog sich sehr wohl dazu schicken.«

Platen schweigt wohlweislich. Oberstleutnant Moltke hat ihn bereits im Frühjahr vor den geheimen Umtrieben gewarnt. Er zuckte damals jedoch nur die Achseln und meinte, für Maxel werde wohl keine auswärtige Macht ein Pferd satteln lassen. Um den Fehler wett zu machen, plädiert er nun eifrig dafür, den Herzog von Braunschweig unverzüglich mit einem Handstreich über den Haufen zu werfen.

Die Gelegenheit ergibt sich, als Anfang Dezember der hannoversche Geheimdienst Wind von einer Reise Herzog Anton Ulrichs nach Hamburg bekommt. Ernst August begibt sich persönlich in die Feste Harburg. Zwei volle Tage lauert die Leibgarde an der Straße von Lüneburg nach Harburg, dann zieht sie unverrichteter Dinge ab. Der alte Fuchs ist nicht aus dem Bau gekommen. Statt seiner findet sich sein Sekretär Blume in Hannover ein, um zum kommenden Karneval für seinen Herrn Quartier zu machen. Am 15. Dezember, einem Sonnabend, wird er vom Nachtessen beim Oberkommissar Schulze weg verhaftet. Ein Fourier und vier Trabanten mit Fackeln führen ihn von Schulzens Wohnung ins Schloß und sperren ihn in eine Kammer auf der Justizkanzlei. Der Prinz wird auf seinen Zimmern, Adjutant Moltke in seinem Quartier mit Arrest belegt. Im Rittersaal des Schlosses versieht Oberjägermeister Moltke unterdessen nichtsahnend seinen Dienst.

An einigen Tischen wird Tric-Trac, an anderen l'Hombre gespielt. Der Oberhofmeister wacht darüber, daß die Partner der fürstlichen Herrschaften wechseln und niemand den Tisch, dem er zugeteilt ist, vorzeitig verläßt. Hinter dem Sessel des Herzogs verfolgen Moltke und Generalmajor von dem Bussche das Spiel. Cœur-Zehn fällt auf Cœur-As; der Herzog hat *carte blanche,* aber keinen Trumpf mehr. Mit Pique-As geht die Runde an Feldmarschall Podewils. Behaglich streicht der Alte den Gewinn ein. Er gibt neue Karten aus, als der Geheime Kriegssekretär Hattorf an den Tisch tritt. Ernst August überläßt Moltke sein Blatt, geht mit Hattorf beiseite und nimmt eine Meldung entgegen.

»Je Vous remercie.«

Ernst August nimmt seinen Platz wieder ein. Als Moltke sich umdreht, steht von dem Bussche mit gezogener Waffe vor ihm.

»Im Namen Ihrer hochfürstlichen Durchlaucht, Ihr seid arrestiert! Gebt mir Euren Degen!« befiehlt er halblaut. Ohne eine Miene zu verziehen, schiebt Moltke langsam die rechte Hand an den Degengriff. »Ziehen und den Kerl über den Wanst schlagen?« An den Nebentischen hat man noch nichts bemerkt. Noch könnte er entkommen. Sein Blick fällt auf die geöffnete Saaltür. Die weißen Uniformen des Garderegiments füllen den Türrahmen wie eine Mauer – zu spät.

* * *

Am 23. Dezember wird die große Glocke, die geborsten und umgegossen worden ist, auf den Turm der Marktkirche gebracht. Gegen Abend kommt sie zur Schwebung und hält das hohe H in Ton. Am nächsten Morgen läutet sie mit allen übrigen Glocken das hochheilige Christfest sehr schön ein. Das Jahr endet mit einem Vergleich zwischen Hannover und Celle: Herzog Georg

Wilhelm erklärt sich bereit, auf die Kurwürde zugunsten des jüngeren Bruders zu verzichten, sofern dieser sie ihm vorher anbietet. Herzog Ernst August verspricht, ein Bataillon für die Schanzarbeit in Ratzeburg zu stellen und baldigst wieder zur guten Partei des Reiches zu treten.

Die Kurwürde

In den ersten Wochen nach Neujahr laufen in der Residenz allerlei wirre Gerüchte um. In den Fleischscharren am Hokenmarkt und in den Buden um die Marktkirche erzählen sich die Leute, wie auf den Herzog und den Erbprinzen unter dem vielfältigen Schießen einer großen Saujagd ein Anschlag verübt worden sei, die Herzogin darüber einen Schock erlitten habe und das Bett hüte, Prinz Max aber auf der Festung Hameln Strafdienste tue.

Die Herzogin hat tatsächlich einen Schock davongetragen; nicht jedoch zufolge eines Anschlags, sondern wegen ihrer Arretierung als Mitwisserin der Verschwörung. Von der Last der auf sie gefallenen, schweren Ungnade des Herzogs gebeugt, sitzt sie in Zimmerarrest, darf niemanden empfangen und keine Briefe schreiben. In den Verhören, die Grote und Platen mit ihr führen, weist sie den Verdacht, sie habe den jüngeren Sohn gegen den älteren aufhetzen und das ganze Land in Blut und Feuer stürzen wollen, mit entrüsteter Festigkeit von sich. Daß die Verschwörer mit den Feinden des Hauses eine Armee bilden wollten, hätten diese ihr niemals gesagt, und was sie sonst getan, sei einzig aus Liebe zu ihren jüngeren Söhnen geschehen. Wenn sie darin gefehlt, so dürfe sie dafür vom Herzog Verzeihung erbitten, da sie zwar gegen seine Meinung, niemals jedoch gegen seine Person gehandelt habe. Im Ministerium löst diese Logik erst Kopfschütteln, dann Nachsicht mit der irrenden Mutterliebe aus, und weil es dem Hausinteresse mehr schadet als nützt, die Herzogin noch länger unter dem Verdacht des Hochverrats zu halten, wird sie schließlich außer Arrest gesetzt.

Auch der Staatsgefangene Prinz Max auf der Feste Hameln erfreut sich bald wieder einer glimpflichen Behandlung. Nachdem er, nicht ohne anfängliches Toben, bereits zu Neujahr seine Schuld bekannte, um Verzeihung bat und sich verpflichtete, vor den Landständen Gehorsam und Treue zu geloben, wird seine Haft allmählich gemildert, nicht zuletzt auf die Fürsprache des Herzogs von Celle hin, der sich für seinen Neffen freund-vetterlich ins Mittel schlägt.

Den Mitverschworenen, die sich verwandtschaftlichen Zuspruchs nicht versehen können, geht es weit schlechter. In den zugigen Kammern über dem Calenberger Tor, in denen der Sekretarius Blume und der Oberstleutnant Moltke einsitzen, stinkt es vom benachbarten Pulvermagazin derart nach Salpeter und Schwefel, daß sich ihnen ständig der Magen nach außen kehren will; vor Chagrin, Melancholey und üblem Geruch möchten sie am liebsten krepieren. Noch längst nicht am Ende wähnt sich hingegen der Oberjägermeister, der im Stockhaus über dem Clever Tor gefänglich gehalten wird: Entschieden leugnet er, daß man Blutstürzungen und Tätlichkeiten geplant habe. Es kommen aber bei der Untersuchung seiner Amtsführung solche Unterschleife zum Schaden der Herrschaft wie der armen Leute zu Tage, daß selbst die Geheimen Räte, die sich aufs Einnehmen wohl verstehen, ihn für einen pflichtvergessenen Blut- und Beutegeier halten.

Nur Herzog Anton Ulrich ist nicht zu belangen. Vor Verfolgung sicher sitzt er in seiner Festung Wolfenbüttel, betont mit kecker Stirn seine innocenteste Unwissenheit und verlangt sogar, den Sekretär Blume unverzüglich an ihn herauszugeben.

Trotz der peinlichen Vorfälle nimmt das Hofleben seinen Gang wie jedes Jahr. Unter den vornehmen Besuchern, die zum Karneval in die Residenz strömen, sind das Herzogspaar von Celle, die von Eisenach, die Fürstin von Ostfriesland, die schwedischen Grafen Nils Bielke und Mauritz Vellingk. Auch Königsmarcks Schwester Maria Aurora ist von Hamburg angereist. Eine Gala-Vorstellung in der Oper, bei der sich der Herzog mit der Herzogin und dem Erbprinzenpaar aufgeräumt und in bester Verfassung zeigt, eröffnet die Festsaison. Ruhe und Harmonie des Hauses scheinen wieder vollkommlich hergestellt.

*   *   *

An der Häuserzeile ›Am Brande‹ vor dem Neustädter Wall schaukelt eine Sänfte entlang. In dem knöchelhohen Schnee, der den gefrorenen Straßenkot bedeckt, haben die Träger Mühe, das Gleichgewicht zu halten. Vor Königsmarcks Haus landet die Portechaise unsanft auf dem gefegten Vorplatz. Eine Dame und ihre Dienerin steigen aus. Adjutant Cramm führt sie die Stufen hinauf ins Vestibül, wo Madame Cramm ihnen aus Überschuhen, Muffs und Mänteln hilft. Hausintendant Beneken dienert herbei: Ihre hochgräfliche Gnaden Fräulein von Königsmarck mögen sich erst einmal aufwärmen, ein Täßchen Schokolade vielleicht? Der Herr Graf ist mit einigen Offizieren nach dem Ballhaus. Verwundert hebt Maria Aurora die Brauen. Seit wann befaßt sich ihr Bruder in der Gesellschaft von Offizieren mit Ball-, statt mit Kartenspielen? »Es ist seit einiger Zeit *à la mode*, alle Welt tut es«, sagt Beneken achselzuckend. Wozu muß er dem Fräulein auf die Nase binden, daß dero Herr Bruder noch eine ganze Menge andere neue Gewohnheiten angenommen haben: dieses Herumspazieren zu den unmöglichsten Zeiten auf der Leinstraße, das nächtliche Aufsitzen und Schreiben bis zum Morgengrauen, die jedes Maß überschreitende Sorgfalt, die er bei jedem Gang zu Hofe auf seine Toilette anwendet. Alles deutet daraufhin, daß eine Dame dahintersteckt, was herauszufinden dem Fräulein sicher ein Leichtes ist. Beneken kennt Maria Aurora seit ihren Kindertagen auf Agathenburg. Ihrer Neugier und ihrem wachen Verstand bleibt selten etwas verborgen.

Während der Intendant sich um die Kammern für die Damen kümmert, spaziert das Fräulein aus dem Vorzimmer durch die geöffnete Flügeltür in den ungeheizten Eßsaal. Seit ihrem letzten

Besuch hat sich manches verändert. Philipp Christoph wurde mit dem Tod des letzten Onkels Chef der Familie und ließ der Witwe sogleich etliche Möbel und Bilder wegholen. Maria Aurora streicht über die Lehnen der ledergepolsterten Stühle, die um den polierten Eßtisch stehen. Auch die vier Gobelins mit den Herkules-Motiven, die die Längswand bedecken, und die Gemälde an der Stirnseite des Saales sind ihr aus Agathenburg wohl vertraut. In der Mitte hängt das lebensgroße Bildnis des schwedischen Königs Karl, rechts davon das Porträt ihres Großvaters Hans Christopher als Feldherr, ebenfalls in Lebensgröße; auf der linken Seite ihr und ihres Bruders seliger Herr Vater zu Pferde. Die Enkelin bleibt vor dem Bild des Feldmarschalls stehen. Der voluminöse Körper steckt in einem glänzenden Harnisch, der zur Hälfte durch eine Schärpe verdeckt ist. Die rechte Hand umfaßt den Kommandostab; der Kopf mit dem langen Haar ist stolz in den Nacken geworfen, herrisch blicken die Augen auf die Betrachterin herab. Da der Großvater bereits ein Jahr nach ihrer Geburt starb, hat sie keine Erinnerung an ihn. Aber so, wie das Bildnis ihn zeigt, muß er gewesen sein: nüchtern, tatkräftig und von überlegener Willensstärke; wenn er noch lebte, sähe die Lage der Familie gewiß günstiger aus.

Fröstelnd zieht Maria Aurora den Schal fester um die Schultern. Der schwedische König, *ce roi barbare,* entzieht der Familie nach und nach sämtliche Güter, die seine Vorgängerin Königin Christine dem Feldmarschall vor fünfzig Jahren zum Dank für seine Kriegstaten schenkte. Obwohl Güterintendant Rabel die Prozesse gegen die Exekutions-Kommission in Stockholm umsichtig führt, Beamte besticht, mächtige Freunde am Hof als Fürsprecher gewinnt, schrumpft der Familienbesitz unaufhaltsam. Im Bremischen sind Bederkesa und Neukloster verloren, in Estland das Gut Hapsal, in Schweden sogar Westerwik, das der Feldmarschall bei seiner Erhebung in den Grafenstand verliehen bekam. Ein Ende ist nicht abzusehen, König Karl lehnt jedes Entgegenkommen, ja, jeden Vortrag zugunsten der Familie indigniert ab.

Das Fräulein ist an der Fensterfront des Saales angelangt und späht durch die Eisblumen nach den Wagenremisen auf der anderen Straßenseite. Der Bruder hält einen Stall voller Pferde und führt ein großes Haus; mehr als hunderttausend Taler hat er in seinem hiesigen Dienst dispensiert, wie Rabel ihr kürzlich anvertraute, in Schweden aber nicht für zehntausend Taler Kredit. Der jüngsten Schwester enthält er den Brautschatz vor und ihr selbst verkürzt er den jährlichen Unterhalt. Das Fräulein überläuft ein Schauer. Woher Abhilfe nehmen in dieser Schuldenwirtschaft? Bei Licht betrachtet, ist der Ruin der Familie bereits komplett.

Maria Aurora wendet sich der Flügeltür zu, als ihr Blick in den Spiegel fällt, der neben der Tür in einem reich geschnitzten Rahmen über einer Wandkonsole mit versilberten, schön geschwungenen Beinen hängt. Prüfend, als wäre sie es nicht selbst, betrachtet sie ihr Bild. Die Frau im Spiegel ist dreißig; auf der Stirn und um die Augen zeigen sich erste feine Linien, aber Hals und Büste sind makellos. Eine schwarze Haarflechte fällt vom Ohr über den Kleidausschnitt. Maria Aurora reibt sich die Wangen und beißt sich auf die Lippen. Das Ergebnis stellt sie zufrieden: sie ist schön, auch ohne Puder und Rouge, und sie hat Bildung und Geist. Herzog Anton Ulrich von Wolfenbüttel liegt ihr zu Füßen, der blutjunge Herzog von Mecklenburg-Schwerin ist unsterblich in sie verliebt. Müßte sie sich nicht glücklich preisen? Die Gräfin denkt an das Ende der Saison. Wenn die Feste vorbei sind und die Fürsten auf ihre Sommerresidenzen reisen, muß sie wieder abziehen; nach Agathenburg, seit dem Tod des Oheims nur noch ein Witwensitz, oder nach Hamburg, wo sie im Haus der Schwester Unterschlupf, aber keine Ruhe und keinen Rahmen findet. Zwischen den *cavaliers errants,* den gestrandeten Kourtisanen, den Künstlern, Ärzten und alchemistischen Adepten, die sich in der Hansestadt sammeln, spürt sie ihre Wurzellosigkeit erst recht.

»Wo ist Dein Platz?« fragt die Dame vor dem Spiegel ihr Bild.

»An der Seite eines vermögenden und gebildeten Gemahls,

wenn Sie frei sind und sich vermählen wollen, Sie fahrendes Hoffrauenzimmer!« kommt die Antwort von der Tür. Philipp Christoph, noch in den leinenen, mit brabantischen Spitzen besetzten Anzug gekleidet, in dem er im Ballhaus war, küßt die Schwester und führt sie in die mit Goldledertapete ausgeschlagenen Zimmer am Ende des Ganges. Ihr mißbilligendes Staunen geflissentlich übergehend, schenkt er ihr eigenhändig von dem heißen, gezuckerten Burgunder ein, den Beneke hereinbringt. Wozu über Vergangenes streiten, wenn die Zukunft erfreuliche Perspektiven bietet?

»Da sich alle, die Sie zu heiraten Lust haben, an mich wenden«, eröffnet er ohne Umschweife das Gespräch, »kann ich Ihnen einen Herrn, dessen Namen ich noch nicht nenne, offerieren, dreißig Jahre alt und gebildet, hat 6000 Taler Einkünfte und will Ihnen ein Kapital von 30000 als Heiratsgut verschreiben. Außerdem hat mir der Graf von Lippe seinen Schwager vorgestellt, einen Grafen von Hohenlohe, der Witwer und sehr ansehnlich ist.«

»Solche Gemahle trifft man nicht alle Tage«, sagt Maria Aurora spöttisch.

»Der Ungenannte würde gewiß um Ihre Hand anhalten, denn er ist überaus heiratslustig, und der Graf von Hohenlohe hegt große Achtung und Ergebenheit für Sie. Wenn ich bloß wüßte, daß Sie sich wirklich verehelichen wollen!«

Philipp Christoph blickt die Schwester erwartungsvoll an. Er weiß, welchen Wert sie darauf legt, ihr eigener Herr und Meister zu sein, aber sie ist dreißig und sollte auf ihre Zukunft sehen. Da sie schweigt, setzt er hinzu: »Ich begreife vollständig, daß Sie für Reichsgrafen geboren sind, nur bäckt der Kaiser sie nicht alle Tage. Und blinkt Ihr jetzt noch wie ein Karfunkel im Ofenloch, so müßt Ihr doch fürchten, Ruß anzusetzen und in der Röhre liegenzubleiben.«

»Wenn die Herren, die Sie mir vorschlagen, von solcher Qualität sind wie die letzten, bliebe ich wohl besser allein«, versetzt

Maria Aurora. »Oberst Weyher war ohne Manieren und verspielte sein Geld. Der närrische Graf von Wedel begehrte jede Dame, die er nur von Nahem sah, mit derselben Leidenschaft. Ich kann Ihnen verraten, daß er sich vermessen hat, dem Grafen von Ostfriesland zu sagen, für zweitausend Taler stünde ich ihm wie seine Frau zu Diensten.«

»Solche Art von Gesprächen sind in der Tat für Sie nicht sehr vorteilhaft«, räumt Philipp Christoph ein. »Aber lassen wir das und erklären Sie sich! Finden Sie die Vermögenslage des ungenannten Bewerbers nicht vorteilhaft, haben Sie zur Verehelichung keine Lust oder sollte gar Ihr Herz nicht frei sein, so sagen Sie es grade heraus.«

»Ich werde mich bedenken und Sie meine Entschlüsse wissen lassen«, erwidert Maria Aurora. »Aber nun zu Ihnen, lieber Bruder. General Bielke sähe seine Tochter nur zu gerne an Ihrer Seite, weshalb er mich bat, das Terrain zu sondieren. Er bietet Ihnen darüberhinaus ein Regiment und den Titel eines Generalleutnants; Sie müßten sich allerdings Ihren Groll über die Domänenreduktion verbeißen und die Gunst des Königs suchen.«

Königsmarck verzieht das Gesicht zu einer säuerlichen Grimasse.

»Sie zögern?« fragt Maria Aurora erstaunt. »Noch glaubt man in der Welt, daß Sie ein Herr sind, der, ohne sich zu inkommodieren, an die dreißigtausend Taler jährlich zu verzehren hat. General Bielke glaubt dieses auch. Und da der König, womit der General sich brüstete, noch unlängst gefragt, ob Sie nicht des Generals Tochter freien wollen, würde er Sie umso lieber zum Schwiegersohn haben. *Voilà,* eine Alliance, durch die Sie sich leicht konservieren können.«

Philipp Christoph reagiert immer noch nicht. General Bielke, in den Ungarnfeldzügen sein väterlicher Beschützer, führt in Stockholm die französische Partei, was ihm Geld und Macht einbringt. Die Hand seiner Tochter auszuschlagen, wäre eine kapitale Dummheit. Aber wie soll er erklären, daß er lieber Hungers sterben würde, als sich mit einer reichen Heirat, dem letzten Mittel ruinierter Kavaliere, zu retten?

Er steht auf und wandert im Zimmer umher. Schließlich nimmt er ein Bild in einem ovalen Rahmen von der Wand und tritt damit neben den Sessel der Schwester. »Es wäre mein Tod, wenn ich diese Dame verlassen müßte.«

Maria Aurora hält das Porträt in das am Fenster herrschende Zwielicht. Über die Schulter sagt sie in das dunkle Zimmer hinein: »Es könnte ebensogut Ihr Tod sein, diese Dame nicht zu verlassen.«

»Urteilen Sie selbst«, entgegnet Königsmarck leidenschaftlich, »ob ich es tun könnte!« Er bekennt, nun schon seit anderthalb Jahren bis zur Verrücktheit in die Prinzessin verliebt zu sein, daß sie ihn wiederliebe und bereit sei, mit ihm in einen stillen Winkel der Welt zu gehen, um sich ihm für immer zu verbinden. Er erzählt von der Verzweiflung, in die ihn die geringste Verstimmung stürzt, und von dem überwältigenden Glück, das jedes Treffen ihm bereite. »Kann man an all dem nicht erkennen«, beendet er seine Beichte, »daß dies eine *affaire sérieuse* ist und keine Liebelei *à la mode*?«

»Ich zweifle nicht am Ernst Ihrer Gefühle«, sagt Maria Aurora leise, »aber Sie wissen so gut wie ich, daß Ihre Liaison in den Augen und nach den Maßstäben der Welt ein strafwürdiges Verbrechen ist.«

* * *

Das Fest im Marschallhaus, auf dem die Geschwister Königsmarck gleich beide bei der Gräfin Platen außer Gnaden kommen, beschließt den Karneval in Hannover. Für die zweite Hälfte der geselligen Saison begibt sich der Hof nach Celle. Ernst August und Georg Wilhlem liegt daran, die wiederhergestellte Eintracht aller Welt vor Augen zu führen. Immerhin soll das Fürstentum Lüneburg nach dem Erbvergleich, den die Herzöge vor zwölf Jahren schlossen und durch die eheliche Verbindung ihrer Kinder besiegelten, eines Tages an Hannover fallen. Ernst August tut daher gut, sich die Geneigtheit des Bruders zu erhalten, zumal das künftige Erbe ein beträchtlicher Happen und nichts Beständiges in der Welt ist als die Unbeständigkeit selbst.

Das Fürstentum zwischen Elbe und Aller ist wohlabgerundet und doppelt so groß wie Ernst Augusts zerlappte Gebiete zwischen Weser und Harz, wenngleich keineswegs volkreicher und zum guten Teil Ödland. Der Bauer fährt seinen Wagen mit Ochsen und unbeschlagenen Pferden über sandige Wege. Meier, Kötner und Brinksitzer mühen sich auf dürren Böden und wüsten Heiden. In trockenen Jahren stehen Hafer und Roggen, Buchweizen und Flachs nicht zwei Fuß hoch. Die Residenz liegt, vom Stadtgraben umflossen, nur mäßig befestigt, in einem Bogen der Aller. An vier Straßen reihen sich ein- bis zweistöckige Fachwerkhäuser, hinter denen sich Kuh- und Schweineställe, Holz- und Torfschauer, Waschhäuser und Brunnen schachteln. Von Handel und Wandel ist nicht viel zu bemerken, da es den Ackerbürgern und Handwerkern an Kapital und Wagemut fehlt. Nur der Hof und seine Würdenträger, die etliche ansehnliche Gebäude bewohnen, geben Celle einige Bedeutung. Das in italienischem Geschmack errichtete Schloß erhebt sich mit kupferbedeckten Kuppeln und einem Söller als eigene kleine Festung auf einem Hügel am Westrand des Städtchens. Die Hofhaltung Herzog Georg Wilhelms ist kleiner und weniger prächtig als die seines Bruders, aber ebenso fein. Gleich nach dem Großen Krieg nahm er etliche Franzosen in seinen Dienst. Später zog die Herzogin, die eine entschiedene Protestantin ist, einen ganzen Schwarm ihrer Landsleute nach sich: Hugenotten, die wegen ihres Glaubens Frankreich verlassen mußten, gut erzogen und gebildet. Sie verleihen dem cellischen Hof Glanz und Eleganz, sie besetzen die Hofämter und das Offizierskorps, nicht jedoch den Geheimen Rat. Hier gibt Kanzler Andreas

Gottlieb Freiherr von Bernstorff, der den geschäftsunlustigen Herzog gänzlich beherrscht, den Ton an.

* * *

Obermarschall Armand de Lescours klappt die Tür zur Marschallstube, die neben der Tordurchfahrt zum Schloßhof liegt, hinter sich zu, zieht sich den Tressenhut mitsamt der Perücke vom Kopf und streicht sich über das kurzgeschorene Haar. Er hat einen furchtbaren Tag gehabt. Müde packt er den Schlüsselbund auf den Tisch und läßt sich auf einen ausgesessenen Lederstuhl fallen. Die hannoverschen Gäste zu jedermanns Zufriedenheit unterzubringen, ist eine vertrackte *Tour de force* gewesen. Die Fürstinwitwe von Ostfriesland, ein langes Reff mit schadhaften Zähnen, war noch nicht aus dem Reisemantel, da stritt sie schon mit ihrer Halbschwester, der Herzogin von Sachsen-Eisenach, um das Prunkzimmer mit dem Kamin, das an die Wohnräume des Herzogspaares stößt. Da beide geborene Prinzessinnen von Württemberg sind, beanspruchte es jede für sich. Schließlich erhielt die Fürstinwitwe als die Ältere den Vorrang. Die Jüngere, recht hübsch anzusehen und von frischen Farben, aber mit einer Stimme wie ein Konstabler begabt, verlangte daraufhin, in das für die Schulenburg vorgesehene Gemach im Turm einquartiert zu werden. Das nun konnte der Erbprinz nicht zugeben, da nur das Turmzimmer, mit einer Vorkammer und einer zweiten Tür versehen, unbeobachteten Zutritt zu seiner Gunstdame gewährt. Es gab Aufsehen und Geläuf. Die Artilleristen-Stimme der Eisenacherin lockte Gäste und Bediente herbei, wobei sie sich die anzüglichsten Worte erlaubte. Sogar von der *en secret* geschehenen Geburt eines Kindes war die Rede, welches öffentlich bekannt und daher nur ein *Secret de Polichinelle* sei. Der Erbprinz stand starr und stumm vor Empörung. Die Pockennarben stachen ihm rot aus dem Gesicht. Schließlich stieß er hervor, man bräuchte viel Brei, um den Leuten das Schandmaul zu stopfen; ob vielleicht ihre Tugend besser als mittelmäßig sei, woraufhin von beiden Seiten noch mehr der heftigsten Reden erfolgten. Lescours schickte zur Herzogin. Ihr Vorschlag zur Güte brachte ihn erst recht vor inextricable Schwierigkeiten zu stehen. Die Eisenacherin wurde mit den Spiegelzimmern neben dem Theater im zweiten Obergeschoß zufriedengestellt, wo für gewöhnlich die Damen der Herzogin von Hannover, Madame Harling und die Hofmeisterin Sacetot, logieren. Von seinem wohldurchdachten Plan blieb nun nichts mehr übrig, und am Ende mußte man doch beim Drost Stecchinelli und beim Superintendenten nach Unterkunft nachfragen lassen. Beide waren aber schon bis unters Dach belegt, desgleichen der Hofbarbier und der Büchsenschmied. Das Ende vom Lied: Einige Kavaliere mußten in den französischen Jägerhof vor dem Altenceller Tor ausquartiert werden. Graf Königsmarck bezog eine Kammer beim Hoffischer Thiele Knopf. Er soll die Nase gerümpft haben, da alles nach Fisch roch, sogar die Vorhänge am Alkoven; hatte es aber noch besser getroffen als Generaladjutant Hammerstein, für den sich im Häuschen des Silberdieners La Perle nur noch ein Verschlag neben dem Abtritt fand. Lescours breitet die Arme aus und läßt die Hände auf die Tischplatte fallen. Woher bei dem Heuschreckenschwarm von Gefolge Brot in der Wüsten nehmen?

Jemand pocht an die Tür. Der Lichtputzer Ole Lüders schlurft herein, füllt die Ölblaker an den Wänden nach und schneidet die Dochte zurück. Im Hof klappen Holzschuhe über das Pflaster. Die Feuerböter tragen für den nächsten Morgen Reisig und Torf zur Konditorei und in die Küchenstuben. Der Obermarschall holt sich den Weinkrug, den er sich tagsüber beiseite gestellt hat, aus dem Schapp und nimmt Tintenfaß und Feder vom Pult. Noch gut zwei Wochen Zeit, trotzdem muß er anfangen, sich Gedanken über die Zeremonie vor den Landständen zu machen. Er trinkt einen Schluck, taucht die Feder ein, schreibt »Vorantritt« auf das Papier, dann die obersten Klassen der Rangordnung, Feldmarschall, Generalfeldzeugmeister, Oberhofmarschall, Oberstallmeister ... Die Schlaguhr im Turm holt mit Rasseln und Stöhnen zu elf schweren Schlägen aus. Die Glocke im Dachreiter der Stadtkirche folgt mit einem dünnen Gebimmel. Lescours hört es nicht mehr. Der Kopf ist ihm auf die Brust gesunken, in der Feder trocknet die Tinte.

* * *

Im Schloßhof hallt der letzte Ton der Schlaguhr nach. Herzogin Eleonore führt ihre Tochter über die Galerie zur Treppe im Ostflügel. Durch die offenen Rundbögen ist ein Ausschnitt des Himmels zu sehen. Hier und da blinkt ein Stern. Die Herzogin hält Sophie Dorotheas Arm fest an sich gedrückt. Sie hat ihr alles gesagt, was ihr an Tröstlichem zu dem Gerücht einfiel, das mit den Gästen ins Schloß kam. Mehr, als diesen Trost im Druck ihrer Hände noch einmal wortlos zusammenzufassen, weiß sie nun nicht für sie zu tun. Die Galerie mündet in den geschlossenen Korridor des Südflügels, wo die Zimmer der Prinzessin mit Blick über Wall und Graben auf das Westerceller Tor liegen; rechts geht es zu den Zimmern des Erbprinzen. »Nichts als Gottes Gnade und die Zeit, die alles verschließt«, sagt die Herzogin eindringlich, »kann uns trösten. Denn der verwundet, kann auch heilen.« Sie küßt die Tochter auf die Stirn und schließt die Tür hinter ihr.

Kammerdiener Monguibert rappelt sich von seinem Fensterplatz hoch, als die Prinzessin das Antichambre betritt, legt im Schlafzimmer, wo sich die Knesebeck mit der Kammerfrau Marianne Ponats unterhält, Torf im Kamin nach, schiebt den Nachtstuhl neben das Bett und entfernt sich. Die Ponats hilft Sophie Dorothea aus den Kleidern, verstaut das Hüftpolster in der Kleidertruhe und verschwindet ebenfalls, nachdem sie ihr Hemd und Jacke für die Nacht angezogen und die Nachthaube aufgesetzt hat.

»Hat die Ponats etwas über das Kind herausgebracht?« fragt Sophie Dorothea die Knesebeck, während sie aus dem Fenster in die Dunkelheit späht. Auf der Bastion leuchten zwei Fackeln; die Wachen sind aufgezogen. Königsmarck wird es nicht wagen können, sich auf dem Wall zu zeigen.

»Es soll eine Tochter sein, schreiet brav und ist recht fett und frisch«, antwortet das Kammerfräulein zögernd, während es sich angelegentlich an dem wuchtigen Holländerschrank neben dem Kamin zu schaffen macht. »Sie haben sie auf der Burg Hehlen verborgen, da auch die Geburt war.«

Sophie Dorothea starrt auf ihre Pantoffeln. Sich darin zu schikken, daß Melusine von der Schulenburg, diese Seekuh, die nichts spricht, einfach nur still und weiß, weich und unschuldig ist, für Georg Ludwig mehr darstellt als nur eine Mätresse, ist eine harte Sache. Er liebt sie, wie sie selbst gerne von ihm geliebt worden wäre, und wie ihr Vater, der Herzog von Celle, nie müde geworden ist, ihre Mutter zu lieben und zu verehren.

»Aber wo ist die Ursache?« sagt sie erbittert. »Woher kommt es, daß Georg Ludwig sie liebt und mich nicht?«

Die Knesebeck, die schiefe Schulter gegen die knorpelige Schnitzerei des Schrankes gelehnt, stößt ratlos die Luft durch die Nase. Die Prinzessin ist klein, braungelockt, redselig. Georg Ludwig findet sie vorlaut und anstrengend.

»Sie passen eben nicht zusammen«, sagt sie lahm.

»Bin ich häßlich? Bin ich nicht liebenswert?« ereifert sich Sophie Dorothea. »Er hätte doch nur um mich zu werben brauchen! Daß ich gemerkt hätte, er will mich! Aber er hat nicht ...! Er hat nicht ... er hat es nicht verstanden!« Sophie Dorothea ballt die Fäuste und stampft vor der Knesebeck mit dem Fuß auf den Boden.

»Was hat er nicht?«

»Er hat mich nicht entzündet«, sagt die Prinzessin nach einer Weile verlegen. Die Knesebeck legt den Kopf mit dem dünnen blonden Haar zurück. »Es muß einer den Stein anschlagen, damit die Lunte brennt«, sagt sie bedächtig. »Und man hoffte wohl, der Funke würde von selber kommen, als man Sie mit ihrem Vetter zusammentat.«

»Ja, so ist es«, bestätigt die Prinzessin eifrig, »und meine Mutter, die Herzogin von Celle, hat das Unglück vorausgeahnt.«

Sophie Dorothea hockt sich auf die Bettkante des Alkovens und gestattet dem Kammerfräulein, sich neben sie zu setzen. »Heute abend habe ich sie gefragt, wie es denn kam, daß ich ausgerechnet mit Vetter Georg Ludwig verheiratet wurde. Die Herzogin sah mich verwundert an: Ob ich nicht wisse, daß nur bürgerliche Privatpersonen nach ihrer Zuneigung wählen könnten, bei Staatsheiraten aber solche Rücksichten hintangestellt werden müßten. Ich erwiderte ihr, dies sei mir wohl bewußt. Aber da neben Georg Ludwig noch andere fürstliche Bewerber vorhanden gewesen, ein Herzog von Württemberg und ein Prinz von Dänemark, solle sie mir sagen, warum die Wahl gerade auf ihn gefallen sei. Da seufzte sie und gestand mir, daß Georg Ludwig nicht der Richtige sei, habe sie von Anfang an gefürchtet. Mein Vater aber in seiner Gutmütigkeit und Generosität habe dem Drängen aus Hannover nachgegeben und Georg Ludwig nach anfänglichem Zögern mit offenen Armen aufgenommen.«

»So war es«, sagt die Knesebeck. »Ich erinnere mich noch an die Wochen, in denen der Ehekontrakt ausgehandelt wurde, Ihre Mutter, die Herzogin, lag von dunklen Ahnungen geplagt, krank im Bett.«

»Und ich«, ruft die Prinzessin, »habe in Demut und Dankbarkeit, wie es sich gehört, den Bräutigam, den man für mich ausgesucht hatte, als den besten aller Männer begrüßt!« Sophie Dorothea springt von der Bettkante und ruft mit Rednerpathos: »Müssen Wir darum das Unglück, das Uns aus all diesem zustößt, als Zuschickung ansehen, es untertänig von der Hand des Höchsten annehmen und die Rute bis an Unser Ende küssen, wie die Herzogin es Uns anempfiehlt?«

»Was empfiehlt sie denn?«

»Still zu sitzen und nichts zu tun, als von der Zeit und von Gott Trost zu erwarten.«

Eleonore wiegt den Kopf. »Ihre Durchlaucht, die Herzogin, meinen wohl, Ihr werdet Euch mit der Gunstdame Eures Gemahls ebenso arrangieren müssen wie die Herzogin von Hannover mit der Gräfin Platen; und sicher wird die Schulenburgin, wenn Euer Gemahl zur Regierung kommt, die gleiche Rolle spielen wie jetzo die *grosse Dongdong*.«

Die Prinzessin stemmt die Arme in die Seiten: »Gibt es bei Staatsheiraten denn keine Scheidungen?«

»Wenn Sie arm wären«, antwortet die Knesebeck, »so würde sich das wohl anlassen. Aber da Ihre Person den Heimfall des cellischen Erbes garantiert, werden sich der Herzog, Ihr Herr Vater, und der Herzog von Hannover, Ihr Herr Schwiegervater, hierzu schwerlich herbeilassen.«

»Und ich? Wo bleibe ich?« ruft die Prinzessin. Sie schleudert die Pantoffeln von den Füßen, zieht sich das Nachtgewand zwischen den Beinen hindurch und watschelt, mit dem Stoffbündel über dem Hinterteil wedelnd, im Kreis herum: »Ga, ga, gack, mein Herr hat keinen Zack, ich habe einen Gänserich, der macht es mir ganz königlich. Ga, ga, gack ...«

Die Knesebeck kichert. Mit einem schnellen Griff zieht sie ihrer Herrin die Nachthaube über die Augen. Dann schubst sie sie auf das Bett und kitzelt sie an den kurzen Rippen, bis Ihro Durchlaucht japsend um Gnade flehen.

* * *

Ein kalter Wind fegt durch die Gassen und zaust das Volk, das auf Fuhrwerken, Booten, zu Fuß und auf Krücken nach Celle hineinströmt. Punkt elf Uhr krachen die Geschütze von den Wällen. Schon dröhnt die Schloßbrücke vom Marschtritt der Trompeter und Pauker; sie bilden den Vortrab des Zuges, für dessen würdige Anordnung Lescours seine ganze Kunst aufgeboten hat. Die Menge drängt auf die girlandengeschmückte fürstliche Freiheit und reckt die Hälse nach den spitzenbesetzten Fontangen der Damen, den seidenen Strümpfen und hochhackigen Schuhen der Kavaliere, die in langer Reihe vorbeischreiten. Auf Kutschen und Pferde hat Lescours wegen des kurzen Wegs zur Kirche verzichtet. In wallenden Perücken und steifen Staatsröcken kommen die höchste Generalität und die Geheimen Räte beider Höfe daher. Offiziere der hannoverschen Leibgarde tragen die Fahnen mit den Wappen und Farben der Herzöge vorbei. Ihre roten Uniformen sind mit schwarzsamtenen Aufschlägen an Ärmeln und Kragen, Karabinerriemen und Kollers mit silbernen Galaunen besetzt, was ein sehr prächtiges Aussehen macht. Pelzwerk und Litzen flattern in der Vorfrühlingssonne, als die Kurfürstin von Brandenburg von einem Schwarm Pagen umgeben ganz allein daherschreitet; der Obermarschall konnte ihr keine Person gleichen Ranges zur Seite geben. Auch neben den Herzoginnen von Ostfriesland und Eisenach, den Prinzen und dem Erbprinzenpaar von Hannover geht eine Menge Lakaien. Trompetenschall und das Geräß von zwölf Paukern kündigen nun die höchsten Personen an. Ein Seufzen geht durch die Menge. Die Röcke der Herzöge von Braunschweig-Lüneburg sind über und über mit erhabener Goldstickerei bedeckt, auf ihren Hüten und Schuhen sitzen funkelnde Schnallen; den Herzoginnen tragen Edelleute die pelzverbrämten Schleppen nach. Sogar die Livreen der Lakaien sind mit silberumsponnenen Knöpfen besetzt. Die Untertanen hinter den Posten reißen Hauben und Kappen ab, Perücken aus Ziegen- und Pferdehaar senken sich ehrfuchtsvoll, niemand hat je etwas Schöneres gesehen. Die *Arrièregarde* macht die cellische Leibgarde, der noch ein Rattenschwanz von Justiz- und Konsistorialräten, Kammerjunkern, Kammersekretären und Hofgerichtsassistenten in dunklen Umhängen und Federhüten folgt. Das aber ist das Ende des herrlichen

Aufzuges. Durch die mit zwei Riegen Tannenbäumen geschmückte Kanzleistraße windet er sich in die altehrwürdige Stadtkirche hinein.

»Womit einer sündigt, damit wird er auch bestraft!« Drohend hallen die Worte Salomonis in dem stuckierten Kirchengewölbe nach; jedermann weiß, auf wen sie gemünzt sind. Prinz Maximilian, noch blaß von der Festungshaft, starrt auf die Apostelfiguren an den Kirchenpfeilern. Was fällt dem Pfaffen ein, ihn noch einmal an den Pranger zu stellen? Vor drei Tagen hat er zum zweiten Mal seine Irrung bekannt, worauf sein Vater sich offiziell mit ihm versöhnte. Von der Kanzel poltert es: »Wie bläset doch manchen die Vanität auf, daß er sich mehr zu sein dünken lässet als ein regierender Fürst, sonderlich wenn der Zorn des Herrn ihm verhängt, seine Hand an das Regimentsruder zu legen.«

Eleonore d'Olbreuse, Herzogin von Celle, kann der Predigt nur mit Mühe folgen. Obschon fast dreißig Jahre in Celle, hat sie die Landessprache nie richtig gelernt. Es ist auch nicht nötig, da alle Welt ihre Muttersprache spricht. Die Herzogin entstammt einem altfranzösischen Geschlecht, das sich früh zum Protestantismus bekannte, weshalb ihre Eltern sie an den Hof der Prinzessin von Tarent in Den Haag gaben. Hier begegnete ihr der Herzog von Celle und verliebte sich unsterblich in das anmutige Fräulein. Sie war recht groß, hatte eine samtige, bräunliche Haut und schlanke Hände, verstand sich auf feine Hauswirtschaft, Geflügelhaltung und Kräuterzucht und tanzte überdies meisterhaft. Georg Wilhelm mußte lange um sie werben. Eleonore wußte nur zu gut, daß sie nur seine Mätresse sein konnte, denn nach deutschem Fürstenrecht war sie nicht ebenbürtig. Aber schließlich überwand die sittenstrenge Hugenottin alle Bedenken und folgte dem Herzog nach Celle, worauf sie mit ihm zehn Jahre in dem zweifelhaften Verhältnis einer Ehe zur linken Hand lebte. Unter ihrem Einfluß wurde aus dem unbeständigen Lebemann ein getreuer Eheherr, so daß selbst die Strenggläubigsten ihre Verbindung bald als eine

Heirat vor Gott ansahen. In den Augen der hannöverschen Verwandtschaft aber blieb sie die *demoiselle française,* des Herzogs Madame, der Mausdreck, unter den Pfeffer gemischet. Als Sophie Dorothea acht Jahre alt wurde, erhob Georg Wilhelm sie und die Tochter mit Zustimmung des Kaisers zu Gräfinnen von Wilhelmsburg; der erste Schritt zur Legitimität war getan. Die volle Anerkennung vor Gott und den Menschen bekam sie aber erst zwei Jahre später.

Eleonores Gedanken wandern zurück zu jenem Sonntag nach Ostern im Jahr 1676, an dem sie mit Georg Wilhelm vorn am Altar unter dem Abendmahlsbild kniete. Ihre Gewissensehe wurde priesterlich eingesegnet, der Oberhofprediger und alle Pastoren des Fürstentums schlossen sie zum ersten Mal als regierende Herzogin und Landesmutter in das Kirchengebet ein. Bei der Gratulationscour, die gleich darauf folgte, begrüßte sie der kaiserliche Gesandte mit der Anrede »Durchlauchtigste Herzogin«. Sie nahm es mit Vergnügen zur Kenntnis. Von nun an in die gottesdienstliche Fürbitte der Untertanen eingeschlossen zu werden, befriedigte sie jedoch ungleich mehr.

Eleonore seufzt, dankbar dafür, wie die göttliche Vorsehung sie geführt hat, und ahnungsvoll besorgt, welche Wege ihrer Tochter bestimmt sein mögen. Büßt sie ihr Glück mit dem Unglück ihrer Tochter? Jeder Schritt, der sie der vollen Legitimation näherbrachte, führte den Herzog in größere Abhängigkeit von seinem Bruder. Vor vielen Jahren hatte er Ernst August versprochen, ehelos zu bleiben und ihm oder seinen Kindern das Land zu vermachen. Den Wortbruch bezahlte er mit immer neuen Versprechungen, bis er schließlich sogar sein Kind zum Pfand gab. Mit der Braut sollte die endgültige Gewähr für den erblichen Anfall des Fürstentums Lüneburg an Ernst August und seine Nachkommen besiegelt werden. Die reine Berechnung, die pure Habsucht waren die Gevattern dieser Verbindung. Sie war dagegen, die Tochter so schnöde zu verkuppeln. Der Allmächtige ist ihr Zeuge. Sie lag auf den

Knien; sie bat und flehte. Aber was hätte sie tun können? »Der Herr straft die Seinen mit dem, worin sie sündigen«, murmelt die Herzogin und betet inbrünstig das Vaterunser mit. Als der Oberhofprediger den Segen spricht, hebt sie das Gesicht, um die Gnade des Herrn zu empfangen.

* * *

Nach beendetem Gottesdienst bewegt sich der Zug in der vorgeschriebenen Ordnung auf das Schloß zurück. Im Burgsaal gruppiert sich das Gefolge nach der Rangordnung gestaffelt hinter den Sesseln der Herzoginnen bis zur rückwärtigen Wand. Unter dem Baldachin an der Stirnseite postieren sich die Prinzen neben den Lehnstühlen der Herzöge.

Beidseits des Podestes nehmen die Vertreter der Landstände Aufstellung: vorn die Deputierten und Schatzräte der mit Grundbesitz begüterten Geistlichkeit von Klöstern und Stiftern, angeführt vom Abt Molanus, dahinter die Ritterschaft und der landsässige Adel, mit dem Rücken zur Wand die Stadtsyndici und Bürgermeister. Alle drei Kurien zusammen bilden »die Landschaft«, die in den wichtigen Staatssachen mitentscheiden; ihre Machtstellung ist aber längst geschwunden.

Auf einen Wink Georg Wilhelms stößt Lescours seinen Stab auf die Dielen. Mit zeremoniöser Geste entrollt der cellische Kanzler Bernstorff eine Urkunde und beginnt zu lesen: »Um die Wohlfahrt des Uns von Gott anvertrauten Landes und seiner Leute, so viel an Uns liegt, zu fördern, damit auch das Amt sowohl eines getreuen Vaters als sorgfältigen Regenten zu beobachten, so haben Wir, von Gottes Gnaden Georg Wilhelm und Ernst August, Herzöge zu Braunschweig und Lüneburg, die Disposition unseres Willens dahin gesetzt, daß alle Unsere Fürstentümer und Lande unter einer Regierung vereinigt werden und das Jus Primogeniturae vollkommlich in einer Familie stabilisiert wird. Solches ist zuerst durch Testament seiner Hochfürstlichen Durchlaucht Herzog Ernst August vom 31. Oktober 1682 geschehen, zuletzt am 2. November 1688, beides von seiner Hochfürstlichen Durchlaucht Georg Wilhelm und von der Römischen Kaiserlichen Majestät durch ein allergnädigstes Diploma konfirmieret worden, desfalls es nunmehr eine ganz richtige und ausgemachte Sache ist.«

Aus den breiten Ärmelaufschlägen des weinroten *Justaucorps* rieseln französische Spitzen über die Handgelenke des Kanzlers; die Locken der dunkelbraunen Perücke sind über der Stirn mit Zuckerwasser zu festen Wellen gelegt, seine Stimme klingt streng und glatt. »Poliert wie der ganze Mann selbst«, findet Martin von Heimburg, Erbherr auf Nordgoltern, der in der ersten Reihe der Deputierten steht. Mißbilligend mustert er die französische Fliege im Gesicht des Kanzlers. Wenn er selbst, Schatzrat der calenbergisch-göttingenschen Ritterschaft mit acht stiftsfähigen Ahnen, sich so einen Fleck auf die Backe klebte, hielte man ihn für einen Narren und dollen Kopf. Dem Minister aber konveniert das schwarze Pflästerchen, als wäre er einer dieser Italiener oder Franzosen, die sich hinter den Herzoginnen spreizen; nach des Schatzrats Dafürhalten allesamt windige Gestalten, die nicht Ar noch Halm im Lande haben. Sie geben den Ton bei Hofe an, während die Sitte der Stände unglücklich beim Alten bleibt. Heimburg erwägt, den Hofdienst mit all seinem neumodischen Kram zu quittieren. Die Stände haben sich gegen die Zersplitterung des Landes durch Erbteilungen immer gewehrt; wenn es damit nun ein Ende haben soll, kann er sich umso ruhiger Pferden und Großvieh auf Großgoltern widmen.

»Es ist die von Uns eingesetzte Primogenitur nicht nur ein uraltes Lehnsrecht im Römischen Reich«, verkündet Bernstorff, »sondern auch ein Recht, das die Natur durch die Ordnung der Geburt eingesetzet. Man hat auch gesehen, wie die regierenden Familien heruntergekommen, die Lande ihren vorigen Flor verloren, das Reich selbst in Dekadenz und von Kräften gekommen, wenn die Regierung zerteilet wird. An Exempeln mangelt es in unserem eigenen fürstlichen Hause nicht, wie die regierenden Herren durch Jalousien, Kriege und Uneinigkeit sich aufgerieben, daher von den Nachbarn wenig geachtet und ihnen das Ihrige abgezwacket, wie mit dem Eichsfeld, der Herrschaft Plesse und der Grafschaft Stade geschehen. Also demzufolge sollen Unsere Fürstentümer in futuram unter einer Regierung unieret sein.«

Auf den Gesichtern der Damen malt sich Langeweile. Die Kurfürstin von Brandenburg gähnt hinter ihrem Fächer; die Fürstinwitwe von Ostfriesland kratzt einen Talgfleck aus ihren Handschuhen; Herzogin Sophie tut das Kreuz weh. Hüftpolster und Schnürbrust erlauben ihr nicht, sich anzulehnen, das Drahtgestell der Fontange sticht ihr in die Kopfhaut. Ergeben läßt sie den ellenlangen Vortrag über sich ergehen. Eine gleichmütige Miene zur Schau zu tragen, fällt ihr jedoch nicht leicht. Der Staatsakt besiegelt das Ende eines Kampfes, den sie verloren hat. Eine Begebenheit, die sich vor zwölf Jahren in Hannover zutrug, steht ihr lebhaft vor Augen. Es war im Rittersaal des Leineschlosses. Ihre ältesten Söhne, Georg Ludwig und Friedrich August, Gott hab ihn selig, standen bei ihrem Vater unter dem Thronhimmel und durften an seiner Seite die Erbhuldigung der Ritterschaft entgegennehmen. Maxel jedoch stand nicht beim herzoglichen Stuhl unter dem schönen Verdeck, sondern bei ihr, denn er war erst vierzehn Jahre.

»Man sieht Euch noch nicht für voll an«, erklärte sie ihm. Er antwortete: »Ich wünsche auch noch nicht, daß sie mir schwören sollen«, woran sie erkannte, daß er für die Zukunft nicht daran zweifelte.

Damals war ein Freudentag. Ernst August war in Hannover zur Regierung gekommen, und sie glaubte ihre Kinder in Sicherheit. Welche Täuschung! Mit eiserner Konsequenz verfolgte der Herzog die Staatsnotwendigkeiten; Rücksichten auf die eigene

Verwandtschaft oder althergebrachte Ordnungen schob er beiseite. »Wir können unsere Consilia und Verordnungen nicht nach Affektion und Eigennutz, sondern müssen dieselbe nach dem Staat regulieren«, hatte er kalt erwidert, als sie Einwände gegen die Erstgeburtsordnung erhob, und hinzugesetzt: »Ob auch gleich eine kleine Unbilligkeit mit unterläuft, so ist daran nichts gelegen, denn der Frommen und Nutzen, der daraus entsteht, kompensiert alles.« Nicht für sie! Die Affektion für ihre Söhne war immer stärker als irgendein *Raison d'état*. Aber was hilft es, sie muß sich fügen. Gott weiß, was daraus werden wird.

Bernstorff rollt die Urkunde zusammen und richtet seine Worte nun direkt an den Prinzen, der hinter eine kniehohe, vergoldete Balustrade getreten ist.

»Wenn Ihr, Prinz Maximilian, in söhnlichem Gehorsam und schuldigem Respekt in allem Unsere landesväterliche Vorsorge und freundvetterliche Inklination erkennet, so kniet nieder und sprecht mir nach: Ich beschwöre es mit aller Wahrheit, Gott helfe mir.«

Dem Prinzen, der ein Knie auf das Kissen hinter der Balustrade beugt, sieht jedermann im Saal an, was es ihn kostet, dem cellischen Kanzler nachzusprechen. Er verzieht den Mund, die Schwurhand ist kaum bis über die Schulter gehoben. Er hat schon einmal einen Eid auf die Erstgeburtsordnung gebrochen und wird auch diesen nicht halten, aber er sagt: »Ich beschwöre es mit aller Wahrheit, Gott helfe mir.«

* * *

Zwei Wochen sind vergangen. An Büschen und Hecken zeigt sich das erste Grün. Auf dem reetgedeckten First von Thiele Knopfs Fischerhäuschen gurren die Tauben. Die Mägde ziehen sich Hosen unter die Röcke, da der Frühjahrsputz beginnt. Auf dem Großen Plan rufen die Scheuersandhöker ihre Ware aus.

Mit einem langen Kescher fischt der alte Knopf die letzten Karpfen für die herzogliche Tafel ab. »Veel is dat nich, und grot sünd de ok nich. Man grod förn hohlen Tahn.« Er begutachtet die Ausbeute im Bottich und blickt zum Schloß hinüber. In den Fenstern über den Wällen blitzt die tiefstehende Sonne. »Wat können de Herrschaftens blot freten un supen! Is al wohr, wat de Silverdeener jüst seggt het. ›Eten, freten, supen, langsam gahn un pupen, dat sleit an.‹ Fett wörn de as'n Spickaal. Aver wat geit mek dat an.«

Der Fischer stapft durch die sumpfige Wiese, kurbelt den Zulauf zu den Teichen zu, dann zieht er das Schott zum Schloßgraben. Morgen, wenn die Pütten leer sind, geht das Reinemachen los. »Blot schoodt, dat de junge Graf Königsmarck uttreckt is. Dat Geld för de Inquarteerung was licht verdeent.«

Königsmarck ist nach der Zeremonie in eine freigewordene Kammer auf dem Jägerhof gezogen. Seine Kleider hatten aber den fauligen Gestank bereits so stark angenommen, daß er zwei Tage nicht auf dem Schloß erscheinen konnte. Dies war umso verdrießlicher, als er bei der Lotterie, die Obermarschall Lescours veranstaltete, um die Paare für den Ball auszulosen, die Prinzessin als Partnerin gezogen hatte und sie nun an den Hofjunker Stubenvol abtreten mußte. Stubenvol ist Königsmarcks Nachbar auf dem Jägerhof; ein blasierter Kerl und Vollsäufer, der sich Gott weiß was dünkt. Am Morgen nach der Soiree brüstete er sich, in welch absonderlicher Gunst er bei der Prinzessin stünde, da sie ihn ausführlich darüber befragt hatte, ob er auf dem Jägerhof gut untergebracht sei. Tags darauf stopfte Königsmarck die Astlöcher in der Bretterwand zu. Es nützt aber nicht viel. Nacht für Nacht hört er den Hofjunker über einer cellischen Mamsell grunzen. Anschließend schnarcht der Kerl wie ein alter Zosse, der dem Schinder entlaufen.

Übernächtigt sitzt Königsmarck im Musikzimmer des Schlosses und erledigt Korrespondenz. Durch das Fenster ist die Klippmühle auf dem Potthof zu sehen. Scharf zeichnen sich die Mühlenflügel vor dem Abendhimmel ab. Die letzten Sonnenstrahlen füllen den Raum mit einem unwirklichen Licht. Sie färben die stuckierten Girlanden über dem Kamin in Rosa und Gold: die gleichen Farben, die der Maler den Wolken des Deckengemäldes gegeben hat, in denen Leda mit dem Schwan thront, aller Erdenschwere entrückt. Philipp Christoph hat für Kondolationen zum Tod seiner Mutter gedankt. Jetzt versucht er, sich auf ein Billet an die Prinzessin zu konzentrieren, kann seine Aufmerksamkeit aber nicht von dem Gespräch, das vor dem Kamin stattfindet, lösen.

Generaladjutant Hammerstein berichtet dem stickenden Damenkränzchen, was sich kürzlich in Hannover zugetragen, als der Oberjägermeister Moltke aus seinem Gefängnis entwich. Mit einer Phiole Scheidewasser, welche ihm sein Diener ins Clever Tor geschmuggelt hatte, machte er nachts die Gitter des Kerkerfensters los und ließ sich an einem Strick die Mauer hinunter. Den Fähnrich von der Wache hatte zuvor die Oberjägermeisterin mit etlichen hundert Reichstalern bestochen. Vor dem Stadttor warteten bereits Lakaien mit Pferden und reichlich Geld. Hätte nicht ein Musketier, unbeirrt von den goldenen Bergen, die Moltke ihm versprach, wenn er ihn echappieren ließe, Alarm geschlagen, wäre der Oberjägermeister über alle Berge gewesen. Da man ihn ergriff und wieder festsetzte, wurde auch der höhnische Brief, den er hinterlassen hatte, gefunden. Darin schrieb er: ›Christ ist erstanden, Moltke ist entgangen. Dies tue ich meinem Herrn zu wissen‹. Es gab viel Disput und Tumult in der Stadt, und am nächsten Tag sangen die Straßenjungen: »Christ ist erstanden, Moltke ist entgangen, aber wieder gefangen.« Die Haft wurde dergestalt verschärft, daß der Leibarzt des Herzogs und der Hofprediger nur noch auf speziellen Befehl bei dem verruchten Mann einsprechen dürfen, der nach Meinung der Damen wirklich ein ganz und gar desperater Mensch, ein gottloser Schelm und Rebell ist.

»Er wird sein Urteil bekommen und bei seinem nächsten Weg aus dem Clever Tor diese Vergänglichkeit beschließen«, sagt Hammerstein in die eingetretene Stille hinein. Königsmarck zwingt sich, keine tieferen Betrachtungen über das Gehörte anzustellen. Er hat genug eigene Sorgen am Hals. Maria Aurora wurde unmißverständlich bedeutet, ihre Anwesenheit bei Hofe sei vorerst nicht erwünscht; *voilà,* die Rache der *grosse Dongdong.* In den nächsten Tagen wird er abreisen, um der Schwester nach Hamburg zu folgen.

Philipp Christoph fängt einen prüfenden Blick der Uffeln auf. Zum Teufel mit den alten Weibern! Die Fürstinwitwe von Ostfriesland gab ihm unverblümt zu verstehen, schon durch verdächtige Konversation mit anderen Männern würden die Frauen ihren Pflichten untreu, und ließ einen langen Sermon über Moral und Devotion folgen. Kurz darauf verbot Herzogin Eleonore der Prinzessin, mit ihm zu sprechen. Es folgte eine Woche, in der er sie nur an Orten sah, wo kaum die Sprache der Augen erlaubt war. Doch war dieser Zwang nicht ohne Reiz. Welch ein Vergnügen, sich in Gegenwart von tausend Leuten ungestraft zu bedeuten, daß man sich liebt!

Draußen liegen dunkle Wolkenbänke und ein Streifen letztes Rosa über dem Horizont. Die Mühle ist nicht mehr zu erkennen. Noch sechs Stunden. Königsmarck taucht die Feder ein.

»Ach, wie mir die Augenblicke zu Jahrhunderten werden! Was gäbe ich darum, es Mitternacht schlagen zu hören! Halten Sie *Eau de la Reine d'Hongrie* bereit, die Freude wird mich ohnmächtig machen. Es wird mir erlaubt sein, Ihre Knie zu umfassen. Meine Tränen werden auf Ihre unvergleichlichen Wangen fließen, und meine Hände werden die Seligkeit haben, den schönsten Leib der Welt zu umarmen. Wie sehne ich mich danach, *vedere quaila bocqua sensa dente,* den ich in Gedanken tausendmal küsse. Montalban unterbricht mich. Wahrhaftig, Madame, Sie haben mich unterjocht. Ich werde vor Freude sterben.«

* * *

Die Diplomatie hat während des Karnevals nicht stille gesessen. Fast täglich sind zwischen Hannover und Wien Kuriere unterwegs, Urkunden und Vertragsentwürfe in Schiebsack und Satteltaschen. Im April erklärt der Kaiser, aus Liebe zu des Herzogs Person willige er in die neue Kurwürde ein. Um die Einführung in das Kurfürstenkolleg müsse dieser sich allerdings selbst bemühen. Infolge der unbegreiflichen Langsamkeit der kaiserlichen Kanzlei geht die Urkunde erst Ende Mai in der Leineresidenz ein. Nun gilt es höchste Eile. Bereits am nächsten Tag mustert der kaiserliche Gesandte das cellisch-hannoversche Hilfskorps, das nach Ungarn gehen soll. »Vortreffliches Volk«, stellt der Diplomat nach dem Vorbeimarsch der Truppen fest, »und für den Feldzug in des Kaisers und der Christenheit Dienst wohl gestimmt.« Da nun alles perfekt ist, bietet Ernst August unverzüglich auch dem König von England und den Generalstaaten seine Waffenhilfe an. Im Juni wälzen sich acht Regimenter Kavallerie nebst der Garde zu Pferde, sechs Regimenter zu Fuß, die Feldartillerie und der Troß über die Sträßchen des Weserberglandes und durch das Münsterland, überqueren bei Wesel den Rhein und erreichen an der Maas bei der Feste Venlo das Kriegsgebiet.

Königsmarcks Gemütsverfassung ist desolat. Nach dem Abmarsch seines Regiments verfolgte ihn ein Kerl, den er für einen Spion der Platen hielt. Da dieser ihm nicht von den Fersen wich, konnte er es nicht wagen, nach Hannover zurückzukehren, um die Prinzessin ein letztes Mal zu sehen. Er saß schon im Reisewagen, als Kammerpräsident Grote, der ihm das Lebewohl bereits gesagt hatte, den Kopf durch das Fenster steckte. »Wenn Sie einen Rat von mir annehmen wollen, lieber Freund«, flüsterte er ihm zu, »dann lassen Sie sich von der Liebe nicht daran hindern, an Ihre *Fortune* zu denken. Gott schütze Sie!«

Das alles wäre zu ertragen gewesen, aber da er ohne Nachrichten von der Prinzessin bleibt, verwünscht er jeden Tag, der ihn weiter von ihr entfernt.

»20. Juni 1692, vier Meilen von Venlo – Ich schreibe Ihnen diese Zeilen unter Seufzen und Zittern. Ich weiß nicht, woran ich bei Ihnen bin. Ich habe bisher erst einen einzigen von Ihren Briefen erhalten. Wenn ich an die früheren Wonnen denke, erscheint mir mein Unglück noch größer. Ich denke dann bei mir: Wie? Nie mehr sollst du diese strahlenden Augen küssen, diesen köstlichen Mund, diesen göttlichen Busen? Ach, ich werde nie wieder in diesen Armen ruhen, die mich mit solcher Lust umfingen, und ich werde alles verlieren, wenn ich Sie verliere. Niemals werde ich wieder Meister sein, Sie wissen schon wovon; niemals werde ich mehr Ihr Seufzen hören ›*Ah, mon cher K*‹ ...«

Als Georg Ludwig mit seinem Hofstaat, bestehend aus 80 Personen, 20 Knechten und 150 Pferden, in Venlo eintrifft, scheinen die Neuigkeiten vom Hof Königsmarcks schlimmste Befürchtungen zu bestätigen.

»Venlo, 21. Juni – Es ist also wahr. Sie haben mich vergessen. Bisher hatte ich keinen Grund, dies zu glauben. Aber seit der piemontesische und der österreichische Graf in H. angekommen sind, kann ich an Ihrer Unbeständigkeit keinen Zweifel mehr hegen. Grausame Barbarin, ist das Ihre Absicht, wenn Sie die Herzen der Männer in Fesseln legen? Sie wollten in Ihren Zimmern bleiben und über meine Abreise weinen! Aber Ihre Zimmer, das war das Opernhaus, und die Tränen kamen Ihnen, weil Sie zuviel lachen mußten. Und anstatt beim Lesen meiner Briefe Trost zu finden, fanden Sie diesen in den Schmeicheleien anderer. Es ist genug. Ich kann nicht mehr daran denken. Ich werde beim Kurfürsten von Bayern Dienste nehmen und mich an meinen Nebenbuhlern derart rächen, daß die ganze Welt staunen wird.«

Gegen die eifersüchtigen Verdächtigungen, die den Grafen beherrschen, vermögen die zwei Briefe, die endlich einlaufen, nichts auszurichten.

»29. Juni, bei Diest – Sie schreiben mir in Ihrem Brief ›Wir wollen uns ewig lieben‹. Haben Sie darüber nachgedacht, was diese Worte bedeuten? Sie schrieben sie zur selben Zeit, als Sie von dem Gedanken erfüllt waren, dem kaiserlichen Rittmeister zu gefallen. Ihre Briefe sind in weniger als einer halben Stunde zu lesen. Daher tröste ich mich mit Ihrem Porträt, wobei ich Sie *montée à cheval* in Ihrem Bett liegen sehe. Ich wäre imstande, den Krieg aufzugeben und Bürger von Hannover zu werden, um Sie ganz und gar zu besitzen. Es geht das Gerücht, daß wir Mons angreifen werden. Ich möchte mein Grab dort finden, wenn Sie mir untreu werden!«

Anhaltender Regen zwingt das Heer zu einer Marschpause, was Königsmarck sehr zupaß kommt. Vom Jagdschloß Bruchhausen, wo die Prinzessin ihre Eltern besucht, gehen mehrere Briefe auf einmal ein.

»22. Juni, Bruchhausen – Wenn ich daran denke, daß noch vier oder fünf Monate vergehen sollen, ehe ich Sie wiedersehe, verfalle ich in eine Melancholie, die ich nicht verbergen kann. Tausend trübe Gedanken suchen mich heim. Ich fürchte, daß man uns trennt und mir den Weg zu meinem Glück versperrt. Nach dem Essen spielte ich mit Feldmarschall Chauvet und der Hofdame Beauregard. Dann zog ich mich zurück, ohne mit irgend jemand gesprochen zu haben. Gute Nacht, ich gehe schlafen. Was für traurige Nächte, seit Sie fort sind! Wenn ich an die Freuden denke, die ich mit Ihnen genossen habe, und meine jetzige Verfassung damit vergleiche, überkommt mich ein tödlicher Schmerz. Bleiben Sie mir treu, mein Geliebter, mein ganzes Lebensglück hängt davon ab. Ich jedenfalls will nur noch für Sie leben.«

»27. Juni, Bruchhausen – Ihre Vorwürfe, ich sei nachlässig im Schreiben und schwankend in meiner Treue, sind ganz und gar unbegründet. Ich habe Ihnen so oft geschrieben, wie ich konnte. Aber dieser Ort ist so entlegen, daß die Postverbindung länger dauert als gewöhnlich. Hinzu kommt das Hochwasser, das alles überflutet. Wir werden deswegen noch eine Woche hierbleiben müssen. Ich verbringe meine Tage sehr eingezogen mit dem Pédagogue*. Er warnt mich beständig, mich meiner Neigung zu Ihnen zu überlassen. Ich sage nichts als Amen dazu.«

»30. Juni, Bruchhausen – Ich habe heute zwei Briefe von Ihnen erhalten, aber sie sind nicht mit Zärtlichkeiten, sondern mit Vorwürfen angefüllt. Ich weine, wenn ich all die harten Worte lese, mit denen Sie mich überhäufen. Welchen Anlaß habe ich Ihnen gegeben, daß Sie eine so schlechte Meinung von mir haben? Sie erheben lächerlicher Personen wegen Vorwürfe, daß ich sie zu Ihren Nebenbuhlern mache. Die Ehre, die Sie ihnen damit antun, verdienen sie gewiß nicht, und ich schäme mich, daß Sie mich zwingen, Sie deswegen zu beruhigen. Mit dem Piemontesen habe ich kaum, mit dem Österreicher überhaupt nicht gesprochen. So glauben Sie es doch endlich und prägen Sie es sich fest ein, daß nichts auf der Welt jemals mein Gefühl für Sie wankend machen kann. Mein Herz gehört Ihnen bereits viel zu sehr, als daß ich es noch zurücknehmen könnte. Aber Sie, Sie wollen Dienste beim Kurfürsten von Bayern annehmen und mich verlassen, und das wegen eines völlig unbegründeten Hirngespinstes!«

Königsmarck läßt seinen Argwohn fahren und bittet die Prinzessin um Verzeihung dafür, daß er mit ihrer Untreue mehr gerechnet hat als mit der Säumigkeit der Post.

»13. Juli bei Wavre – Ich bin auf dem Gipfel des Glücks. Fünf Briefe auf einmal! Seit sechs Tagen stehen wir nur vier Meilen vor Brüssel. Ich habe die Stadt bisher nicht besucht, obwohl die Katholiken vorgestern das Fest der Wunder feierten. Alle hohen Herren, die Generäle und meine Soldaten sind hingefahren, um das Fest und die versammelte Menge zu bewundern, aber ich habe nicht einmal mit dem Gedanken gespielt, ich schwöre es Ihnen, meine teure Léonisse. Der Herzog von Portland sagte mir Liebenswürdigkeiten und versicherte mir, daß der König viel von mir halte. Ich denke aber nicht daran, daraus Vorteil zu ziehen und

---

* Deckname für die Mutter

Dienste bei ihm zu nehmen. Die Unterhaltung des Erbprinzen mit dem König verlief sehr verdrießlich, denn beide sind überaus wortkarg. Prinz August von Sachsen wird von allen übers Ohr gehauen. Sie betrügen ihn beim Pferdekauf und nehmen ihm beim Kartenspiel das Geld ab. Er hat schon tausend Pistolen verloren. Niemand steht ihm mit Rat zur Seite, und so ruiniert er sich. Gestern bin ich bei der Hauptarmee gewesen. Wir haben dem Kurfürsten von Bayern unsere Aufwartung gemacht. Danach begleiteten wir den König bei seinem Spaziergang durch das Feldlager. Unser Erbprinz ist in großer Sorge um seine Truppen. Man sieht sehr wohl, daß er von seinem Geschäft nicht allzuviel versteht. Bitte glauben Sie mir, daß kein Kurfürst mir Vorteile bieten kann, die mich untreu machen. Ich beseufze jeden Tag diese verwünschte Trennung; nur Ihr Porträt und Ihre Briefe trösten mich und die Erinnerung an die *charmants moments,* die Sie mir geschenkt haben.«

* * *

Am Freitag, dem 8. Juli 1692, tritt im Kammerflügel des Leineschlosses die fürstliche Ratsstube zusammen und deliberiert bis in den späten Nachmittag. Die fünf Geheimen und die fünf Hofräte sind sich uneins, ob der Oberjägermeister den Hochverrat nur versucht oder auch vollzogen hat und ob das Crimen laesae majestatis statt mit dem Tod auch mit lebenslangem Kerker bestraft werden kann. Da die Peinliche Halsgerichtsordnung und das Corpus Iuris Civilis hierzu Widersprüchliches aussagen, stimmen die Räte am Ende jeder nach seinem Gewissen ab. Das Ergebnis ist knapp; vier Stimmen für lebenslangen Kerker, sechs für die Todesstrafe.

Als Moltke vernimmt, daß das peinliche Halsgericht bevorsteht, kehrt er sich ganz zu heiligen Gedanken. Seiner Frau, die sich in höchster Angst und Konfusion befindet, empfiehlt er an, die Kinder zur wahren Gottesfurcht zu erziehen, woraus alles Heil herkomme und zu erwarten. Am Tag des Gerichts stehen vier Kompanien Fußvölker in Waffen vom Clever Tor über die Neue Brücke bis zum Marstall Spalier. Oben auf dem Wall hat der Gerichtsschulze Sand auffahren und in der Mitte mit einem schwarzen, viereckigen Tuch bedecken lassen. Der Zulauf des Volkes ist groß, und da die Leute meinen, daß das Zuschauen nicht geduldet werde, begeben sie sich in die umstehenden Häuser, Dächer, Türme und Löcher, wobei in zwei Stunden so viel Ziegel abgenommen, als kaum in zwei Tagen wieder aufzulegen sind.

Um acht Uhr kommt die Kutsche mit dem Gefangenen unter Bedeckung von dreißig Musketieren und Offizieren, alle mit scharf geladenen Gewehren und brennenden Lunten. Im Betreten des Gerichtsplatzes entblößt Moltke das Haupt, worauf der Gerichtsschulze das Urteil verliest, ein weißes Stöckchen zerbricht und dem Scharfrichter befiehlt, das Urteil zu vollziehen. Moltke wird zum Richtplatz geführt. Der Hofprediger betet das »Herr Jesu dir leb ich, dir sterb ich« und das Vaterunser. Der Gefangene betet es mit andächtigen Gebärden nach und hängt »Das Lamm Gottes« daran. Nun zieht er seinen Trauermantel aus, gibt Rock, Perücke und Halstuch seinem Pagen, läßt die Pantoffeln stehen und geht auf des Büttels Winken zu dem schwarzen Tuch, worauf er niederkniet und ein Unteroffizier ihm die Augen zubindet. Dieses geht aber so langsam vonstatten, daß er das »Herr Jesu« noch einmal betet und gerade das zweite Amen heraushat, als der Büttel ihm den Kopf herunterhaut.

Tags drauf verliest man auch dem Obristleutnant Joachim von Moltke die Sentenz des Todes, mit dem Schwert gerichtet zu werden. Der Herzog hat aber das Urteil dergestalt gemildert, daß er sich, wie auch der Sekretarius Blume, aus den gesamten Fürstentümern hinweg begebe und sich darin nie wieder betreffen lasse.

* * *

Das Sommerhochwasser verläuft sich. Sophie Dorothea kehrt in das langweilige Celle zurück. Ihre Tage verbringt sie mit den Eltern, die Nächte mit den Briefen des Geliebten.

»Celle, 16. Juli 1692 – Nachdem ich den Brief an Sie beendet hatte, legte ich mich zu Bett. Ich las alle Ihre Briefe wieder und glaubte mich in Sicherheit, weil ich hatte sagen lassen, daß ich schliefe. Aber der Pédagogue überraschte mich. Die Confidente* konnte gerade noch Ihre Briefe unter meiner Bettdecke verstecken. Ich wagte nicht, mich zu bewegen, aus Angst, das Papier könnte rascheln. Endlich ging der Pédagogue wieder; ich war sehr erleichtert, denn ich starb fast vor Angst. Ich hasse diese Überraschungen, aber ich kann sie nicht verhindern.«

»Celle, 20. Juli 1692 – Ich weiß nicht, was ich von Ihrem Schweigen halten soll. Ich habe heute vom Réformeur** einen Brief bekommen und bin unglücklich darüber, daß auf seine Briefe mehr Verlaß ist als auf die Ihren. Was ist aus Ihrem Eifer geworden? Gibt die Brüsseler Luft Ihnen diese Kälte ein, oder hat irgendeine neue Leidenschaft mich schon aus Ihrem Gedächtnis getilgt? Was ich auch anstelle, um mich über diesen Punkt zu beruhigen, ich bin nicht mehr Herrin meiner selbst, und ich fürchte in meiner Herzensangst, daß ich den wahren Grund nur zu gut errate. Erlegen Sie sich keinen Zwang auf, ich beschwöre Sie, und schreiben Sie mir nicht, wenn Ihnen nicht danach zumute ist. Ich wünsche, daß Ihr Handeln gegen mich nur von Ihrer Zuneigung bestimmt wird. Alles, was Sie nur aus Schicklichkeit tun, interessiert mich nicht.«

In Brabant vereinigt sich das hannoversche Korps mit der Hauptarmee der Verbündeten. König Wilhelms Streitmacht besteht nun aus 75 000 Mann. Am Abend des 23. Juli ergeht Ordre, sich kampfbereit zu machen. Königsmarck versiegelt die Briefe

---

* Deckname für die Knesebeck
** Deckname für Georg Ludwig

der Prinzessin und schärft Daniel ein, sie zu verbrennen, wenn er die Schlacht nicht überlebt.

»Lager von Hal – Ich hatte eigentlich vor, Ihnen morgen zu schreiben. Aber ich sehe mich dieses Vergnügens verlustig gehen, da der König den Entschluß gefaßt hat, die französische Armee anzugreifen, die zwei Stunden von hier bei dem Ort Enghien steht. Zu jeder anderen Zeit hätte mich diese Nachricht gefreut, aber ich gestehe, jetzt verdrießt sie mich. Ich werde geliebt von der Einzigen, die ich jemals wert gefunden habe zu lieben. Aber, meine Geliebte, ich muß das Leben wagen und werde Sie vielleicht niemals wiedersehen, kaum daß ich weiß, daß Sie unschuldig gewesen sind und ich Sie in falschem Verdacht gehabt habe. Ich habe mein Leben hundertmal aufs Spiel gesetzt, aus Torheit oder aus Übermut, und ich kenne mich genug, um zu wissen, daß der Tod mich nie geschreckt hat – aber, meine Göttin, was aus mir einen Hasenfuß macht, ist die Angst, Sie nicht wiederzusehen. *Adieu, aimable Dora, adieu,* wie bin ich zu beklagen! Und trotzdem bin ich glücklich. Aber ich kann mein Glück nicht genießen. Glauben Sie dennoch nicht, daß Sie einen Feigling zum Geliebten haben. Nein, meine Liebste, da es nun einmal heißt, in die Schlacht zu gehen, werde ich mich mit Anstand schlagen, und ich hoffe, sogar mit Auszeichnung. Aber, mein Herz, vergönnen Sie mir eine Bitte: Wenn das Schicksal es so böse mit mir meinen sollte, daß ich einen Arm oder ein Bein verliere, so vergessen Sie mich nicht und haben Sie ein wenig Güte für einen Bedauernswerten, dessen einzige Wonne es war, Sie zu lieben. Nein, meine Geliebte, vergessen Sie ihn nicht! Er ist ein Mann, der wahre Zuneigung zu Ihnen gehabt hat und sein ganzes Leben lang haben wird, selbst wenn meine blindgeschossenen Augen, die von den Ihren so bezaubert waren, diese vielleicht nicht mehr sehen werden. Ich kann nicht daran denken, ohne zu weinen. Ach, wie wenig kann ich es genießen, von Ihnen geliebt zu werden und wieviel Qualen verursachen Sie mir! Es schlägt zwölf vom Kirchturm in Hal. Man schleppt schon Kugeln, Pulver und Lunten herbei. Es ist der Prolog für das Stück, das wir morgen spielen sollen. Die Pflicht ruft mich, leben Sie wohl, *aimable enfant*! Ach, wie bin ich zu beklagen!«

* * *

Königsmarck erreicht den Befehlsstand des Prinzen von Württemberg, als eben die Sonne aufgeht und die schweren Geschütze ihren Morgengruß zu der befestigten Anhöhe hinüberschicken, hinter der das Lager der Franzosen liegt. Da sein Regiment in Reserve steht und voraussichtlich nicht zum Schlagen kommt, hat er beim Erbprinzen die Erlaubnis erwirkt, den Kampf zu verfolgen, und beobachtet nun das Kanonieren, bis die Infanterie von zwei Seiten zum Angriff auf die Verschanzungen vorgeht. Das Feuer der Verteidiger ist zu spärlich, um den massierten Vorstoß des alliierten Fußvolkes zu stoppen. Den Säbel in der Hand bricht das cellische Bataillon Boisdavid in die Verschanzungen ein, worauf die Verteidiger in Panik die jenseitigen Abhänge hinunterflüchten. Der Überraschungsangriff ist geglückt, der Prinz von Württemberg Meister der Anhöhe. Er gibt Befehl, die hier aufgepflanzten Batterien umzudrehen und auf das Lager des Feindes zu richten. Nach der Neuordnung der Linien schickt er sich an, mit verstärkten Kräften gegen das französische Lager vorzugehen, auf das die erbeuteten Zwölf- und Sechspfünder bereits aus allen Rohren schießen. Königsmarck ist den Angreifern gefolgt. Durch das Perspektiv beobachtet er, wie jenseits der Senke, in der der Morgennebel noch wie eine weiße Suppe steht, nach anfänglicher Kopflosigkeit fieberhafte Aktivität ausbricht. Pikeniere schleppen Balken und Schweinsfedern herbei, um spanische Reiter zu errichten; halbbekleidete Offiziere sprengen zur Befehlsausgabe; in kopfloser Eile formieren die Regimenter sich zur Schlacht. Da das Lager aber nach der *Ordre de Bataille* angelegt ist, steht die erste Verteidigungslinie gefechtsbereit, als spanische und brandenburgische Truppen, von cellischer Kavallerie flankiert, die Abhänge der mit Strauchwerk und einzelnen Bäumen bestandenen Anhöhe herunterkommen. Im dichten Nebel verlieren die Angreifer die Richtung. Versumpfte Gräben in der Senke bringen den Zusammenhang der Linie auseinander. Der Feind gewinnt Zeit, seine Kräfte zu verstärken. Als der Nebel sich hebt, stehen die Gegner sich auf Schußweite von achtzig Schritt gegenüber. Die ersten Salven krachen, Pulverdampf brennt in den Augen und nimmt die Sicht. Die Angreifer steigen über Tote und Blessierte hinweg. Ohne zu wanken, halten beide Seiten dem ununterbrochenen Feuer stand, bis die ersten Glieder sich verschossen haben, die Bajonette auf die Gewehrläufe stecken und den Feind mit dem Degen in der Hand anfassen. Zwischen Büschen und Hecken entspinnen sich erbitterte Gruppenkämpfe; die Formationen lösen sich auf, da Freund und Feind nur noch auf nächste Nähe zu unterscheiden sind. Als der Angriff sich totläuft, greift das zweite Treffen, überwiegend Holländer, ein und drängt die Verteidiger bis vor das Lager zurück.

Während Königsmarck mit leichter Bedeckung zu Pferde den angreifenden Truppen folgt, sieht er aus der Richtung von Steenkerke Staubwolken aufsteigen, die nichts anderes als den Anmarsch der französischen Reserve bedeuten können. Offenbar ist es dem Genie Luxemburgs gelungen, unbemerkt eine zweite Linie zu bilden. Der Oberst schickt seinen Fähnrich zum Prinzen von Württemberg. Dieser trägt noch immer die Hauptlast des Angriffs, da das *Corps de Bataille* sich aus seinen tiefen Marschkolonnen in dem ungünstigen Gelände nicht entwickeln kann. Königsmarck wendet sein Pferd; für den Fall, daß sein Regiment doch noch an den Feind kommt, ist es höchste Zeit umzukehren. Auf einer Abbruchkante über einem der vielen Hohlwege, die das Terrain durchziehen, hält er noch einmal Ausschau nach den Divisionen des General Mackley. Die Engländer sollen den Franzosen südlich von Enghien in die Flanke fallen. Mackley hat sich jedoch anscheinend viel zu weit nach rechts gewandt und steckt nun im Wald vor Enghien, wo kein Durchkommen ist. Aus den Gedanken über Geländeaufklärung und Meldewesen, die dringend verbessert werden müßten, holen den Obristen Rufe zurück. »Zu Hilfe, Bruder, in Gottes Namen, erbarm dich!« Sie kommen aus einer von Stückschüssen erbärmlich zugerichteten Baumgruppe. Unter Astwerk und aufgeworfener Erde liegen drei Brandenburger tot übereinander, einem vierten ist der blaue Rock von einem Streifschuß zerfetzt, sonst scheint er unversehrt. Königsmarck läßt anpacken, um ihn zwischen den Toten hervorzuziehen. »Lad dein Pistol und bring's zu Ende«, ächzt der Kerl. Eine Stückkugel hat ihm beide Beine abgerissen; seine Hände greifen, während einer der Leute Pulver auf die Pfanne gibt, in die Luft, Kopf und Schultern zucken empor, als wolle er aufstehen, dann brechen die Augen und der Rumpf fällt zurück. Jenseits des Gehölzes schmettern Trompeten. Königsmarck erkennt die weißen Röcke und hellblauen Aufschläge des Dragonerregiments Villers, das gegen den Feind rückt, und kann sich nur schwer bezwingen, nicht mitzureiten. Zurück beim hannoverschen Korps empfängt ihn Georg Ludwigs milder Tadel, wo er so lange gesteckt habe.

Es ist früher Nachmittag, als der Gegenangriff unter Marschall Boufflers einsetzt. Französische Gendarmes drücken das Infanterieregiment von Ranzow in den ausgedehnten Morast vor Steenkerke. Prinz Ferdinand Wilhelm fordert dringend Unterstützung an. König Wilhelm schickt mehrfach Befehl an den Grafen von Solms, dieser entsendet jedoch Kavallerie, die sich in dem durchschnittenen Gelände kaum entwickeln kann. Das cellische Dragonerregiment Bibrac gerät am Rand eines Gehölzes in Unordnung; der Oberst wird tödlich verwundet. Das Regiment Brennecke erhält in Front und Flanken heftiges Feuer. Es kommt aber zum Einhauen und nimmt den Franzosen drei Fahnen und zwei Pauken ab; bescheidene Erfolge, die den unglücklichen Ausgang nicht wenden. Die Angriffe der holländischen Infanterie sind unter schweren Verlusten zusammengebrochen. Der spanische Ersatz wendet sich bei der ersten Charge zur Flucht. Der Kurfürst von Bayern nimmt das zurückflutende Fußvolk auf, bringt es aber nicht mehr *en ligne*. Die Mannschaften an den Batterien auf dem Kamm, die seit dem frühen Morgen das Lager des Feindes fleißig bestrichen haben, werden in den Strudel der Flüchtenden hineingerissen. Gegen vier Uhr sind die Alliierten von der Höhe geworfen und die Franzosen wieder im Besitz ihrer ursprünglichen Position. König Wilhelm zieht die Reserve vor und stellt seine Armee noch einmal in Schlachtordnung vor der Anhöhe auf, Luxemburg nimmt die Schlacht aber nicht an. Er hat Befehl, sich auf die Sicherung des besetzten Gebietes und der festen Plätze zu beschränken. Abends um sieben gibt der König den Befehl zum Rückzug ins Lager bei Hal.

Die Verluste an Toten und Verwundeten betragen 6 000 Mann auf jeder Seite. Die meisten Gefangenen sind von Säbelhieben und Bajonettstichen verletzt, ein Zeichen dafür, daß man, *l'epée à la main,* auf beiden Seiten tapfer gekämpft hat. Eine Entscheidung des Krieges bringt die Schlacht von Steenkerke ebenso wenig wie das blutige Rencontre von Fleurus zwei Jahre zuvor. Auf dem Kriegsschauplatz in Brabant bleibt so ziemlich alles beim Alten. Nach der Schlacht verbreitet sich an den Höfen Europas die Mode, das Halstuch à la Steenkerke zu tragen. Man bindet es nicht mehr zur Schleife, sondern läßt die Enden lose herabhängen wie die französischen Offiziere es taten, die keine Zeit mehr hatten, beim Angriff der Alliierten ihren Anzug zu ordnen.

* * *

»Celle, 1. August 1692 – Welche Freude, Sie sind außer Gefahr! Ich habe zwei Tage und zwei Nächte in mörderischer Unruhe verbracht. Deswegen steht mir der Sinn danach, mit Ihnen zu schimpfen. Sie haben sich ohne Sinn und Verstand der Gefahr ausgesetzt. Wollen Sie mich aus purem Übermut unglücklich machen? Wäre es nicht Ihre Pflicht, sich zu erhalten für mich? Daß Sie gegen Ihre Ehre handeln, will ich nicht; aber ich kann Ihnen auch nicht nachsehen, daß Sie den forschen Jüngling spielen. Ich muß Ihnen sogar für die Vorsorge danken, die Sie für mein Porträt und die Briefe getroffen haben. Aber sie war überflüssig, denn wenn Sie gefallen wären, hätte mein Schmerz alles verraten. Es hätte auch keine Rolle mehr gespielt, denn ohne Sie ertrage ich das Leben nicht mehr, und vier Mauern würden mir besser gefallen als weiterzuleben wie vorher. Aber Gott sei Dank, diese traurigen Gedanken sind fort. Alle Leute machen mir Komplimente, wie fröhlich ich bin. Die Dummköpfe glauben, es sei wegen des Réformeur. Aber die Wahrheit ist: ich habe nicht einmal an ihn gedacht.«

»Celle, 5. August 1692 – Eben haben mich der Grondeur* und der Pédagogue beim Schreiben erwischt. Ich konnte das Blatt gerade noch verbergen. Das wäre ein Fressen für sie gewesen! Ansonsten erweisen sie mir tausend Freundlichkeiten. Unaufhörlich predigen sie mir, mit dem Réformeur in Frieden zu leben. Der Grondeur versteht in diesem Punkt leider keinen Spaß, so daß ich mit ihm nicht so frei sprechen kann, wie ich möchte. Der Pédagogue berichtete, es sei bereits sicher, daß noch eine zweite Schlacht bevorstehe. Nur weil ich schon im Bett lag, bemerkten sie nicht, wie bestürzt ich war. Es ist wirklich grausam, Sie unaufhörlich in tausend Gefahren zu wissen. Ist es mein Schicksal, mein Leben lang in Sorge um Sie zu sein? Werde ich es jemals in Ruhe genießen können, zu lieben und geliebt zu werden? Ich darf nicht daran denken und finde mich damit ab, Ihr Herz mit der Gloire zu teilen. Sie hingegen besitzen das meine ganz.«

---

* Deckname für den Vater

»Hal, den 6. August 1692 – Wie glücklich kann ich mich schätzen, eine Geliebte zu haben, die mich im Fall einer Verwundung pflegen will. Fast wünsche ich mir, von Kugeln durchbohrt zu werden. In der neuen Aktion, von der man schon spricht, werde ich mich entsprechend aussetzen. – Ich muß Ihnen eine ordinäre Geschichte erzählen, die der Herzog von Richmond angestellt hat. Er und der Herzog August von Sachsen trieben es toll mit den Dirnen. Der Höhepunkt war, nachdem sie alle möglichen Sauereien durchprobiert hatten, daß der Herzog von R. die Mädchen zwingen wollte, es sich von einer großen deutschen Dogge besorgen zu lassen, Sie verstehen mich. Ich finde, das heißt, die Ausschweifungen etwas zu weit treiben. Der Herzog von Sachsen versprach mir, zum nächsten Karneval nach Hannover zu kommen. Ich dränge ihn dazu, um dadurch mein Glück, vielleicht auch mein Unglück zu machen. Ich muß es abwarten und kann Ihnen mehr darüber noch nicht sagen.«

»Lager bei Deynze, 21. August 1692 – Ich habe fünf Briefe von Ihnen auf einmal erhalten und bin überglücklich, daß Sie mir auch dann treu bleiben wollen, wenn ich Arme und Beine verliere. Aber es ist wenig Gefahr dafür, da der Feldzug zu Ende geht. Der Herzog August von Sachsen hat sich mit seinem Säbel eine große Kopfwunde beigebracht, als er einem Hammel den Kopf abschlagen wollte. Ich besuche ihn täglich. Er fühlt sich sehr elend und liegt in einem schmutzigen Bett. Mit all den Bandagen um den Kopf und seinem gräßlich zugerichteten Mund ist er kein erfreulicher Anblick. Aber er gehört zur guten Sorte Prinzen. Ich wünschte, er würde Kurfürst von Sachsen. Denn ich stünde dann sehr in Gunst bei ihm. Ich muß schließen, da der König mich zum Frühstück und Spiel im Zelt des Kurfürsten von Bayern erwartet. Gestern habe ich tausend Pistolen verloren, hoffe aber, sie heute wiederzubekommen. Adieu, unvergleichliche Léonisse. Wenn Sie mich sähen, würden Sie mich nicht wiedererkennen, denn ich bin von der Sonne so schwarz gebrannt wie die Mohrentambouren meines Regiments. Man ruft mich zum zweiten Mal. Mein Herz gehört Ihnen. Der Gefangene hält weiter seine Fastenzeit. Er hofft aber inständig, bei seiner Rückkehr keine Wachen vor dem Gefängnis zu finden.«

* * *

Im August begleitet die Prinzessin ihre Mutter auf einer Badereise in die Residenz des Herzogtums Nassau. Wiesbaden ist ein verschlafenes Nest mit ein paar Thermalquellen und einer Unmenge Kranker. Den gleichförmigen Fluß der Tage unterbrechen Visiten, ein Besuch der Frankfurter Messe und bei der Prinzessin von Tarent, einer Geborenen von Hessen-Kassel. Herzogin Eleonore war in jungen Jahren zweite Hofdame bei ihr und verehrt sie als ihre Gönnerin immer noch sehr. Die betagte Dame schwelgte in Erinnerungen. »Alte Damen reden gern von alten Zeiten«, entschuldigte sie sich nach jeder Anekdote und ließ die nächste gleich folgen. Sophie Dorothea erfuhr, daß ihr Onkel Johann Friedrich, ein Bruder ihres Vaters und ihres Schwiegervaters, der bis zu seinem Tod 1679 in Hannover regiert hatte, gleichzeitig mit ihrem Vater in Eleonore verliebt gewesen war. Die Prinzessin von Tarent erinnerte sich lebhaft, wie Georg Wilhelm und Johann Friedrich in dem schrecklichen Winter des Jahres 1663 in Kassel auftauchten und sofort begannen, Eleonore den Hof zu machen.

»Warum haben Sie eigentlich meinen Vater seinem Bruder vorgezogen?« fragt Sophie Dorothea. Die Herzogin hält das Porträt ihrer Gönnerin, das diese ihr gestern verehrt hat, in der Hand und sucht nach einem geeigneten Platz.

»Aber Kind, was für eine Frage! Johann Friedrich war katholisch! Wenn ich ihm gefolgt wäre, wären Sie heute vielleicht eine ebenso wütende Papistin wie unsere Madame Klencke!« Sie stellt das Bildnis auf den Kaminsims, schiebt von jeder Seite einen

Leuchter gegen den ovalen Rahmen und setzt sich mit einem Buch zu ihrer Tochter in den Erker.

»Aber das war nicht Ihr einziger Grund, sich für meinen Vater zu entscheiden«, hakt Sophie Dorothea nach. »Wie Monsieur Bülow erzählte, war er wegen meiner Heirat mit Max Emanuel von Bayern in Traktaten begriffen, und der ist doch auch katholisch.«

»Das ist wahr«, räumt die Herzogin ein. »Man legt sich im nachhinein die Dinge manchmal etwas anders zurecht und erinnert sich nicht mehr an alle Umstände. Es ging so her: Johann Friedrich, Ihr Onkel, ging von Kassel nach Italien; er korrespondierte noch eine Weile mit mir und bat mich dringend, zu ihm zu kommen. Aber Ihr Vater blieb in Kassel und folgte uns nach den Niederlanden, als die Prinzessin nach Den Haag zurückkehrte. Später hat er mir erzählt, er liebte mich da bereits tausendfach mehr, als er sich einzugestehen wagte. Ich zeigte ihm meine Neigung allerdings nicht, um ihn überzeugt zu halten, er habe es mit einem rechtschaffenen Mädchen zu tun.«

»Er gefiel Ihnen also besser als der andere?«

»Durchaus«, erwidert die Mutter, »er war nicht so ernst wie Johann Friedrich, stürmischer, dazu elegant und ritterlich. Und er zeigte mir in seinem ganzen Betragen, daß er mir leidenschaftlich ergeben war.«

»Und warum glaubt die Prinzessin von Tarent, sie hätte ihr Glück gemacht?« Die alte Dame rühmte sich nämlich, ohne sie wäre ihr ehemaliges Hoffräulein, bei allen schönen Eigenschaften, die es unzweifelhaft hatte, niemals zur regierenden Herzogin geworden.

»Nun, ohne ihr Zuraten hätte ich Ihres Vaters Werbung schwerlich nachgegeben, denn seine rechtmäßige Frau konnte ich nicht werden, wie Sie wissen. Da Ihr Vater nun aber nicht nachließ, die Feste zu berennen, und auch alles versprach, mich zu versorgen und nicht zu verlassen, so war die Prinzessin – fand sie ihn auch ein wenig leichtlebig – von seiner Ehrhaftigkeit schließlich überzeugt und warf ihren Rat zu seinen Gunsten in die Waagschale. Er werde, versicherte sie mir ein über's andere Mal, seine Versprechungen gewiß halten.«

Die Herzogin wirft einen dankbaren Blick zum Porträt auf dem Kamin hinüber; die Prinzessin ist wirklich ihr guter Stern gewesen.

»Sie hatten mehr Glück mit der Wahl Ihres Eheherrn als ich mit der des meinen«, seufzt Sophie Dorothea, »wenngleich es scheint, daß mein Vater, bevor Sie Ihm Fesseln anlegten, im Ruf eines Bruders Leichtfuß stand.«

»Er war es wohl auch«, lacht die Herzogin. »Sie kennen Lucas de Bucco, unseren Oberstallmeister, er ist ein Früchtchen der ausgedehnten Reisen Ihres Vaters nach Italien, in Venedig mit einer griechischen Tänzerin namens Zenobia Buccolini gezeugt. Und dann war da dieser ominöse Brauttausch ...«. Die Herzogin bricht plötzlich ab. Ist es ratsam, das Kind von dieser Geschichte zu unterrichten? Eleonore schaut ihre Tochter an, die gespannt auf die Fortsetzung wartet. Sie ist kein Kind mehr und außerdem: Liegt das alles nicht mehr als dreißig Jahre zurück? Die Herzogin setzt sich zurecht und fährt fort: »Ihr Vater und sein Bruder Ernst August haben auch einmal um dieselbe Frau geworben, und die Dame, um die es ging, ist keine Geringere als Ihre Schwiegermutter Sophie, die Herzogin von Hannover. Es war im Jahre 1659; Ihr Vater war schon 34 Jahre alt und fand es nötig, weil die Landstände drängten und um sich selbst mehr Stetigkeit zu geben, nach einer Braut Ausschau zu halten. Man hatte ihn auf die Tochter des Winterkönigs Friedrich von der Pfalz und seiner Gemahlin, der Stuartin Elisabeth, aufmerksam gemacht. Ihre Schwiegermutter war achtzehn, schon damals stolz auf ihre hohe Abkunft, aber wegen Exil und Armut der Familie konnte sie kaum hoffen, einen fürstlichen Bräutigam zu finden. Daher war sie sehr zufrieden, als Ihr Vater um ihre Hand anhielt. Dann aber, der Heiratskontrakt war schon unterschrieben, machte er plötzlich einen Rückzieher.

Der Brief mit der Absage kam aus Venedig, und Ihr Vater erklärte darin, seine Ärzte hätten festgestellt, daß er keine Nachkommen haben könne. Böse Zungen munkelten, er habe sich in Venedig eine venerische Krankheit zugezogen. Die Wahrheit ist, daß er nur vorschob, krank zu sein, weil er um jeden Preis aus dem Kontrakt herauswollte, um weiter frei und ungebunden leben zu können.«

»Er hat um sie geworben und sie dann sitzenlassen?« fragt Sophie Dorothea ungläubig.

»Nun, nicht eigentlich«, beeilt sich die Herzogin zu sagen. »Er stellte ja einen Ersatz mit seinem jüngeren Bruder, Ihrem Schwiegervater. Denn auch Ernst August war heiratslustig, und da ihm die Prinzessin nicht übel gefiel, trat er kurzerhand in den Ehevertrag ein. Er tat es wohlüberlegt, indem er sich den Brauttausch mit dem feierlichen Versprechen Ihres Vaters versüßen ließ, sein Leben lang ehelos zu bleiben und die Nachkommen des Bruders zu Erben seiner Länder zu machen. Beide waren nun sehr zufrieden. Ihr Schwiegervater hatte eine ansehnliche Braut sowie Anwartschaft auf Land und Leute, und Ihr Vater hatte seine Freiheit wieder.«

»Und was sagte die verkaufte Braut zu dem Handel?« fragt Sophie Dorothea erregt.

»Ihr Vater hat mir später erzählt, was sie antwortete. Sie schrieb, daß sie niemals eine andere Neigung empfunden hätte, als die für eine gute Versorgung, und wenn sie diese bei dem Jüngeren finden könnte, so würde sie keine Trauer darüber empfinden, den einen um des andern willen zu verlassen.«

Sophie Dorothea lacht auf: »Ja, so ist sie! Das ist die ganze Sophie von Hannover! Nüchtern wie ein Kanzleisekretär.« »Und habgierig wie eine Elster«, setzt die Herzogin hinzu, »denn aus dem Verzicht auf sein Herzogtum haben sie und der Herzog von Hannover Ihren Vater nie wieder herausgelassen. Aber hören Sie, wie es weiterging. Ihr Vater entdeckte, als sein Bruder und Sophie als Bischof und Bischöfin von Osnabrück im schönen Schloß in Iburg lebten und Kinder bekamen, seine Liebe zu der sitzengelassenen Braut wieder. Aber nun war *er* das fünfte Rad am Wagen, und dabei ging ihm wohl auf, was er sich hatte entgehen lassen, maßen die Ehe doch mit einigen nicht unbeträchtlichen Freuden verbunden ist. Wenig später hielt er um mich an. Den Rest wissen Sie.«

Die Prinzessin ist aufgestanden und wandert im Zimmer umher. Stallmeister Villars steckt den Kopf zur Tür herein, um nachzusehen, ob die Damen etwas befehlen. Die Herzogin läßt ihn die Lampen anzünden und nimmt das Buch wieder zur Hand. Sie kommt aber nicht dazu, es aufzuschlagen, da Sophie Dorothea plötzlich in Tränen ausbricht: »Mich hat er auch verkauft! Und warum? Warum hat er Ihren Bitten nicht nachgegeben, als Sie vor ihm auf den Knien lagen? Um mit seinem Bruder einig zu sein! Um die Lande nicht zu zersplittern! Um nicht als Wortbrüchiger dazustehen! An alles hat er gedacht, nur nicht an mich!«

»Kind, Sie versündigen sich!«, mahnt die Herzogin. »Ihr Vater hat alles getan, um mich und Sie geborenen Herzoginnen gleichzustellen!«

»Aber mich hat er an diesen Stockfisch von Vetter verhandelt, weil er bei seinem Bruder im Wort stand!«, stößt Sophie Dorothea hervor. Schluchzend legt sie ihren Kopf auf die Knie der Mutter. Diese umarmt die Tochter und spricht beruhigend auf sie ein. Da kein Trostwort verfangen will, ruft sie die Knesebeck, die die Prinzessin zu Bett bringt, und bleibt bei ihr sitzen, bis sie eingeschlafen ist.

Die Herzogin schlägt das Psalmenbuch auf. »Strafe mich nicht in Deinem Zorn, Herr, und züchtige mich nicht in Deinem Grimm«, murmelt sie. »Herr, sei mir gnädig, denn ich bin schwach; heile mich, Herr, denn meine Gebeine sind erschrocken, und meine Seele ist sehr erschrocken. Ach Du, Herr, wie lange!«

* * *

Das Ende der Kampagne verläuft sich in einer eintönigen Folge von Lagern und taktischen Märschen. Nachdem ein letzter Alarm, Charleroi zu entsetzen, abgeblasen ist, bezieht das 9. Infanterie-Regiment die Winterquartiere. Königsmarck lost das Kloster Diest, wo er ungeduldig auf Urlaub wartet, während der Erbprinz bereits die Heimreise antritt.

»Diest, den 27. Oktober 1692 – Dies ist der verfluchteste Ort der Welt, ich bin von jeder Verbindung abgeschnitten, denn ich erhalte weder Briefe noch Urlaub. Ich habe heute meine Equipage nach Hannover in Marsch gesetzt und warte nur noch auf die Befehle des Feldmarschalls, um alsbald die Post zu nehmen. Sollte er mir, um mich zu schikanieren, den Urlaub verweigern, nehme ich meinen Abschied, denn ich hoffe, Sie dann wenigstens heimlich treffen zu können. Ich muß Sie noch einmal fragen, ob Sie mich lieber mit oder ohne Perücke sehen wollen, bisher haben Sie darauf nicht geantwortet. Immer wieder nehme ich Ihr Porträt *en miniature* hervor. Ich gäbe das Königreich Spanien dafür hin, endlich das Original zu sehen. Ich habe ein Lied auf meine Schöne gemacht, in deutscher Sprache. Als ich es bei einem Gelage vorsang, wurde ich gefragt, wer die Besungene denn sei. Ich sagte, sie heiße Léonisse. Alle beschworen mich, zuerst auf diesen Namen zu trinken, bevor ich das Glas auf die Anwesenden erhebe. Das versetzte mich in die beste Laune, und ich betrank mich mit den anderen. Um den Wein mehr zu genießen, tat ich ein rotes, schon ziemlich schmutziges Band, das ich in meiner Taschenuhr trage, in das Glas. Sie wissen, von wem ich es habe. Es war der erste Tag seit drei Wochen, an dem ich ein wenig Spaß hatte.«

»Diest, den 30. Oktober 1692 – Der Chevalier sah in der vergangenen Nacht *la petite Louche* im Traum. Sie lag mit dem Reformeur *entre deux draps,* und die Bewegungen des Baldachins über dem Bett zeigten, daß darin nicht Blindekuh gespielt wurde. Dieses

Bild regte mich so auf, daß ich beim Aufwachen nach meinen Pistolen griff und die Hähne spannte, vor allem deswegen, weil ich den Eindruck hatte, daß die *petite Louche* großes Vergnügen an diesem Spiel zu finden schien. Ich muß ja zugeben, daß dieses Benehmen reichlich extravagant und mit nichts als der immensen Leidenschaft, die ich für Sie empfinde, zu erklären ist. Aber könnte der Traum nicht bald Wirklichkeit werden? Der versprochene Urlaub ist immer noch nicht bewilligt. Man legt mir tausend Hindernisse in den Weg. Wie soll mein Wunsch, mein Leben mit dem Ihren zu verbinden, jemals in Erfüllung gehen, wenn ich mich noch nicht einmal auf den Weg zu Ihnen machen kann!«

* * *

»Hannover im November – Indem ich mich von meinem Strohsack erhebe, der mir wie das weichste Bett auf dem ganzen Erdenrund vorkommt, bringt man mir Ihren Brief. Er bestätigt mir, was ich gefunden habe, den liebenswürdigsten und beständigsten Menschen der Welt. Ihre ungezählten Vorzüge versetzen Sie unter die Göttinnen. Aber was Sie vor allen anderen Ihres Geschlechts auszeichnet, ist Ihre Treue, und gerade diese hätte man doch früher vergebens ausgerechnet bei Ihnen gesucht. Mein Engel, wie soll ich Worte finden, die stark genug wären, Ihnen für all Ihre Güte zu danken! Sie machen mich zum glücklichsten Mann unter den Sternen und zum treuesten; ausgerechnet mich, der niemals Derartiges von sich dachte.«

Vier Tage verbringt Königsmarck in seinem Versteck, einer verstaubten Kammer über dem Sauren Krug in der Knochenhauergasse. Die lang ersehnten *Embrassades* der Prinzessin entschädigen ihn für den verlausten Strohsack und den Gestank von der Essigbrauerei im Hof. Der Gastwirt ist durch eine reichliche Belohnung verpflichtet, zu niemandem von seiner Anwesenheit zu sprechen.

Nachts schleicht Königsmarck sich zur Prinzessin; tagsüber wahrt er sein Inkognito, indem er nicht ausgeht. Am fünften Tag erscheint er in seinem neuen Domizil auf der Osterstraße, wohin seine Bedienten mit dem Haushalt bereits im Sommer umgezogen sind. Nach dem Großen Krieg erbaut, hebt sich das Haus mit seinen Balustraden aus Barsinghäuser Sandstein vorteilhaft von dem wurmstichigen Fachwerk der Nachbarhäuser ab. Obelisken und Steinkugeln schmücken das Portal und den in zwei Schnecken auslaufenden Giebel. Hinter den Ställen und der Wagenremise liegt ein Garten, den zur Stadtmauer hin zwei Reihen zierlich beschnittener Bäume beschließen. Verglichen mit dem neuen Landhaus der Platen ist sein Domizil freilich nur eine armselige Hütte.

Königsmarck hat sich von der Prinzessin überzeugen lassen, den ersten Besuch bei der Pantocrâte zu einem Versöhnungsgespräch zu nutzen. Sein Wagen fährt an den Kavaliershäusern vorbei in den herrschaftlichen Vorhof. Das Schloß ist nicht sehr groß, hat aber elegante Proportionen. Von einer doppelläufigen Treppe gelangt er in die über zwei Stockwerke reichende Vorhalle. Der Hofmeister führt ihn in ein Kabinett in der Beletage. Sessel und Tabourets sind mit Utrechter Samt bezogen, eine kostbar gemaserte Holztäfelung bedeckt die Wände; gedrehte Goldstäbe teilen die ausgemalte Decke, in der Mitte der blitzeschleudernde Zeus im Getümmel der Gigantomachen. Der Gräfin ist es gelungen, das Lusthaus in Herrenhausen an Üppigkeit zu übertreffen.

»Gell, das ist schön!« ruft sie von der Tür. Den Grafen nach ihren Deckengemälden den Hals recken zu sehen, bereitet ihr ein inniges Vergnügen.

»Meinen alleruntertänigsten Gruß zuvor! Ihr Haus ist über alle Maßen wohl geraten, daß Sie damit zu prangen wohl Ursache haben.« Königsmarck verbeugt sich artig, obwohl ihre hinterhältige Einfalt, mit der sie alle Leute zu Schmeichlern macht, ihm augenblicklich die Galle hochtreibt. Wortreich entschuldigt er sich für sein unvertrauliches Betragen, welches er während der Kampagne bezeigt, indem er ihr nicht geschrieben, was eigentlich ganz gegen seine gewohnte Manier sei und was sie nicht als so kaltsinnig ansehen möge, wie es erscheine. Er habe nicht gewußt, ob sie nach der *Querelle* mit seinem Fräulein Schwester überhaupt noch von ihm habe hören wollen. Klara Elisabeth schnüffelt, dann rinnen ihr die Tränen.

»Das mißvergnügliche Traktament, das ich von Ihrem Fräulein Schwester erduldet, das hab ich Gott befohlen, der wolle ihr Herz zum Guten lenken; aber daß sie Ihro Durchlaucht einen so großen *Chagrin* bereitet, das muß ich beseufzen und beklagen.« »Wenn etwas auf dieser Welt falsch ist, dann diese Frau«, denkt Königsmarck. Laut sagt er: »Da ich in dieser Sache mehr Difficultät als Facilität empfinde, so raten Sie mir, was zu tun ist, um die Meinung, die Ihre Durchlaucht der Herzog gegen mein Fräulein Schwester gefaßt hat, günstiger zu stimmen.«

Die Platen trocknet die Tränen.

»Wenn das Fräulein Schwester mir ein Handschreiben an Seine Durchlaucht zukommen läßt, welches in sensiblen Termini abgefaßt darum bittet, Ihro Durchlaucht aufwarten zu dürfen, so will ich sehen, was ich ausrichte.«

»Ich erfahre mehr Freundschaft, als ich verdiene, und kann meine darob empfundene Freude nicht genug beschreiben«, heuchelt Königsmarck. Das Schlimmste ist nun überstanden, und er kann die Arme-Sünder-Pose aufgeben, muß sich dafür aber gleich ihre Zudringlichkeit gefallen lassen.

»Ihnen habe ich längst verziehen«, sagt sie, treuherzig seine Hände fassend, »und werde hoffentlich nicht für so rachsüchtig gehalten, daß ich eine vergebene Sache noch im Sinne trage.«

Um einer Antwort zu entgehen, offeriert Königsmarck ihr seine Schnupftabakdose und streut sich selbst eine Prise ins Handgelenk.

»Das ist ein gutes Zeichen«, sagt die Platen nach dem gemeinsamen Nieser vergnügt, »wozu einen die natürliche Inclination treibt, das tut sich besser, als alles, wozu man sich zwingt. Dieses gute Einvernehmen wollen wir nicht mehr brechen, und nun zeige ich Ihnen, wo Jupiter sich im Karneval divertieren wird.« Sie erhebt sich und führt ihn über eine Seitentreppe vor eine Tapetentür.

Welche Pracht! Von dem schwarz-weiß-rot gemusterten Marmor des Bodens bis zu den Decken strahlt alles festlichen Reichtum und lebhafte Schönheit. Die Wandflächen wachsen aus einem Sockel empor, auf dem Putten und Jünglinge einen täuschend echt gemalten Vorhang raffen, der den Blick auf arkadische Landschaften und Götterszenen in leuchtendem Kolorit freigibt. Auf den Risaliten in den Zwischenräumen prunken stuckierte Medaillons und kriegerische Embleme. Darüber scheint sich das mit Fresken geschmückte Spiegelgewölbe in den Himmel zu öffnen. Durch die Fenstertüren, die zur Terrasse und in den Garten hinunterführen, leuchtet die Nachmittagssonne herein. Golden fällt sie aus den Spiegelflächen über den Kaminen in die heitere Weiträumigkeit des Saales zurück.

Königsmarck ist sprachlos, womit er der Platen, die ihn nicht aus den Augen läßt, das schönste Kompliment macht. Beschwingt wie eine Verliebte dreht sie sich mit ausgebreiteten Armen ein paarmal im Kreis, als wolle sie das glänzende Ambiente auf einmal umfassen und fest an ihr Herz drücken. Da dies nicht gut möglich ist, eilt sie auf Königsmarck zu und drückt ihn. Mit begeisterten Ausrufen und zärtlichen, wie zufällig erscheinenden Berührungen begleitet sie ihn in die Vorhalle. Als die Pferde anziehen, wirft sie ihm eine Kußhand nach. Königsmarck streicht sich über Gesicht und Hals, um die öligen Liebkosungen abzuwischen. In *Amitié* mit ihr zu leben, ist nicht minder unangenehm, als mit ihr auf Kriegsfuß zu stehen. Diese Frau hat die Ambition zur Passion, und darum vergnügt sie nichts so sehr wie das Regieren.

* * *

Otto Grote, Reichsfreiherr zu Schauen, dreht sich ächzend in seinem Pfühl. Wenn doch der Schlaf käme! Morgen soll er den Kurhut in Empfang nehmen, hat aber vor der kräftezehrenden Zeremonie noch kein Auge zugetan. Überhaupt fand er in den vielen Monaten, die er nun schon in Wien zubringt, kaum Ruhe, da seine Bemühungen um die Kurwürde ihn durch Abgründe von Unsicherheiten und Zufällen führten. Obwohl er Geld und Versprechungen nach allen Seiten regnen ließ, schob der Kaiser den Zeitpunkt für die Belehnung von einer Woche zur anderen. Seine Minister waren trotz enormer Bestechungssummen teils uneins, teils widerspenstig, bis Grote seinen letzten Trumpf ausspielte und der Hofburg drohte, sein Herr möchte schlechte Lust behalten, sich am Krieg gegen Frankreich und die Hohe Pforte länger zu beteiligen, wenn die Investitur weiter verzogen werde. Nun endlich wurde die Belehnung auf Freitag, den 9. Dezember, festgesetzt.

Als der Kammerpräsident am nächsten Morgen erwacht, liegt er noch eine Weile still und sinnt einem Traumbild nach. Er sieht sich auf der untersten Sprosse der Himmelsleiter. Engel steigen hinauf und hinunter. Sie lächeln ihm zu und winken ihn zu sich hinauf. Er ist schon einige Sprossen geklettert, als er merkt, daß er barhäuptig ist. So kann er nicht vor seinen Herrn treten. Am Fuß der Leiter steht der Herzog und reicht ihm eine Kopfbedeckung. Zu Grotes Überraschung ist es der Kurhut; im Moment, als er nach ihm greifen will, erwacht er. Noch bei der Morgensuppe überlegt er, ob er den Traum als gutes oder böses Omen nehmen soll. Der Vormittag vergeht mit der sorgfältigsten Toilette, die der Prinzipalgesandte Hannovers je in seinem Leben gemacht hat. Dann steigt er mit den Gesandten Limbach und Bothmer in die Staatskalesche, die die Diplomaten zur Hofburg bringt. Mit zwölf Lakaien, etlichen Pagen und Heiducken in prächtiger Livree als Vor- und Nachtrapp betrit er den Rittersaal, wo des Kaisers Majestät auf dem Thronsessel sitzt. Grote versinkt, wie es das spanische Hofzeremoniell vorschreibt, dreimal in tiefen Kniebeugungen, das letzte Mal vor dem Thron. Die Luft im Saal ist von den dicht gedrängt stehenden Hofbeamten und Würdenträgern zum Schneiden stickig. Schwarze Punkte tanzen Grote vor den Augen, als er sich erhebt, um seine Ansprache zu halten, für die Leibniz das Konzept entworfen hat. Es erscheint ihm, während er spricht, wie eine Stütze, an die er sich in seiner Schwäche halten kann. Reichshofrat Graf Waldstein, der im Namen des Kaisers erwidert, ist ebenfalls nicht zum Besten disponiert, verhaspelt sich und spricht statt von der Kur- von der Thronwürde, was nach dem Ende der Zeremonie zu vielem Räsonnieren Anlaß gibt, obwohl zu diesem Zeitpunkt noch niemand wissen kann, daß der Erbprinz von Braunschweig eines Tages König von Großbritannien wird. Als der feierliche Akt des Lehnsschwures folgt, ist Grote so kreidebleich, daß ihm der Hofkuchelmeister das Balsambüchslein reicht. Wiederum kniend schwört der Schwerbeleibte auf das Reichsevangeliar, küßt den Knauf des Reichsschwertes, das ihm seine Majestät höchstpersönlich hinhält, empfängt, immer noch kniend, den Kurhut aus des Kaisers Händen und übersteht mit letzter Kraft die Dankrede Limbachs, der ebenfalls so mitgenommen ist, daß ihm die Lippen zittern und seine Worte fast nicht zu verstehen sind. Während sich die welfische, nun kurfürstliche Delegation, in derselben Ordnung rückwärtsgehend wie sie gekommen ist, entfernt, erschallen Rufe. Man winkt. Schock schwere Not! Auf der untersten Stufe des Throns liegt ein buntes Häufchen aus Stoff und Pelz: der Kurhut, den zu erringen der Kammerpräsident seit zwanzig Jahren seine Lebenskraft eingesetzt und den er beim letzten Kniefall vor dem Thron kurz aus der Hand gelegt hat, um sich leichter aufzuhelfen. Unter den hämischen Blicken der Gegner der neuen Würde muß Grote noch einmal Spalier laufen. Endlich im Wagen, übergibt er das Kleinod aus rotem Samt und weißem Hermelin in Limbachs Obhut.

»Der teuerste Hut der Welt, Euer Exzellenz, was mag er gekostet haben?«

»Schatull- und Propergelder unseres durchläuchtigsten Herrn, Geschenke von den Landständen, Entnahmen aus der Kriegskasse, Kredite auf die Kammereinkünfte, Staatsanleihen«, schnauft der Kammerpräsident, »in summa et toto: Es mögen anjetzo eine Million Taler sein.«

»Und was wird es kosten, die Introduktion ins Kurkolleg zu erstreiten?« fragt Bothmer.

»Noch einmal das Nämliche«, antwortet Grote matt, »aber ich müßte des Todes sein, wenn ich noch einmal heransollte.«

* * *

Am späten Abend des vierten Adventssonntags trifft nach neuntägigem harten Ritt auf winterlichen Wegen der Kurier aus Wien schweißbedeckt in Hannover ein. In seinem Felleisen bringt er Grotes Bericht von der geschehenen Verleihung der Kurwürde. Am nächsten Tag wird ein frohlockendes, herrliches Dankfest mit allen Solennitäten gehalten, in den Kirchen das Te Deum laudamus gesungen und auf den Wällen aus allen Stücken Salut geschossen.

Hofrat Leibniz überbringt als einer der ersten zunächst dem Kurfürsten, dann der Kurfürstin seine Glückwünsche. Vom Fenster ihres Empfangszimmers aus blicken Sophie und die Uffeln auf die Volksmenge hinunter, die mit Vivat- und Hochrufen über die Stadtbrücke zum Holzmarkt und zur Stadtwaage zieht, wo Freibier ausgeschenkt und heiße Wecken verteilt werden.

»Sophie, Kurfürstin, diesen Titel werde ich ja nicht vergessen zu setzen, wenn ich Briefe schreibe, da er alles ist, was ich vom Kurfürstentum habe. Es ist so viel oder so wenig, wie das gemeine Volk davon hat, und sollte man bei Lichte besehen die armen Leute beklagen, daß sie wegen der Ambition der großen Herren so viel erdulden müssen.«

»Aber Kurfürstliche Durchlaucht sehen doch, wie sie sich freuen und lustig machen!« erwidert die Uffeln. »Es friert Stein und Bein und doch reißen sie sich die Kappen vom Kopf.«

»Tutatur et ornat«, pflichtet Hofrat Leibniz ihr bei, die runzligen Hände auf das Fensterbrett gestützt, »der Kurhut schmückt auch die Untertanen.«

»Allermaßen sie nicht wissen, daß er mit ihrem sauerlich beibringenden Geld erkauft«, beharrt die Kurfürstin. »Der dänische Gesandte Mencken hat mir schon verwichenen Sommer gesagt, die neue Ehre der Herrschaft wird den Untertanen zu einer schweren und fast unerträglichen Bürde gedeihen.«

Das Geräusch von Pauken dringt herauf. Die Bürgerwehr der Neustadt zieht über die Brücke.

»Trotzdem fühlen sie«, wendet Leibniz ein, »daß die zu Zeiten Heinrichs des Löwen gewesene Gloire wiederhergestellt und nunmehr ein solides Fundamentum für den künftigen Flor der Lande gelegt ist.«

Leibniz hat die neunte Kur fleißig befördert. Seine Promemorien und Deduktionen sind weitgehend anonym, aber, wie er sich schmeichelt, nicht ohne Wirkung geblieben. Daß die Rangerhöhung für den Staat und die gemeine Wohlfahrt von Vorteil bis hinunter zum letzten Häusling, der bettelt, lahm oder siech ist, steht für ihn außer Zweifel.

»Ich halte dafür, daß die allgemeine Wohlfahrt eine wächserne Nase ist«, sagt die Kurfürstin spitz, »die die Staatsleute und Rechtsgelehrten kneten, wie es ihnen beliebt. Hat man das nicht an der Primogenitursache gesehen?«

Da Leibniz vorsichtshalber nichts erwidert, hält ihm die Kurfürstin einen Brief ihrer Nichte Liselotte, der Herzogin von Orléans, hin, liest dann aber die Stelle, auf die es ihr ankommt, selbst vor: »Ich an meines Oheims Platz hätte mich nicht zum Kurfürsten machen lassen, sondern lieber mein Geld behalten und mich damit lustig gemacht, anstatt es, mit Verlöff, so vielen Blackscheißern zu geben, die ihn nur hinhalten. *Mon Oncle* ist doch auch ohnedies ein Herr gewesen und hätte durch den Verzicht auf die Kurwürde nicht nur viel Kosten, Mühe und Ärger gespart, sondern auch die Einigkeit im Haus behalten.«

Leibniz schätzt die Briefe der Pfälzerin, die die Kurfürstin ihn zuweilen lesen läßt. Sie berichtet vom französischen Hof und nimmt dabei kein Blatt vor den Mund. Aber von Staatssachen und der Res Publica versteht sie blutwenig.

»Wenn Ihre Kurfürstliche Durchlaucht sich darin gefiele, Pumpernickel und Broihan in Ruhe zu genießen, wäre wohl der Ruhestand gewahrt, aber kein Fortkommen abzusehen. Soll man nicht gedenken, daß noch unlängst die Papisten die Lutherischen abgeschlachtet haben und umgekehrt, weil es keine Macht im Reich gab, den Unfrieden zu meistern? Und noch früher aus eben dem Grunde jeder Burgherr und jede Grafschaft in Fehde lag mit dem Nachbarn? Wenn der Kurfürst von Hannover oder der König von Frankreich ihr Geld für sich verzehrten, wären sie ohne Ansehen, Macht und Verdienst, und säßen wir alle zusammen noch im Bärenfell am Feuer, ohne Wissenschaft von Glasfenstern und Wasserkunst zu haben.«

Die Herzogin lacht und gibt sich geschlagen. Die Holzstapel auf dem Mühlenplatz sind dick mit Schnee bedeckt, am Dach der Lohmühle jenseits der Leine hängen die Eiszapfen. Bei solchem Wetter auf einem Burgsöller zu sitzen, dessen Fenster mit Fellen zugenagelt sind, den der Feind berennt und dabei einen Brief an ihre Nichte in Versailles zu schreiben, erscheint ihr nicht sehr verlockend; sie ist frostempfindlich, haßt Gewalttätigkeit und fürchtet die Armut. Zum Glück müssen heute auch die armen Leute nicht mehr ohne Glasfenster auskommen, und wenn das der Fortschritt ist, hat sie nichts dagegen einzuwenden.

»Immerhin darf ich mich für meine Nachkommen freuen«, beendet Sophie das Gespräch. »Ihnen wird die neue Würde nützen. Ich aber bin nicht anders beschaffen als vorher auch. Ich taste und betaste mich wieder, es ist dieselbe Haut, es sind dieselben Glieder.«

* * *

Königsmarck schreibt, bevor er sich an diesem frostklaren Freudentag auf das Schloß begibt, einen Brief. »*Princesse Electorale!* Man kann Sie ja jetzt so anreden, denn vermutlich wird der Kurprinz Sie letzte Nacht mit diesem Ehrentitel ›investiert‹ haben. Sind seine Umarmungen schöner, seit er diesen Rang innehat? Ich werde nicht schlafen können vor lauter Wut, daß ein Kurprinz mich der Wonnen meiner bezaubernden Geliebten beraubt. Ich hätte Ihnen schon früher zu Ihrer neuen Würde gratuliert, wußte aber nicht, ob Ihr Gatte seine Pflicht schon erfüllt hat. Nun ja, so werden Sie mir aus frischer Erinnerung von den *Plaisirs électoraux* berichten können, im Vergleich mit denen sich die unsrigen gewiß kümmerlich ausnehmen werden. Adieu.«

Der Heiratsvertrag

Der Karneval anno 1693 übertrifft an Glanz und Kosten alles bisher Dagewesene. In der Residenz und den umliegenden Dörfern ist jede Kammer und jeder Strohsack vermietet. Kammerschreiber Tiemanns nachgelassene Witwe kampiert sogar in der Rauchkammer auf dem Dachboden ihres Hauses. Für das Logiament von Knechten und Bedienten öffnet der Rat die Behältnisse in den Türmen der Stadtmauer, die sonst zur Disziplinierung der Armen, Verwahrung der Gefangenen und Unsinnigen gebraucht werden. Die gesamte Residenz ist der Schauplatz der Lustbarkeiten, daher zu bestimmten Stunden jeder, der keine Waffen, aber eine Maske trägt, die Erlaubnis hat, die Festsäle auf dem Schloß zu betreten, an einem der zwanzig Bassette-Tische so hoch zu spielen, wie er mag, oder seine Geschicklichkeit im Tanz zu zeigen. Düwel ok, da staunte mancher Höfling, wie artig die Krämer die Knochen setzen kunnten.

Die lange Reihe der Festlichkeiten beginnt am 1. Februar mit einer Wirtschaft unter dem Motto »Die alten Teutschen«, zu der Hof und Gäste mit altmodischen Rüstungen, spanischen Halskrausen, Kofferhosen und Reifröcken ausstaffiert auf Triumphwagen, von Musik und Trabanten begleitet, durch die Stadt kutschieren. Der Umzug hält bei der Marktkirche, vor der ein Brunnen aufgeschlagen ist, dessen Röhren Weiß- und Rotwein geben, und endet auf dem Rittersaal, wo Leibniz, in Spitzenkragen und Rheingrafenhosen, die Hofgesellschaft mit einem ellenlangen Gedicht begrüßt. Nach der Bauernposse im Schloßtheater ist Ball und Souper, worauf der Tanz von neuem beginnt und bis in den Morgen dauert.

Den 2. Februar ist Diner an zwei Tafeln im großen Speisesaal, wo nur die höchsten Herrschaften sitzen, die übrigen an den Tafeln in den Nebensälen. Auf dem Ball bei der Gräfin Platen tanzen die Masken, als da sind Bootsleute, Perser, Türken, Bauern, Juden, Bergleute, Schäferinnen, Amazonen, Sultaninnen, Sklavinnen und Harlekine, bis um fünf Uhr nachmittags. Der Herzog von Celle hüpft auf einem Bein herum, Sophie tobt sich mit Leibniz in deutschen Tänzen aus. Vom Festsaal in Linden begibt sich die Gesellschaft in das französische Theater, wo die Komödie »*Le Jaloux*« und als Nachspiel »*Le Cœur imaginaire*« gegeben werden. Nach dem Theater ist Souper und darauf wird wieder getanzt.

In der Küche, in der Hofbäckerei, in der Zuckerkammer, in den Wein- und Bierkellern lagern Vorräte *en masse,* da täglich achtzig Gäste an zehn Tafeln gespeist werden. Der neu ernannte Oberjägermeister liefert wöchentlich zweihundert Hühner, sechzig Hasen, acht Rehe, fünf Hirsche und zehn Wildsauen an die Hofschlächterei. Morgens und mittags präsentiert der *Maître d'Hôtel* dem Hofmarschallamt den Eßzettel.

Für Freitag, den 2. Februar mittags, werden auf jeder Tafel elf Schüsseln angerichtet: für den ersten Gang Ragout von Kalb, junge Hühner, Heilbütte, warme Pastete von Lerchen, Suppe von einem gespickten Hecht, Hirschohren mit ausgebrochenen Krebsschwänzen und Pistazien, gedämpft Rindfleisch mit Pastinack, Karauschen mit Rahm und Kümmel, alte Hühner, Kalbfleisch mit Spinat, gekochte Ochsenzunge; an den Nebentafeln nur sieben Schüsseln. Der zweite Gang wird in sieben großen und sieben ordinairen Schüsseln sowie sechs Tellern angerichtet: Birkhühner, Kapaun mit Sauerkraut im Backofen, Hirschbraten, Haselhühner, junge Hühner, gebratene Hasen, gebratene Auerhähne, Lammbraten mit Mandelmerettich, Kalbsbraten, Schnepfen, Rehbraten, gebratener Stör und Zunge, Crambsvogel, Grillade von Tauben, Citronat-Tarte, Spritzkuchen, Eierkäs, Pistazienkrem, Konfekt, Gelee.

Vierzig Köche, der französische Mundkoch und etliche Bratenmeister, Pastetenbäcker und Konditoren rackern sich in der Schloßküche ab. Wein- und Mundschenke geben Champagner,

Burgunder und Ungarnweine für die Fürstlichkeiten aus, die ordinairen deutschen Weine für die Nebentische. Sobald zur Tafel geblasen wird, finden sich die Lakaien bei der Küche ein und tragen die Speisen auf. Die Hofkavaliere warten den Fürsten auf, den Pagen und den Bedienten der Hofkavaliere obliegt die Aufwartung an den Nebentafeln. Montag, Mittwoch und Freitag finden sich vor der Küche im dritten Schloßhof die Armen ein. Sie erhalten den Tafelabhub zur Speisung.

Am 3. Februar ist Diner beim Kurfürsten. Die höchsten Herrschaften bleiben danach vereint, indem sie sich mit Konversation oder Spiel unterhalten. Zu sechs Uhr ist *opera grande* angesetzt, »*La Libertà contenta* oder Der in seiner Freiheit vergnügte Alcibiade«. Hofpoet Hortensio Mauro hat die Geschichte des atheneischen Feldherrn Alkibiades in italienische Verse gesetzt, wobei er der wahrhaften Historie nicht eben so genau folgte, damit die Handlung um so mehr vergnügen möchte. Kapellmeister Agostino Steffani hat die Musik dazu gemacht. Ernst August ließ die *virtuosissima Cantatrice* Agnete Landini aus Rom kommen. Für den Part des Alkibiades schickte Sophie Charlotte, Kurfürstin von Brandenburg, den Sänger Ferdinando nach Hannover zurück, von wo sie ihn einige Zeit ausgeliehen hatte. Die Szenenbilder entwarf Hofmaler Tommaso Giusti. Der Oberküchschreiber lieferte 20 Pfund Talg für die Lichtblaker und 400 große Talglichter.

Das Opernhaus glänzt in Gold und Rot: goldene Putten an den Logen und am Bogen des Vortheaters, vergoldeter Zierrat an den Bänken und Balustraden im Parterre. Goldglänzend die Turbane der zwölf hölzernen Mohrenfackelträger vor dem untersten Logenkranz, feuerroter Samt und Goldstoff an den Wänden. Das Publikum aus der Residenz, das freien Zutritt hat, rumort bereits erwartungsvoll in den oberen Rängen; auf den Bänken im Parterre lärmen Pagen und Hofkavaliere. Die Musiker haben eben ihre Plätze vor der Bühne eingenommen, Steffani am Cembalo in der

Mitte, links von ihm die Streicher, rechts die Bläser, der Harfenist und zwei Lauten, als Ernst August und die durchlauchtigsten Gäste die Logen im ersten Rang beziehen. Während die Lichtkronen langsam in der Decke verschwinden, gibt Steffani das Zeichen für die Eingangssinfonie.

»Monsieur Steffani macht sich die größte *Gloire* mit seiner Opera. Ihro Durchlaucht sollten es sich gönnen, ihn wieder nach Berlin zu nehmen«, flüstert Madame de Sacetot während des Szenenwechsels der Kurfürstin von Brandenburg zu.

»Ich sage Ihnen, ich packe jetzt den Mond mit den Zähnen und lerne *le Contrepunto!*« flüstert Sophie Charlotte zurück. »Die Musik ist meine treueste Freundin; sie verläßt mich nicht, und sie betrügt mich nicht. Ich werde Duette komponieren, die unseren Musikante Augustin eifersüchtig machen, so zärtlich sollen sie sein und von dem Naturell einer großen Liebe.«

Die Sacetot seufzt. »Ach, kleine Figuelotte«, denkt sie bei sich, indem sie die Kurfürstin, die sie von klein auf kennt, bei ihrem Kosenamen nennt, »das sollst du wohl tun, wenn dein Eheherr Trompeten, Kanonendonner und Paukenwirbel mehr schätzt als die süßen Flöten.«

»Ich ziehe den ganzen Charme und alles Entzücken des Himmels aus der Musik«, fährt Sophie Charlotte fort, »sie verrät nicht und ist niemals grausam. Dagegen sind alle Freunde lau und betrügerisch, und die Geliebten undankbar.«

»Ich glaube Ihro kurfürstliche Durchlaucht, daß Sie in dieser Leidenschaft äußerst konstant sind«, gibt die Sacetot lächelnd zurück, während der Vorhang sich wieder hebt.

In einer der Seitenlogen des ersten Ranges hält Sophie Dorothea nach Königsmarck Ausschau. Die Knesebeck zeigt verstohlen mit dem Fächer ins Parterre. Dort sitzt er, von Eltz und Klencke verdeckt, in der dritten Reihe. Unmöglich, einen Blick zu wechseln. Das gesamte Opernhaus würde es sehen. Die Herzogin von Eisenach hat ihre Augen ohnehin mehr in die Logen als auf die

Bühne gerichtet. Dort spreizt sich unterdessen der Eunuchensänger Francioni in der Rolle der weiblichen Heldin.

»Die größte Prinzessin, die ich je gesehen habe«, zischelt Sophie Dorothea der Knesebeck ins Ohr, denn der Kastrat ist mindestens sechs Fuß hoch und wirkt in den Frauenkleidern noch unförmiger, als er ohnehin ist. Wenn der Sänger seine Kadenzen verziert und dabei die Töne an- und abschwellen läßt, bläht sich sein riesiger Brustkorb wie ein Ochsenfrosch. Sophie Dorothea kichert. Gestern hatte sie einen Disput mit Sophie Charlotte, die ihren Spottnamen Boule ganz zu recht trägt, weil auch sie ziemlich unförmig ist. Es ging aber nicht darum, sondern um den wundersamen Erfolg des Kastraten bei dem Frauenzimmer. Das sei doch ganz einfach, meinte die Boule. Bei einer Affaire mit ihm stehe für die Weiber nichts zu befürchten, warf sich in die Brust und sagte: »Ich bin froh, daß ich eine Passion habe, die mich auf andere Weise zufrieden macht. Die Musik beschäftigt mich ständig, und ich brauche diese Leidenschaft nicht zu verbergen.« Sprach's und rollte davon. Sophie Dorothea stand ziemlich begossen da, nun hatte sie ihr *Paquet*.

»Wahrscheinlich fehlt ihr wirklich das andere Divertissement«, überlegt die Prinzessin und späht ins Parterre. Sie jedenfalls wird den Chevalier nicht gegen die schönste Musik von der Welt tauschen.

Ein *Coup de théâtre* leitet das Finale ein. Aus der Versenkung erscheint ein feuerspeiender Drache, aus dem Schnürboden kommt Apollons Wagen angeflogen. Der Drache verschlingt den falschen Freund, während die glücklichen Paare Apollons Wagen besteigen und von vier Pferden durch die Luft zu den eleysischen Feldern gezogen werden.

Kurfürstin Sophie gähnt. Die Vorstellung hat vier Stunden gedauert. Für ihren Geschmack machen die Sänger zu viel Lärm um Gefühle, aber da die Opera grande nun einmal *à la mode* ist, muß man sich fügen. Nach der Oper ist Souper bei Hofe, wonach sie sich zurückziehen kann.

Sonntag, den 4. Februar, trägt ein Bauer bei der Tafel einen komischen Gesang zur Zupfgeige vor. Abends sechs Uhr ist wieder französische Komödie, nach dem Theater Souper und hiernächst Ball.

Redoute, Gala, Theater, Diner, kein Tag ohne Fest und Geselligkeit. Sophie Dorothea sehnt sich an einen einsamen Ort, da sie von Fürsten und Kavalieren umschwärmt wird, deren Aufmerksamkeit sie nicht zurückweisen darf. Auch Königsmarck verflucht das Hofleben. Zum Dienst bei der Gräfin von Schaumburg-Lippe eingeteilt, die jung, hübsch und unglücklich verheiratet ist, hat er ihr mehrmals täglich in ihrem Vorzimmer aufzuwarten. Er tauscht seinen Dienst mit Adam von Eltz gegen den bei der Kurfürstin von Brandenburg, kommt damit jedoch vom Regen in die Traufe. Die Boule findet Gefallen an ihm, und auch die Herzogin von Eisenach stellt ihm wieder nach. Nicht nur die Eifersucht, auch neue Warnungen beunruhigen das Paar. Sowohl Feldmarschall Podewils als auch der jüngste Bruder des Kurprinzen bedeuten Königsmarck, seine häufigen Unterhaltungen mit der Kurprinzessin könnten böse Folgen haben. Zu allem Überfluß verschwindet ein Brief. Die Knesebeck hat ihn, wie gewöhnlich, in Königsmarcks Hut in der Garderobe gesteckt und ihm das vereinbarte Zeichen gegeben.

»Hannover, 16. Februar 1693 – Meine Verzweiflung läßt mich nicht schlafen. Ich kann Ihnen schwören, daß ich in meinen Hut sah, und meine Handschuhe habe ich angezogen, aber es war nichts darin. Ich war sogar ärgerlich auf die Confidente, weil sie mir das Zeichen gegeben hatte, ohne daß ich etwas fand. Ich sagte mir, sie hätte vielleicht keine Gelegenheit gefunden, etwas hineinzutun, und war sehr überrascht, als ich zum zweiten Mal vom Spiel fortging und nichts fand. Ich wollte deswegen mit ihr sprechen, aber l'Innocent* folgte mir auf dem Fuß und ganz dicht neben

---

* Deckname für den jüngsten der hannoverschen Prinzen

mir ging Stubenvol, so daß ich es nicht tun konnte. Ich bewunderte Sie, als ich Sie an dem Abend mit lachender Miene vor dem Spiegel stehen sah, während ich zitterte, denn ich glaubte, der Kurfürst und Ihr Herr Vater unterhielten sich schon über den Brief und schmiedeten Pläne, uns zu bestrafen. Ich werde so gequält von diesem Zufall, daß sich mir das Gehirn dreht. Zu allem Unglück sagte mir Madame Görtz, sie wüßte, daß ich drei Tage inkognito in der Stadt gewesen sei, ohne zum Vorschein zu kommen, und daß die Leute, die ich in meiner Intrigue verwendete, mich verrieten und noch tausend andere Sachen.«

* * *

Nach dem Karneval kommt der Katzenjammer. Ernst August zieht sich in seine Gemächer zurück und läßt nur die Ärzte, den unterhaltsamen Montalban und die Kurfürstin vor sich. Die Leibmedici sorgen mit milden Klistieren für regelmäßige Leibesöffnung. Den Lebensüberdruß des Kurfürsten vermögen sie nicht zu kurieren. Eine Badereise nach Karlsbad wird als zu kostspielig fallengelassen, den Karlsbader Sprudel kann er auch in Hannover trinken. Der Karneval hat 34000 Taler verschlungen, mehr als der Bau des Opernhauses und fast so viel wie die Jahreseinkünfte aus dem Fürstentum Göttingen.

In der Absicht, seinem Herrn die Melancholie zu vertreiben, betritt Montalban vorsichtig das Ankleidezimmer. Verwundert sieht er sich um. Die Türen der Wandschränke, in denen die lange Reihe der Leib- und Staatsröcke hängt, stehen offen. Ein Perükkenständer ist in den Kasten der Pendule gekippt, wo sich die Allongen unter dem steten Schlag des Pendels zu einem stachligen Knäuel verfitzen. Don Nicolo erschrickt. Der Kurfürst liegt barhäuptig auf seinem Ruhebett. Die rechte Hand hängt zu Boden, die Nase springt schnabelartig vor, unter den Lidern wölben sich die Augäpfel. Hat ihn der Schlag gerührt?

Ein krampfiges Aufstoßen rüttelt den schweren Leib, die Hand tastet nach dem Glas auf dem Boden. Don Nicolo reicht es dem Leidenden und nimmt es ihm wieder ab, nachdem er getrunken hat.

»Ich bin der Staatsgeschäfte müde«, murmelt der Kurfürst. »Das Beste wäre, stille abdanken, nach Venedig reisen und allda in aller Kommodität seines eigenen Gefallens leben.«

»Wenn es weiter nichts ist, bin ich unbesorgt«, lacht Montalban. »Ihre kurfürstliche Durchlaucht haben mir einen höllischen Schrecken eingejagt. Meinete schon, Sie habe sich gar sachte davon gemacht und zur ewigen Ruhe begeben.«

»Gott gebe es bald«, erwidert Serenissimus, »aber krachende Wagen gehen lang.«

»Vielleicht sollte Ihre *Altezza Elettorale* sich einer anderen Profession verschreiben, wenn das Regieren zu beschwerlich wird«, sagt Montalban, da er weiß, daß Ernst August in betrübten Momenten der Wunsch anwandelt, wie ein Bauer zu leben und mit dem Pflug übers Feld zu schreiten. »Wie wäre es«, beginnt er, »Durchlaucht würden auf dem Jahrmarkt eine Bude aufschlagen, worinnen Sie alles feilhalten, was Sie in Ihrem neuen Stande nicht mehr brauchen, als da sind: Pinsel, mit denen getreue Räte den Untertanen weiß für schwarz vormalen; Kissen, unter die Sättel zu legen, die man den Hofkavalieren auflegt; Brillen, zu Behuf Wohltaten zu vergrößern; Perspectives, mit denen man in die Häuser der Untertanen schauen kann …«

»Fäßchen für goldene Handsalben; Zangen, um habgierige Schlünde einzuklemmen«, wirft Ernst August ein.

»Augenpulver, um aus Elefanten Mücken und aus Zwergen Riesen zu machen«, fährt Don Nicolo fort.

»Staatslarven, Daumenschrauben, Falschgeld«, fällt der Kurfürst wieder ein.

»Geigen zum Einschläfern; Trompeten zum Aufwecken; nicht zu vergessen die Mausfallen, mit denen man näschige Küchschreiber und Lakaien fängt, und die Kämme für die Bauern mit den dicksten Haaren«, trumpft Montalban auf.

»Wenn alles verkauft ist, werden Wir ohne Sorgen leben und sein wie die Maulwürfe, welche die Natur sehr weislich blind erschaffen, so daß sie ihres Elends nicht inne werden«, ergänzt Serenissimus. Das Wortspiel hat ihn erheitert. Er verlangt die Zeichnung zu sehen, die Leibniz Montalban mitgegeben hat. Das Blatt zeigt einen Entwurf des neuen kurhannoverschen Wappens. Leibniz hat die heraldischen Ungereimtheiten des alten Wappens korrigiert und das springende Roß von der Helmzier in den Wappenschild zwischen die braunschweigischen Leoparden und den lüneburgischen Löwen gerückt.

»Die *Pièces essentielles* des Wappens Dero *Altezza Elettorale* sind somit in den oberen Feldern vereinigt.« Don Nicolo streicht mit einer gefälligen Handbewegung über die kolorierte Skizze.

»Aber die Insignien des Reichserzamtes fehlen!« erwidert grämlich der Kurfürst. »Das Herzschild ist leer und wird ein Warteschild bleiben, solange das Elektorat imperfect ist.«

In der Tat zeigt das zentrale Wappenschild nur eine grau schraffierte Fläche, während in den Wappen der anderen Kurfürsten an dieser Stelle die Insignien des jeweiligen Erzamtes, die Reichssturmfahne oder die Reichskrone, prangen. Mißmutig schiebt der Kurfürst das Blatt beiseite. Das unvollständige Wappen vergegenwärtigt ihm den Widerstand, den Dänemark, Wolfenbüttel, Frankreich und alle übrigen Feinde des Hauses der Vollendung der neunten Kur entgegensetzen.

Ärgerlich über seinen Mißgriff, versucht Montalban, die Laune seines Herrn mit delikaten Details aus dem Karneval aufzubessern: wie der Graf Reuss-Greiz-Rosenthal, ein Schwager der Herzogin von Celle, dem sächsischen Gesandten Zinzendorf Hörner aufgesetzt hat; wie eine gewisse, Ihrer Durchlaucht nahestehende Person ..., Montalban unterbricht sich, zieht ein Briefchen aus der Tasche und liest: »Ich sterbe vor Ungeduld, Sie zu sehen, morgen abend nach dem vereinbarten Zeichen am bewußten Ort. *Volate momenti! T'adoro.*«

Es ist das *billet doux,* das Königsmarck und Sophie Dorothea so ängstlich vermissen. Erwartungsvoll blickt der Abbate seinen Herrn an. Aber Ernst August erkundigt sich weder nach Schreiber noch Empfänger. Sollen die Leute sich amüsieren, was interessieren ihn die Amouren der Gräfin Zinzendorf. Er hat die Lider wieder geschlossen und hält sich den Leib. Kammerdiener Casarotti kommt mit einer Schüssel gelaufen. Don Nicolo macht sich eilig davon.

* * *

Den welfischen Brüdern bläst der Wind ins Gesicht. Die Besetzung Lauenburgs durch Georg Wilhelms dreisten Handstreich vor drei Jahren blieb solange ohne Folgen, wie Ernst August auf der Seite Frankreichs stand. Sobald er wieder zur Partei des Reiches trat, köderte der allerchristlichste König mit dem Ländchen nördlich der Elbe den König von Dänemark. Asfeld tauchte in Kopenhagen auf und versprach König Christian das Blaue vom Himmel. Ob Dänen oder Welfen in Ratzeburg sitzen, ist Frankreich einerlei. Wichtig ist allein die dritte Front gegen den Kaiser, da Celle und Hannover, wenn Dänemark Lauenburg angreift, Truppen aus den Niederlanden abziehen müssen.

Im Frühjahr sind die Verträge zwischen Frankreich und Dänemark perfekt. Auch Münster profitiert wieder von den französischen Hilfsgeldern, in Wolfenbüttel wird bereits kräftig geschanzt. Georg Wilhelm trifft seine Maßnahmen, indem er die Ausfuhr von Korn und Holz in das Gebiet seines Vetters verbietet, Generalfeldzeugmeister Boisdavid aus Ungarn heimruft und zum Kommandanten von Ratzeburg einsetzt. Um Frankreich höhere Subsidien abzupressen, zögert König Christian den Angriff hinaus. Celle und Hannover rufen unterdessen England, Schweden und Brandenburg zur Hilfe. Das Echo ist jedoch überaus dürftig; die Verbündeten haben eigene Sorgen. Die Soldateska des Sonnenkönigs verwüstet zum zweiten Mal Heidelberg und die Pfalz. Brandenburg kann daher keine Truppen, England keine Schiffe erübrigen.

Trotz der brenzligen Lage lassen sich die Herzöge das Jagdvergnügen nicht nehmen. Georg Wilhelm geht zur Reiherbeize nach Bruchhausen im Hoyaschen. Ernst August schlägt sein Ablager im Jagdschloß Linsburg in der Wildnis des Grinderwaldes auf. Der Kurprinz reist nach Flandern, um den Oberbefehl über das hannoversche Korps zu übernehmen. Königsmarck wird zum Chef eines neu ausgehobenen Dragonerregiments ernannt und bleibt zur Verteidigung gegen die Dänen im Land. Den Einladungen der Platen zum Souper nach Linden, zum Lampionfest neben dem Schloß, wo der tiefe Kolk der Klickmühle und das Leineufer ein lauschiges Plätzchen bilden, entzieht er sich, so gut es geht. Der Ausmarsch des Regiments verschiebt sich von Woche zu Woche. Tatenlos sitzt er in Hannover, schießt von seinem Fenster nach Schwalben, badet in der Leine, spaziert mit von Eltz mißgelaunt über den Wall. Das Feld ist frei, trotzdem kann er die Gelegenheit nicht nutzen.

Auch in Linsburg schleichen die Tage dahin: langweilige Ausfahrten mit der Kurfürstin, ereignislose Abende beim Kartenspiel mit Kammerpräsident Grote, General Weyhe und all den anderen *sottes figures*, die Sophie Dorothea immer weniger bedeuten. Nächtelang hantiert sie mit dem Chiffrenschlüssel und der unsichtbaren Tinte, die ihr der Graf bei der Abreise zusteckte. Ihr einziges Interesse ist ein heimlicher Besuch Königsmarcks. Wenn er nur unerkannt ins Schloß gelangte, schreibt sie ihm, jedes verräterische Wort in lange Zahlenkolonnen verwandelnd, wäre alles andere ganz einfach. Eine ganze Nacht und einen Tag könnte sie ihn in der Kammer der Knesebeck verstecken.

Fortuna hat endlich ein Einsehen, indem sie dem Grafen in der Gestalt General Podewils eine Ordre erteilt und nach Linsburg zu General Weyhe schickt. Singend reitet Königsmarck über die Poststraße Richtung Bremen. In Himmelreich, einem elenden Dörfchen hinter Neustadt, fühlt er sich bereits in den Vorhallen des Elysiums. Golden steht das Abendlicht zwischen den Stämmen, als er die Kastanienallee erreicht, die über den Päperbarg auf das Schloß zuführt. Der gelbgestrichene Fachwerkbau liegt in einem schattigen Grund, rechts das Prinzen-, links das Grafenhaus, alles umgeben von hohen Bäumen und einer von falschem Jasmin zugewachsenen Palisade. Bei der Abendtafel schmeckt ihm der Rehburger Sauerbrunnen, den Conerding jeden dritten Tag statt des Weins verordnet, wie Champagner, während die Prinzessin, um sich nicht zu verraten, ihre Blicke krampfhaft auf den Teller heftet. An dem Billet, das sich in seinen Handschuhen findet, muß er lange herumrätseln. Die Prinzessin hat zwei Chiffren vertauscht. Die Vögel regen sich schon, als er entziffert: »Die Pforte in der Palisade ist immer offen. Prinzessin geht morgen Abend mit der Confidente unter den Bäumen nahe am Haus spazieren. Sie wird dort von zehn bis elf auf das gewohnte Signal warten. Sie können durch die Hintertür hereinkommen.«

»Chevalier wird nicht ausbleiben, es sei denn, er erhält überraschend den Marschbefehl. Das steht nicht zu befürchten. Die Dänen marschieren, sind aber noch nicht im Holsteinischen. Näheres zwischen den Zeilen. Alles möge in Ordnung sein. *Adieu bella dea,* ich sterbe vor Freude.« Königsmarck verschlüsselt sein Schreiben. Zwischen die Zeilen setzt er mit der sympathetischen Tinte: »Wenn ich recht verstehe, ist es die Stelle zwischen dem Haus und dem Stall, wo früher die Pferde des Prinzen standen. Um elf Uhr bin ich zur Stelle, das gewohnte Signal!«

Am nächsten Morgen läßt Königsmarck den Brief besorgen, sucht General von Weyhe auf und sprengt, da das Dienstliche bald erledigt ist, noch vor Mittag über die Brücke auf den Päperbarg zu.

Gegen Abend türmen sich über dem Grinderwald dunkle Wolken auf. Ein diffuses Licht umgibt das Schloß, als Sophie Dorothea und die Knesebeck aus der Diele des Grafenhauses in die warme Luft hinaustreten. In der Schmiede verstummt der Hammerschlag. Zwischen der Palisade und dem Stall nistet schon Dunkelheit, das Tor ist nur noch schemenhaft zu erkennen. Die Knesebeck vergewissert sich, daß es offensteht, dann wandern die Frauen neben dem Haus auf und ab. In den Baumkronen regt sich kein Blatt. Die Luft ist schwer vom Geruch des Jasmins. Über den Himmel geht ein Wetterleuchten.

»Hoffentlich hält es, bis er da ist«, flüstert die Knesebeck. »Noch kein Donner«, flüstert die Prinzessin zurück. »Es muß halten, der Himmel steh mir bei!«

In den Büschen an der Palisade beginnt eine Nachtigall zu schlagen, aus der Nähe des Stalls antworten einige Gluckser, der Gesang schwillt an und erstirbt. Angestrengt lauschen die Frauen in die Dunkelheit. Der Forst steht lautlos und unbewegt. Die Prinzessin fährt zusammen. Ein Käuzchen ruft. Geisterhaft schallen die klagenden Laute aus den schwarzen Wipfeln herüber. Die Knesebeck späht durch das geöffnete Fenster nach der Uhr in ihrer Kammer. »Noch ist Zeit«, flüstert sie. Während die Frauen ihren Gang fortsetzen, leuchtet der Himmel in immer kürzeren Abständen auf. Auch der Knesebeck wird nun bang, der Graf könnte verirrt irgendwo im Dickicht stecken. Heftige Windstöße lassen die Kastanien aufrauschen; ein langgezogenes Grollen kündigt das Unwetter an. Da! Zwischen zwei Böen der Anfang der *Folies d'Espagne*, so falsch gepfiffen, wie nur einer pfeift. Die Knesebeck rafft ihr Kleid und hastet zum Tor, während von einem Donnerschlag begleitet der Regen losplatzt. Vor Gewitterangst fast besinnungslos behält die Prinzessin die Tür zur Diele im Auge. Das Herz droht ihr stillzustehen, da sich in demselben Moment, in dem die Knesebeck mit Königsmarck an der Hand herbeistürzt, die Tür gegenüber auftut und zwei Lakaien einen Nachtstuhl in die Diele zerren. Hinter ihrem Rücken wischt Königsmarck in den Gang. Die Kammertür klappt. Mit zitternden Händen schiebt Sophie Dorothea den Riegel vor.

Während über dem Grinderwald das Unwetter tobt, hängt das Kammerfräulein die Kleider des Grafen zum Trocknen. Andächtig füllt es die Nachtleuchter mit Wasser, setzt neue Kerzen ein und stellt Huhn, Braten und Wein bereit.

Am späten Abend des nächsten Tages tritt Königsmarck den Rückweg an. In der Diele leuchtet ihn eine Kammerfrau mit einer Kerze an. Vor den Ställen, unter den Bäumen und vor der Palisade laufen Leute mit Fackeln herum. Königsmarck wird angerufen, von zwei Männern verfolgt und nimmt die Beine in die Hand. Im dichten Unterholz verliert er die Richtung und findet erst im Morgengrauen sein Pferd wieder. Ängstlich erkundigt sich die Prinzessin im nächsten Brief nach dem Verlauf seiner Rückreise. Kurz vor seinem Aufbruch verschwand aus dem Gemach der Kurfürstin ein Paar silberner Leuchter, so daß man ausschwärmte, um den Dieb zu fangen.

»Hannover, im Juni 1693 – Ich zittere, nachdem ich Ihren Brief las, in welche Gefahr ich Sie gebracht habe. Oh mein Gott, wie nahe sind wir unserem Verderben gewesen! Welch unheilvoller Zufall, der gerade zu so unrechter Zeit eintritt! Es ist wie im Roman. Niemand wird es glauben, wenn man es erzählen würde. Ich wußte nicht, warum so viele Leute überall in Bewegung waren und zwei mir sogar folgten. Ich glaubte, es geschähe ohne Absicht. Aber nun sehe ich, daß nur meine schnellen Füße mich gerettet haben. Die Gnade des Himmels war sichtbarlich mit uns. Ich werde mich lange daran erinnern und schöpfe daraus Hoffnung auf ein glücklicheres Geschick. Denken Sie nur, wie leicht wir hätten verloren sein können! Alle menschliche Klugheit kann einen solchen Zufall nicht verhindern, aber wir sind ihm entgangen, und ich stehe Ihnen dafür, daß niemand mich erkannt hat. *Bella dea, t'adoro!*«

Sophie Dorothea hält in Linsburg nichts mehr. Sie siedelt zu ihren Eltern nach Bruchhausen über, um anschließend mit ihnen nach Celle zu gehen.

»Bruchhausen, Donnerstag, 22. Juni 1693 – Man muß schon ziemlich unglücklich sein, um solch ein Leben zu führen, wie ich es tue, und ich sehe kein Ende meiner Nöte. Gestern, allein in meinem Wagen, habe ich mir tausend trübe Gedanken gemacht. Ich möchte Sie sehen und darf es nicht. Ich kann Sie nicht entbehren und muß mich doch jeden Augenblick von Ihnen trennen. Es ist mir unmöglich, länger unter diesem Zwang zu leben. Ich verzweifle. Meine Leidenschaft wächst täglich. Ich weiß nicht, was Sie mir angetan haben. Ich bin wie verzaubert, seit ich Sie das letzte Mal sah. Noch nie habe ich Sie mit solcher Glut geliebt wie jetzt. Ich habe ein Lied gedichtet. Das beweist mir, welche Wunder die Liebe tut. Meine Mutter hat den Armen 2000 Taler gelobt, wenn Georg Ludwig nicht aus dem Krieg zurückkommt; das verdoppelt meine Zuneigung zu ihr. Gestern vor der Abfahrt sprach ich mit Monsieur Grote. Er ermahnte mich, meinen Feinden keine Handhabe zu bieten und mich vor allem vor der Gräfin Platen in acht zu nehmen. Sonst beschäftigt mich nur die Erinnerung an das letzte Mal. Ich werde es nie vergessen. Wie zärtlich werden Sie geliebt! Ich gehe zu Bett. Wenn ich nicht von Ihnen träume, will ich lieber gar nicht schlafen. Denn wenn ich wach bin, befasse ich mich nur mit Ihnen. Es gibt nichts Angenehmeres in meinem Leben, als die Zeit, die ich damit verbringe, an Sie zu denken. Gute Nacht, geliebtester von allen Menschen!«

Kurz nach ihrer Ankunft in Celle läßt Herzogin Eleonore ihre Tochter zu sich rufen. Seit die Schulenburg wieder an den hannoverschen Hof zurückgekehrt ist, unterstützt sie das Bestreben der Prinzessin, mit dem Kurprinzen nicht länger Tisch und Bett teilen zu müssen.

»Ich denke über einen Plan nach«, eröffnet sie das Gespräch, »wie Sie in den Besitz von 30000 Talern kommen können. Haben Sie jemals in Ihrem Heiratsvertrag gelesen?«

»Nein, wozu?« fragt Sophie Dorothea. »Hat man nicht immer an meiner Stelle entschieden?«

»Nun, ich erinnere mich«, fährt die Mutter fort, »wie Ihr Herr Schwiegervater in den Verhandlungen über diesen Vertrag dem Herzog von Celle zusetzte und wie dieser in seiner Güte, die eigentlich eine Schwäche ist, Gott verzeih mir, seinem Bruder in allem nachgab bis auf eines: Er wollte es nicht leiden, daß seine Landstände für Ihre Hochzeit ein zeitlich unbegrenztes Jahrgeld zu zahlen hätten, es sollte vielmehr eine auf mehrere Jahre verteilte, feste Summe sein: 120 000 Taler die Landschaft des Fürstentums Lüneburg, je 15 000 Taler die Ober- und die Niedergrafschaft Hoya.«

»Woher kennen Sie diese Einzelheiten?« erkundigt sich Sophie Dorothea erstaunt, da die Herzogin, seit ihr Einfluß auf die Entscheidungen des Herzogs geschwunden ist, sich um Staatsgeschäfte wenig bekümmert.

»Sie stammen vom Grafen Bernstorff. Ich habe mit ihm darüber gesprochen, wie man für Sie eine Beihilfe von den Landständen erwirken könne. Denn ich weiß, daß nach Ihrer Heirat immer die Rede ging, die Grafschaften Hoya hätten das ursprünglich zugesagte Heiratsgut nicht ausgezahlt.«

»Und nun sollen die Stände es nachtragen?«, fragt Sophie Dorothea. Das Geld nach über zehn Jahren einzufordern, erscheint ihr wenig aussichtsreich. »Mit welcher Begründung kann man es verlangen, und was haben Sie darüber dem Premierminister gesagt? Daß ich mit meinem Gemahl nicht zufrieden bin, wird ihn sicherlich nicht in mein Interesse ziehen.«

»Niemand kann sagen«, antwortet die Mutter eifrig, »ob der Krieg nicht so lange dauern wird, daß er das ganze Land ruiniert. Und selbst wenn die Dänen nicht nach Hannover, sondern nur nach Lüneburg oder Celle kommen, brauchen Sie einen Notgroschen, mit dem Sie sich in Sicherheit bringen können, sei es nach Amsterdam, Berlin oder Dresden.«

Sophie Dorothea ist von der Hilfsbereitschaft der Mutter gerührt und nahe daran, ihr zu eröffnen, daß sie sich nicht allein zurückziehen will, sondern ihr Leben auf Gedeih und Verderb mit dem des Grafen Königsmarck verbunden hat. Sie bezähmt sich aber, zumal die Herzogin schon dabei ist, sie für das Treffen mit Bernstorff zu instruieren. Da der Herzog sich ganz von seinem Premier bestimmen läßt, muß zuallerst dieser gewonnen werden.

Bernstorff erscheint am nächsten Tag im Vorzimmer der Herzogin. Seine Miene und sein Gebaren sind zuckersüß, der Ausdruck seiner Augen unter den weißen Lidern undurchdringlich. Er beteuert der Kurprinzessin tausendmal seine Dienstwilligkeit, sie möge ihn für ihr Anliegen nur gebrauchen; er werde nicht fehlen, sich bei den Ständen für eine Nothilfe ins Mittel zu schlagen. Zuvor müsse man allerdings sehen, wie Seine Durchlaucht, der Herzog, sich zu dem Vorhaben stelle, daher er Serenissimo die Sache bei nächster Gelegenheit vortragen und keine Mühe sparen werde, ihn von der Richtigkeit derselben zu überzeugen.

Wieder allein, sehen Mutter und Tochter sich skeptisch an. Der vollendeten Courtoisie dieses Mannes ist nicht zu trauen, und tatsächlich denkt der Premier nicht daran, sich für die Kurprinzessin zu verwenden. Zwar zweifelt er nicht daran, daß sie sich das Geld ausmitteln lassen will, falls mit den Dänen die Kriegsdrangsale über das Land kommen. Er hält diese Vorsorge jedoch für völlig übertrieben. Nach seiner Einschätzung ist der Feind viel zu schwach, um die Elbe zu überschreiten.

Nachdem von Bernstorffs Seite nicht das Geringste erfolgt, beschließt die Herzogin, auf Georg Wilhelm selbst einzuwirken. Die Gelegenheit dazu ergibt sich an einem der folgenden Tage. Der Herzog kommt von der Hasenhetze zurück. Nach der Tafel bleibt man noch eine Weile zusammen. Eleonore hat sich jedes Wort genau zurechtgelegt. Eindringlich schildert sie, in welche Gefahr die bevorstehenden Kriegstroublen sein geliebtes Kind stürzen werden. Noch sei es zu früh, sich mit dem Schlimmsten zu beschweren, begütigt der Herzog ihre Sorge; die Dänen marschieren noch nicht und wenn, werde der Premier rechtzeitig Rat schaffen. Amüsiert berichtet er, wie Bernstorff kürzlich einen zornigen Kaufmann habe abfahren lassen, der auf der Kanzlei um Schadensersatz eingekommen sei, weil Oberstallmeister Bucco dessen Tochter geschwängert habe, sie aber nicht heiraten wolle.

»Ihr griechischer Sohn gehört auch zu denen, die sich des Nachts die Sporen verdienen, an denen tagsüber aber nicht viel Besonderes zu bemerken ist«, sagt Eleonore gereizt. »Um das Mißverhältnis auszugleichen, stünde es dem eitlen Fant wohl an, die Demoiselle zu heiraten.«

»Was soll daraus werden, wenn er sie nicht liebt?« gibt Georg Wilhelm leichthin zurück. Er lächelt seiner Tochter zu und nimmt ihre Hand.

»Dann soll Monsieur de Bucco wenigstens für den Schaden einstehen«, versetzt die Herzogin erbost über die Gedankenlosigkeit ihres Eheliebsten.

»Puella enim est domina sui corporis«, trumpft Georg Wilhelm auf. Es ist die Maxime, mit der Bernstorff dem empörten Vater den Mund stopfte.

»Wenn die Tochter des Hauses in ihre Entjungferung einwilligt, ist der Verführer der Pflicht zum Schadensersatz überhoben. Denn sie hat das Recht, über ihren Körper frei zu verfügen, und dieses Recht wird von der Schande, die für sie und die Familie entsteht, nicht berührt.«

Sophie Dorothea spitzt die Ohren; Eleonore, aber kann nicht mehr an sich halten.

»Ausflüchte, Advokatenkünste! Ihr Männer versteht es, jedes Ding so hinzudrehen, daß ihr aus allen Nöten kommt und jeder Verpflichtung ledig seid! Was wollen Sie sich noch von diesem Minister einflüstern lassen!«

»Gewiß nicht, daß man sich von Weibern regieren läßt!« erwidert der Herzog scharf. Sein Backenfleisch rötet sich; die *querelle de mariage* ist nicht mehr aufzuhalten. Die unfreundlichen Bemerkungen, die das Paar sich nun hinschleudert, steigern sich, bis zu der Drohung, einander zu verlassen. Ohne ein versöhnliches Wort begibt jeder sich auf sein Zimmer. Bitter stellt die Herzogin fest, daß ihr Einfluß sich soweit verringert hat, daß sie nur für eine Sache zu sprechen braucht, um sie mit Sicherheit zu verhindern. Auch Sophie Dorothea ist um eine Illusion ärmer.

»Celle, Freitag, den 30. Juni 1693 – Da sich meine Mutter in einer Angelegenheit, die ihr so sehr am Herzen liegt, nicht durchsetzen kann, fürchte ich auch für den Erfolg meiner Sache. Ich hatte meine ganze Hoffnung auf sie gesetzt, aber nun sehe ich, es genügt, daß sie einen Wunsch hat, damit er garantiert nicht erfüllt wird. Mein Vater ist über alle Begriffe hart. Ich habe eine schlechte Stütze an ihm. An seinem Benehmen gegen meine Mutter habe ich erkennen müssen, daß man auf seine Güte nicht zählen darf; aber noch gebe ich nicht klein bei.«

Da die Eltern vorerst nicht miteinander sprechen, begleitet die Prinzessin den Herzog auf seinen Ausfahrten und versucht dabei ihr Glück auf eigene Faust. Wenn der Vater es sich auch nicht anmerken läßt, so beginnt der Aufmarsch der Dänen ihm doch Sorgen zu bereiten. Gelegentlich einer Fahrt vor das Hehlentor läßt der Herzog am Fasanengarten halten. Vater und Tochter spazieren durch den Torweg zu den Gehegen und Volieren, in denen Trappen und Schwarzstörche, Fettammern, englische Hühner und ein farbenprächtiger Papagei gehalten werden. Vom Bruthaus nähert sich Benedikt de Münter, der Fasanen- und Brunnenmeister, zieht den Strohhut und macht ohne große Zeremonie seine Referenz. In jüngeren Jahren begleitete er den Herzog auf die Schnepfenjagd, verbrachte mit ihm auch manche Nacht auf einem Strohsack.

»Na, hest wat för'n Pannekoken in dien Korv?« redet Georg Wilhelm seinen Getreuen an.

»Nich för meck«, erwidert der Alte und überreicht dem Herzog den mitgebrachten Korb. »Is 'ne Mandel Gooseier för Madame.

Äwer Dörchlaucht schall mit'n Eten nich töwen bis de Dänischen dor sünd. Dat is een Schatt, de verdrägt dat Ingroben nich.«

Georg Wilhlem lacht. »So wiet ward't nich kommen, Bendikt, anne Elv kreegen se'n Jackvull.«

»Dat geev de Heven! Denn ut'n Norden un ut'n Mors kummt nix Godes, mit Verlöff!« De Münter verneigt sich entschuldigend vor der Prinzessin.

»Wi möt wieder«, verabschiedet Georg Wilhelm den alten Kannegießer; wenn er ins Reden kommt, kramt er unvermeidlich die Schlacht bei Lutter am Barenberge aus. Er wendet sich zu den Teichen, auf denen türkische Gänse und allerlei Arten von Enten spektakeln.

»Und wenn sie doch kommen? Wenn die Kriegsfurie das Land verheert?« fragt Sophie Dorothea. Der Herzog bleibt stehen, eine Schildkröte quert den Weg.

»Sind Wir ein blödes Tier, das den Schwanz in die Schale zieht?« ruft er unwillig und haut dem Kriechtier den Spazierstock auf den Rücken. »Kein Däne wird lebend über die Elbe kommen!«

»Aber sie sollen mit allem ausgerüstet sein, was sie für den Elbübergang brauchen, alle Welt spricht davon!« beharrt die Prinzessin. »Was soll werden, wenn wir getrennt werden und ins Ausland fliehen müssen? Wovon werde ich leben?«

»Jetzt fangen auch Sie an, den Teufel an die Wand zu malen! Sind Wir denn nur von Schwarzsehern und Bangbüchsen umgeben!?«

»*Mon bon Papa, mille fois pardon,* ich wollte Sie nicht quälen.«

Mißgelaunt kehrt der Herzog zum Wagen zurück. Sophie Dorothea muß einsehen, daß mit dem Vater zur Zeit nicht zu reden ist.

»Celle, Mittwoch, den 19. Juli 1693 – Ich habe gestern meinen Heiratsvertrag durchgelesen. Er könnte nicht ungünstiger für mich sein. Der Kurprinz ist absoluter Herr über mein gesamtes Vermögen. Selbst die Bestimmungen über die Rente, die er mir geben muß, sind so unklar abgefaßt, daß man sie mir leicht mit allerhand Kniffen streitig machen kann. Ich war auf das Unangenehmste überrascht und so niedergeschlagen, daß mir die Tränen kamen. Meine Mutter versuchte mich zu trösten. Denken Sie nur, sie will sogar ihren Schmuck verkaufen, um einen Notgroschen für mich zu bilden. Sie hat mit meinem Vater gesprochen und rät, den Geheimen Rat von Bülow hinzuzuziehen. – Eine Stunde nach Mitternacht: Gleich nachdem ich mich angekleidet hatte, kam meine Mutter, um mir eine Spazierfahrt vorzuschlagen. Nach der Promenade bin ich mit Monsieur Bülow einige Runden über den Schloßwall spaziert. Er will zu mir kommen und mich auch bei meinem Vater unterstützen. Aber ich erhoffe nicht viel davon. Sein Französisch ist so schlecht, daß sich seine Reden in einem ständigen ›enfin, enfin‹ verlieren. Die Knesebeck ist übermüde und verlangt Schluß. *Bon soir.*«

*   *   *

Dänemark schickt sich bereits zum Sprung an, als der englische König einen letzten Versuch unternimmt, zu einem gütlichen Ausgleich zu kommen. Die Chancen sind nicht groß, immerhin verschaffen die Unterhandlungen, die kaiserliche, englische und brandenburgische Gesandte mit der dänischen Delegation in Hamburg führen, einen weiteren Aufschub.

In Celle und Hannover weiß man besser, was die Glocke geschlagen hat. In den Poststationen Gifhorn und Nienburg, über die der Postverkehr zwischen Wolfenbüttel, Dänemark und Frankreich läuft, herrscht seit Monaten hinter den Kulissen und in aller Heimlichkeit Hochbetrieb. In den sekreten Kammern der Postcomptoirs schreiben sich cellische Agenten die Finger wund; zweimal am Tag reichen die Postmeister Listen mit den zu expedierenden Posten herein. Operateure suchen die interessanten Stücke heraus, erbrechen die Siegel und legen die wichtigsten Partien den Schreibern vor. Danach verschließen sie die Poststücke, drücken nachgestochene Siegel auf die Umschläge und geben sie den Postmeistern zum Weiterversand zurück. Was die Agenten abgeschrieben haben, geht, sofern es chiffriert ist, zum Dechiffrieren nach Celle, alles andere gleich an die Geheimen Kriegskanzleien. Herzog Georg Wilhelm und Bernstorff, Herzog Ernst August, Platen und Grote sind somit über jeden Schritt der Feinde informiert. Sie wissen, daß Frankreich in Gestalt des Baron d'Asfeld König Christian zum Losschlagen anspornt; daß Anton Ulrich den Dänen den Festungsplan von Ratzeburg mitsamt den Seetiefen zugespielt hat und Prinz Maximilian, worüber der Kurfürst einen Tobsuchtsanfall bekommt, abermals umgarnt wird, damit er gegen die Erstgeburtsordnung intrigiert. Übereinstimmend mit den Sekretnachrichten melden Agenten und Kundschafter, das dänische Heer sammle sich in einer Stärke von 12000 Mann bei Oldesloe, in Rendsburg und Glücksburg werde schwere Artillerie bereitgestellt.

Ausgerechnet in diesen Tagen, in denen sich alles in der Schwebe befindet und jedermann spürt, was sich im Norden zusammenbraut, brechen neue Vermögensverluste über Königsmarck herein. Seine Güter in den Stiftern Bremen und Verden, in Pommern, Schonen und Livland fallen der Domänenreduktion zum Opfer. Sein Plan, einen Teil der Güter zu beleihen, um einen Kapitalstock von wenigstens 100000 Talern für ein standesgemäßes Leben mit der Prinzessin zu bilden, geht endgültig über den Deister.

»Hannover, im Juli 1693 – Alles verschwört sich gegen mich; ich verliere meine Güter; die Familienstreitigkeiten wachsen mir über den Kopf, Freunde verraten mich; zwanzig Leute überspringen mich bei der Beförderung – es ist ein Schiffbruch ohne Hoffnung! Ich weiß mir keinen Rat mehr. Wenn ich mich wenigstens Ihrer Anwesenheit in Herrenhausen erfreuen könnte; aber ich fürchte, Sie dann an Prinz Max zu verlieren. Es wäre nur eine Tür zwischen Ihrem und seinem Zimmer, und Sie waren ihm niemals gleichgültig. Wie reizend war Herrenhausen, als Sie dort waren. Jetzt verbringe ich meine Nächte häufig im Grünen, um einen Mann zu täuschen, der mir nachspioniert.«

Der Hof kehrt von Bruchhausen zurück und geht nach Herrenhausen. Königsmarcks Infanterie-Kompanien werden gemustert und marschieren nach Lüneburg ab; der Marschbefehl für das Dragonerregiment, der einen Besuch in Celle gestattet hätte, bleibt jedoch aus. Sich heimlich nach Celle zu begeben, wagt Königsmarck nicht. Von den Vogelaugen der Uffeln beargwöhnt baut er Kartenhäuser für die Kinder der Prinzessin, langweilt sich beim Hofdienst und kibbelt sich mit der Platen. Um seine Zeit nützlicher zu passieren, fährt er mit Adam von Eltz nach Groß Schwülper zum Pferdekauf. Seine Dragoner benötigen leichtere Pferde als die schweren Kürassiergäule, mit denen sie bisher beritten sind. General Podewils bewilligt nur einen Tag Urlaub. Königsmarck und von Eltz fahren daher die Nacht durch. Wenn den Kutscher die Müdigkeit überkommt, übernimmt Eltzens Reitknecht Ziesenitz die Zügel, so daß sie Groß Schwülper am frühen Vormittag erreichen.

Auf den Weiden beidseits der Linden, die die schnurgerade Auffahrt zu der ansehnlichen Seigneurie beschatten, grasen Pferde und fremdländische Rinder. Der Gutsherr, Asche Christoph Freiherr von Marenholtz, ist ein in Staatsgeschäften wie in der Ökonomie gleichermaßen erfahrener Mann. Hochfahrend und spröde, beugte er sich den Weisungen der Regierung ungern, erhielt deswegen seinen Abschied als cellischer Gesandter in Wien und ist seither Privatier.

Ein Bedienter führt die Besucher in die Bibliothek. Neugierig sehen sie sich um. Bücherschränke bis zur Decke, ein mächtiger Globus in einem dreibeinigen Ständer, über dem Schreibpult ein Kruzifix. Uhren, die den Sonnenstand, die Mondphasen und die Positionen der Fixsterne anzeigen. Königsmarck weist von Eltz auf den »Aristippus« hin, ein Buch, das der Gutsherr verfaßt hat und das von allem handelt, was den honetten Mann ausmacht, als da sind das richtige Reisen und Peregrinieren, das Prozeß- und Kreditwesen, das Rühmen und Loben, die Edukation vornehmer Leute Kinder, bis hin zum nützlichen Philosophieren; ingleichen, ob die Welt ärger werde oder nicht und, die Spezialität des Verfassers, was der Ehrgeiz der Potentaten dazu beitrage. Die cellische Regierung supprimierte die Schrift, da ihr manches zu frech erschien, konnte ihre Verbreitung aber nicht verhindern.

Ein hagerer Mann in dunkler Perücke betritt die Bibliothek. Königsmarck, der Marenholtz vor zehn Jahren in Wien begegnete, erweist ihm seine Reverenz mit dem Kompliment, ihn fast unverändert zu finden.

»Inwendig haben mich die vorbeigebrachten Jahre aber ganz und gar verändert«, erwidert der Freiherr, einen Anflug von Spott in den grauen Augen, »wofür ich dem Herrn, unserem Gott, danke; insonderheit für die Kränkungen, da sich ohne diese weder ordinäre noch Hof- und Weltleute zum Besseren kehren.«

Die Besucher sind irritiert. Während des Frühstücks wächst ihre Verwunderung. Unverhohlen kritisiert der Hausherr sowohl den dänischen König als auch den eigenen Landesherrn, welcher mit der Besetzung Lauenburgs allererst den Anlaß für den drohenden Krieg lieferte. Was daran falsch sei, wollen die Hannoveraner wissen. Vergrößere der Besitz Lauenburgs nicht die Macht des Welfenhauses?

»Eroberer und ehrgeizige Potentaten richten nur Unglück in der Welt an«, erwidert Marenholtz. »Die wahre Goldgrube fürstlicher Machtkunst, die den Fürsten mächtig und seine Untertanen reich macht, besteht darin, die Manufakturen und Kommerzien zu pflegen. Allein, es fehlt hier wie jenseits der Elbe an der Resolution.«

Eltz bläst die sommersprossigen Backen auf. Der Herr auf Groß Schwülper ist geistvoll, wegen seines Reichtums unabhängig vom

Hof und daher freier in seinen Urteilen. Aber er soll nicht glauben, daß jenseits seiner Gutsgrenzen nicht auch Leute wohnen.

»In Frankreich betreibt man beides, die Kommerzien und die Eroberungen«, hält er entgegen. »Sie haben die besten Handwerksmeister im Strümpf- und Perückenmachen, und sie haben gute Kriegshandwerker für Artillerie und Festungsbau. Von beidem ziehen sie großen Vorteil. Ergo, was soll verkehrt sein, wenn man hierorts vorerst nur das eine hat, um davon zu profitieren, und mit dem anderen erst langsam nachkommt?«

Da von Eltz seit einem Jahr mit der Erziehung des welfischen Stammhalters, Sophie Dorotheas Sohn Georg August, betraut ist, hat er sich in verschiedenen Sparten etwas stärker belesen, nicht nur in Religions- und Kriegs-, sondern auch in merkantilen Sachen; besonders sattelfest fühlt er sich aber noch nicht.

»Vom Krieg kommt nichts«, sagt Marenholtz bestimmt. »Er frißt Land und Leute, die Künste und die Moral. Wie viele Wüstungen haben wir noch und welche Roheit der Sitten unter den gemeinen Leuten von dem letzten! Und muß der Krieg sich nicht von den Kommerzien nähren? Woher kämen wohl die goldenen Handsalben und die Subsidien, mit denen Ludwig die Begehrlichkeit des dänischen Königs und die Ambition des wolfenbüttelschen Herzogs karessiert? Ludwig ist der größte Monarch in Europa. Darum könnte er in stolzer Ruhe sein Leben endigen und seine bisherigen Eroberungen genießen. Was treibt ihn, die Pfalz niederzubrennen, und was hat vordem Ihren Herrn getrieben, Geld von dem Mordbrenner zu nehmen?« Der Freiherr macht eine Kunstpause, um das Erschrecken seiner Gäste auszukosten; dann sagt er mit Nachdruck: »Unmäßige Regiersucht und fatale Verblendung.«

Eltz braucht ein wenig Zeit, um seine Gedanken zu ordnen. Die Staatsbedenken des Herrn auf Groß Schwülper berühren den Widerspruch, mit dem er sich in seinem neuen Amt beständig plagt. Er soll den Sohn des Kurprinzen zu Gottesfurcht, Gerechtigkeit und Milde gegen seine Untertanen erziehen und ihn davor bewahren, eine zu hohe und unzeitige Einbildung seines Standes zu bekommen, so steht es in der Instruktion des Hofmeisters. Andererseits soll der Prinz eines Tages zum Regieren befähigt sein, was ohne eine tüchtige Ambition, die Grandeur des Hauses zu mehren, nicht gut angeht. Wie Seine Exzellenz dies beides zusammenzufügen sich gedenke, erkundigt sich Eltz.

»Unsere Fürsten und Herren lernen durch ihre Reisen und von ihren Ministern nur, wie sie groß werden möchten und bilden sich ein, damit schon Souveräns abzugeben«, antwortet Marenholtz. »Es hilft aber nichts. Darum soll ein junger Prinz vor allen Dingen, insonderheit, ehe er zu den überhäuften Staatsaffären und der Regierung kommt, zu dem Studio Magnifico angeführt werden, welches ihn einzig und allein zu einem mächtigen Monarchen machen kann.«

»Und das ist?« fragt Eltz gespannt.

»Das ist nicht die kreditlose Macht-, Kriegs- und Betrugslehr des Macchiavell«, sagt Marenholtz und pocht auf den Tisch, »sondern vielmehr der Holländer und Engländer wohlweisliche Kommerzienschul, die der Landen Wohlfahrt schafft, indem sie rät, das Geld nicht im Kasten, wohl aber im Land zu halten und dort roulieren zu lassen, demzufolge Handel, Gewerb und induströse Inventionen gehoben und dadurch eines jeden Stands Gefäll und Einkünfte vermehrt werden, wovon der Landesherr mit Steuern zehrt.«

Eltz würde das Gespräch gerne fortsetzen, über die französischen Hauben- und Handschuhmacher in Hameln, über Topfmanufakturen auf dem Lande und über die Handwerker und Zünfte in den Städten reden; aber die Uhren zeigen bereits Mittag an; Königsmarck drängt zum Aufbruch.

Die Sonne sticht den Männern ins Gesicht, als sie aus dem Herrenhaus treten und zwischen den rückwärtigen Wirtschaftsgebäuden hindurch zu den Weiden gehen, wo die Remonten laufen.

Königsmarck blinzelt und legt die Hand über die Augen, erkennt aber schon von weitem, daß die Vier- bis Fünfjährigen durchweg die richtige Größe haben, etwa zwei Zoll weniger als die Pferde für die schwere Kavallerie. Auch Adam von Eltz, der nicht besser reiten kann als eine Nuß und lieber zwei Meilen zu Fuß geht, wenn er nur Sättel und Pferdegeruch meiden kann, freut sich an dem Anblick der freilaufenden Tiere. Marenholtz dehnt sich die Brust. Im Sommerhimmel über den Koppeln singen die Lerchen und bringen dem Herrn, der diesen lachenden Tag gemacht, ihr Jubilate Deo.

»Ich denke manchmal, wenn ich spazierenreite, wie die Kreatur in vielen Dingen glücklicher ist als der Mensch«, sagt Marenholtz, als sie das Gatter erreicht haben. »Zum Beispiel die Lerche; sie findet täglich ihren Tisch gedeckt und erhebt sich zu den höheren Dingen, da wir als ein Erdenkloß unten bleiben müssen. Will sie Liebe und sich paaren, findet sie bald Gelegenheit. Wir aber werden oft närrisch, wenn wir unsern dereglierten Appetit nicht stillen können und sind *au désespoir*.«

Jetzt ist es Königsmarck, der sich wünscht, das Gespräch fortzuspinnen. Die Gelegenheit ist aber nicht günstig. Zwei Stallknechte führen die Remonten vor, überwiegend Rappen und Braune, da für Feind- und Geländeerkundung nur dunkle Färbungen taugen. Königsmarck prüft, ob die Tiere Gang haben und die Vorderbeine nicht bügeln, worauf Ziesenitz, Eltzens Reitknecht, der wegen seines Pferdeverstandes mitkommen durfte, das Ohr an Brustkästen und Kehlgänge legt, um nach Husten und Pfeifen zu horchen.

Während die Prozedur sich bei den Sechs- bis Siebenjährigen, unter denen auch Schecken und Schimmel sind, wiederholt, tut sich eine isabellfarbene Stute hervor. Als Ziesenitz den Sattel auflegt und sie vorreitet, tänzelt sie und reckt munter die Schweifrübe empor. Königsmarck kann ihrem Charme nicht widerstehen, steigt auf und galoppiert, nachdem er die Grundgangarten geprüft hat, auf ein freistehendes Gebüsch zu. Aus den Schlehenbüschen summt und braust es. Königsmarck nimmt die scheuende Stute fester an den Zügel. Er hat bereits Mühe, sich im Sattel zu halten, als sie plötzlich unter ihm steigt und mit wütendem Wiehern über die Weide davonrast. Der Reiter klemmt sich fest und macht sich klein, läßt das Tier ausgaloppieren, bis es von den Karrieren erschöpft in eine langsamere Gangart fällt. Ruhig reitet Königsmarck es zum Gatter zurück, wo Marenholtz, Eltz und Ziesenitz schon anerkennend applaudieren. Im Begriff abzusitzen, keilt die Isabellfarbene noch einmal heftig aus.

»Für wieviel gebt Ihr sie mir«, keucht Königsmarck, rücklings im Gras liegend.

»Ich schenke Sie Ihnen, da ich sehe, daß Sie einen Narren an ihr gefressen haben«, hört Königsmarck den Gutsherrn noch sagen; dann wird ihm schwarz vor den Augen.

Auf dem Rückweg zum Gutshaus hat er bereits wieder soviel Atem, daß er den Herrn auf Groß Schwülper fragen kann, wie er, da doch der Hof die Welt bedeute, das Leben in dieser Weltabgeschiedenheit, inmitten der wüsten Heiden und weit entfernten Dörfer, wo nur die Immen für einige Aufregung sorgen, aushalte. Marenholtz bedenkt sich, ob er dem Kavalier, der mit jeder Geste seine militärischen und höfischen Allüren verrät, eine ernsthafte Antwort zumuten soll, dann sagt er: »Vor diesem Privatissimum war ich ein Gemüt voll Vanität und Unruh, war empfindlich und incommode. Wär ich zu Hofe und *au grande monde* geblieben, so wäre es noch so.«

Königsmarck nickt. Ein Leben abseits vom Hof war ihm nicht vorstellbar. Je mehr er sich an die Prinzessin bindet, erscheint es ihm als das Erstrebenswerteste auf der Welt.

»Mein ganzes Bemühen läuft darauf hinaus, ein tätiges Leben zu führen«, setzt Marenholtz hinzu, »und dabei doch Ruhe, Gewißheit meines Glaubens und Tranquilitatem der Seele zu erlangen.«

Königsmarck erwidert nichts; gedankenvoll geht er neben dem Gastgeber her. Er ist Königen begegnet und pflegt Umgang mit Fürsten; keiner dieser Herren beeindruckt ihn so wie dieser Weltmann auf dem Lande. Auch Anna Lucie, Mahrenholtz' Ehefrau, die an der Abendtafel teilnimmt, nötigt ihm Achtung ab. Sie ist mehr gesund und spirituell als perfekt schön, dazu von freundlichem Gemüt und festen Grundsätzen. Marenholtz wählte sie getreu seiner Maxime, daß man eine Mariage, wovon die zeitliche Wohlfahrt oder der Ruin abhänge, nicht *per amourette,* sondern vermittelst der gesunden Vernunft und zur Konservation der Lehengüter eingehen solle. Er ist nicht schlecht damit gefahren.

Das Tischgespräch dreht sich um die Erziehung der Kinder, wobei von Eltz auf den Enkel des Kurfürsten und seine Fragen vom Vormittag zurückkommt. Täglich klage ihm der Unterhofmeister, der dem Prinzen den eigentlichen Unterricht erteilt, Georg August habe zwar ein vortreffliches Gedächtnis, aber großen Widerwillen gegen das Lernen, wolle nur Figuren und Bilder sehen und lustige Sachen hören; Geographie, Genealogie und die Historie interessierten ihn rein gar nicht.

»Das scheint mir nicht verwunderlich«, bemerkt Marenholtz, »denn es ist eine seltsame Institution bei uns, daß man die Jugend ganze Bücher und viele Sachen auswendig lernen läßt, aber wenig bedacht ist, ihr Urteil zu formieren und zu schärfen, damit sie ihre eigene Habe, nämlich ihre natürlichen Anlagen, gebrauchen kann, um klug und fähig zu werden und nicht alles von Fremden erborgen muß.«

»Ein guter, natürlicher Verstand ohne Lektüre kommt mir vor als ein ungepflügter Acker«, pflichtet Madame Marenholtz lebhaft bei, »gar zu viel Lektüre aber schwächt Augen und Verstand ebenso, wie zu viel medizinieren die Gesundheit untergräbt oder mehr Essen, als der Magen vertragen kann.«

»Der Zögling muß aber einen Schatz an Wissen und Kenntnissen haben und von den Sprachen, insonderheit Latein, und sonst von der Welt informiert sein«, wendet Adam von Eltz ein.

»Die Herren Professores erziehen die Jugend, wie sie selbst erzogen wurden«, bescheidet ihn die Freifrau, die ihren Mann auf seinen Reisen nach Paris und Amsterdam begleitet hat. »Sie halten solche Methode für die beste, weil sie die Welt nicht anders kennen, als sie in ihren Büchern vorgebildet wird. Hingegen in Wahrheit doch Reisen, Konversation und nur wenige Bücher den *honnête homme, l'homme de bien, de cœur et de jugement* formieren.«

Angeregt von der Unterhaltung, berichtet Königsmarck von seiner Kavalierstour nach England und Frankreich, von seiner Korrespondenz mit dem englischen König und wie er ihm vorgeritten; die Eskapaden des Bruders verschweigt er wohlweislich.

Eltz schläft schon, als die Kutsche die Straße nach Peine erreicht. Königsmarck läßt den Tag an sich vorüberziehen und denkt an die Prinzessin; dann streckt auch er sich in die Polster. Im Traum sieht er eine Herde isabellfarbener Pferde auf sich zurennen. In der Bibliothek auf Groß Schwülper sitzen Feldmarschall Podewils, Graf Grote und der Kurprinz in altertümlichen Lehnstühlen. Ein Mann mit verbundenen Augen wird in den Hof geführt. Von dem schwarzausgeschlagenen Gerüst sind auf den Koppeln die freilaufenden Pferde zu sehen. Ein weißer Stab wird zerbrochen, ein Schwert blitzt in der Sonne.

»Wo ist sie! Wo ist sie!«

Adam Eltz rüttelt den Reisegefährten wach und hält ihm sein Riechfläschchen unter die Nase. Mitleidig fragt er in die Dunkelheit: »Wie halten Sie dieses Leben nur aus?!«

* * *

Im Posthof von Engensen, der auf halbem Weg zwischen Hannover und Celle liegt, jagen sich die Hauskonferenzen. Der ungeheure Rede- und Tintenstrom der *grandes consultations* bringt jedoch nur *peu de conclusion* hervor. Immer noch ist ungewiß, ob Königsmarcks Dragonerregiment fortkommt oder bleibt. Trotz der Ungewißheit beschließt der Graf, das Abschiedssouper zu geben. Cholans ist noch dabei, das Silbergeschirr aufzudecken, als der erste Gast erscheint. Es ist Johann Christoph von Stubenvol in blonder Perücke und himmelblauem Rock.

»Aah, *Eau de Cerise*!«

Der Himmelblaue nimmt ein Glas von dem Tablett, das der Mohr offeriert, kippt und nimmt sich ein zweites. Aus dem Spiegel über der Marmorkonsole lächelt ihm sein Konterfei zu.

»Aah, *mon cher Königsmarck, superbe*!« ruft der Hofjunker; er deutet auf das Porträt der Herzogin von Eisenach, das neben dem Spiegel hängt. »So ist sie Ihnen doch nähergekommen *au dernier* Karneval? Kirschwasser und die Lippen dieser Dame! Aah, Sie verstehen zu leben!«

Der Graf ist drauf und dran, dem Zungendrescher ein Kompliment eigener Art zu schneiden, als Madame und Monsieur Grote gemeldet werden. Der Kammerpräsident ist erst seit kurzem aus Wien zurück, wo er sich um die Perfektionierung der neunten Kur bemühte. Er sieht fahl und seltsam sprenklicht aus.

»Heute abend nichts von Politik«, begrüßt er Königsmarck, »aber hiergegen ist man ja bei Ihnen sicher.« Ächzend fällt er in einen Fauteuil und winkt den Mohren mit dem Tablett heran. Königsmarck entschuldigt sich, da neue Gäste eintreffen.

»Auf das Wohl unseres wohlwollenden und wohlhabenden Gastgebers«, kräht Stubenvol, »*pecunia est nervus rerum*.«

»*Sed non omnia, spes salutis*!« erwidert Grote. »Ich habe mehr Gesundheit als Geld nötig; die Wiener Querelen zehren mir die Lebenskraft ab.« Wenn das Elektorat und das lauenburgische Wesen nicht wären, säße er auf seiner Herrschaft in Schauen am Harz. Immer häufiger muß er an den Dickhäuter denken, der die Treppe zu den Gemächern der Herzogin emporschwankte und bald darauf verendete.

Mit Ministerpräsident Graf Platen trifft Vizekanzler Hugo ein. Kurz danach kommen Hofmarschall Galli, Oberkammerherr Klencke und seine Frau, Generalmajor Gohr, Eltz und einige Offiziere von Königsmarcks Regiment. Klencke steckt dem Grafen ein Büchlein zu, die »Remedia amoris« von Ovidius Naso. »Vielleicht können Sie es brauchen«, flüstert er, »ein Kirchenmann in Trier, den ich wegen der neunten Kur in Arbeit hatte, empfahl mir die Schrift gegen die Wunden, die der Venuskrieg schlägt.«

Königsmarck unterdrückt seinen Ärger über die dreiste Anspielung und bittet zu Tisch. Im Eßsaal sind die Leuchter entzündet, obwohl es draußen noch hell ist. Madame Grote bewundert den silbernen Tafelaufsatz, der eine Pyramide aus Trauben, Pfirsichen und Kirschen trägt; verstohlen reibt sie das Tischtuch zwischen den Fingern: feingewebter Damast, ohne die Knötchen, die ihr an der Ware aus der Hugenottenkolonie Hameln so mißfallen. Während Daniel, Cholans, La Pide und Petit Jean unter der Aufsicht von Monsieur Cramm große Platten mit gebratenen Rebhühnern auftragen, fahren Madame Galli und Madame Bussche vor. Kurz darauf erscheint auch die Gräfin Platen mit Madame Görtz. Da an der großen Tafel nicht genug Platz ist, speist Königsmarck mit den Offizieren im Nebenraum und überwacht nur das Wechseln der Gedecke.

Weder hier noch dort kommt die Unterhaltung in Gang. Die Platen klagt in einem fort über das Fieber, das ihre Tochter angestoßen hat. Die Bussche ist noch ganz verstört, da ihrem Wagen auf der Calenberger Straße die Pferde durchgegangen sind. Klencke und Platen nehmen einen Günstling am kurpfälzischen Hof durch; er wurde General, ohne Soldat gewesen zu sein, und Minister, ohne studiert zu haben. Da niemand ihn kennt, eignet er sich nicht als Gesprächsstoff.

Auch an der Nebentafel verfolgt man keine *dessins de galanterie*, da die Lage in Brabant, wo der Marschall von Luxembourg mit überlegenen Kräften die Schlacht sucht, Anlaß zu besorgten Erörterungen gibt.

Einzig Stubenvol ist bester Laune, ißt sechs Rebhühner und spricht dem Kirschwasser zu, ohne die allgemeine Gedrücktheit zu bemerken.

»Aah, Artischocken, aah, Crème von Pistazien! Diese Farbe, dieser Geschmack!«

»Wenn Sie nicht wollen, daß man Sie für einen groben Rülp hält«, fährt Madame Görtz, die neben ihm sitzt, ihn an, »so hören Sie endlich auf, aus einem Furz einen Donnerschlag zu machen!«

Nachdem die Tafel aufgehoben ist und ein Teil der Gesellschaft sich zum Spiel setzt, der andere sich in den Garten begibt, nimmt der Kammerpräsident Königsmarck unauffällig beiseite und geht mit ihm über den Kiesweg zu den Bäumen im rückwärtigen Teil des Grundstücks. Der Himmel ist bedeckt, ab und zu fällt ein Tropfen.

»Erlauben Sie mir, Ihnen *en gentilhomme* und aufrichtig zu sagen«, beginnt Grote, indem er Königsmarck die Hand auf die Schulter legt, »es betrübt mich, Sie immer bedrückt, in Kummer und melancholischen Gedanken zu sehen.«

»Soll ich lachen und tanzen, wenn man mir die Beförderung verweigert und mich hinter einem Dutzend anderer zurücksetzt?« versetzt Königsmarck.

»Die Ursache, daß Sie bei *Son Altesse* in nur geringer *Faveur* stehen, kennen Sie am besten«, erwidert Grote. Er hat den Grafen mehrmals gewarnt und sich jedesmal mit dessen Ausflüchten zufriedengegeben; heute Abend sagt ihm eine unbestimmte Ahnung, daß er ihn nicht wieder entkommen lassen darf.

»Aber nicht davon will ich reden«, setzt er wieder an, »sondern von dem Übel, das der Leidenschaft zu dem Frauenzimmer *en général* einwohnt. Es hat schon etliche *hommes d'honneur* ruiniert. Manchen Prinzen treibt solche Passion zu dem gemeinen Weibervolk oder den Weibern der Bauern, Sie wissen, wen ich meine;

manchen Kavalier treibt sie zu den Sternen, obwohl er doch besser täte, sich mit einer Dame von Qualität und Condition einzurichten. Dergleichen Liaisons und *amours fous* erquicken und besänftigen die Seele nicht. Sie sind vielmehr einem beständigen Fieber zu vergleichen: die Befallenen sind *en extase* wie ein Zunder, den *à la fin* der erste Windhauch zerstreut. Darum, wollen Sie nicht fortgeblasen werden als die Aschen, kurieren Sie sich von dieser *amour*! Denn es liegt ganz bei Ihnen, sich Zügel anzulegen und zu mäßigen!«

Um seinen Ärger, den ihm die Ansprache verursacht, zu meistern, antwortet Königsmarcks nicht. Soll er sich mäßigen, um so zu werden wie der Ältere und an Schlagfluß, Leibesfülle, Verdikkung des Blutes und Stockung der Säfte zu enden? Frißt diesen hinfälligen Dickhäuter, der sich im Dienst der Macht verzehrt, nicht auch die Passion?

»Ich danke Ihnen für die große *amitié,* welche Sie mir durch Ihre Worte und Warnung erweisen«, zwingt Königsmarck sich zu sagen, »und pflichte Ihnen in allem bei, was die Verderblichkeit der *amour fou* und die übermäßige Leidenschaft angeht. Inzwischen aber ist Ihre Sorge ganz obsolet, da die gewisse Dame mich kalt läßt. Ich denke schon lange nicht mehr an sie und schätze mich glücklich, von dieser Leidenschaft befreit zu sein. Sie ist vergangen, verflogen und wäre vergessen, wenn nicht die Gräfin Platen das Gerede darüber stets von Neuem aufwärmte.«

»Sie wird es nicht ohne Grund tun«, gibt Grote zu bedenken, worauf Königsmarck noch dies und das beteuert, um den *bon Ami* von seiner Ehrlichkeit zu überzeugen.

Die Tropfen fallen dichter. Zwischen den Buchsbaumrabatten, die sich als dunkle Bänder von dem hellen Kies abheben, kehren der Kammerpräsident und der Obrist ins Haus zurück. Die Gäste sind bereits im Aufbruch, die Wagen fahren vor. Stubenvol, eine Flasche Kirschwasser in der Hand, krakeelt: »*Aah, c'est vraiment l'eau de vie, aah, le bon goût …*«

Königsmarck hält den Schirm über Madame Grote und hilft dem Kammerpräsidenten beim Einsteigen. »Die Gräfin ...«, sagt Grote, damit Königsmarck nicht auch jetzt noch die Platen vernachlässigt. Adjudant Cramm hat sie und die Görtz jedoch bereits in die Kutsche expediert; Königsmarck kann ihr nur noch eine Kußhand zuwerfen.

»Gegen einen Backofen kann man das Maul nicht aufsperren«, murmelt Grote, als die Pferde anziehen. Sein Lieblingswort bezieht sich auf Königsmarck, der, den zusamengeklappten Schirm unter dem Arm, grüßend im Regen steht; auf Stubenvol, der in seinem Suff auf dem Pflaster hinschlägt; auf die Platen, die ihr Mißvergnügen in einer Zänkerei mit ihrem Ehegemahl ausläßt.

»Königsmarck hat den Tartuffe gemacht und mich belogen«, überlegt Grote, kann dem Gedanken aber nicht nachgehen. Er greift sich ans Herz und tastet nach den Knöpfen des Kamisols. »Gegen einen Backofen kann man ...« Grote wird ohnmächtig.

»Wat meenst du, Otto«, sagt Madame Grote. Sie ist schwerhörig. Dann stößt sie einen durchdringenden Schrei aus.

*   *   *

Am Montag, den 24. Juli, trifft die Nachricht von der Schlacht bei Neerwinden ein. Unter den Damen, Weibern und sonstigen Nachgelassenen löst sie unbeschreiblichen Jammer aus. 1800 tote und verwundete Landeskinder sind zu beklagen, darunter hundert Offiziere. Feldmarschall Podewils stehen die Tränen in den Augen, als er das im Lande gebliebenen Militär von der verlorenen Bataille unterrichtet. Die Niederlage der Alliierten soll so verheerend sein, daß der Duc de Luxembourg mit den erbeuteten Fahnen und Standarten Notre Dame in Paris tapezieren kann. Die Armatur des Kurfürsten, von dem greisen Feldmarschall aufgebaut und stets klüglich geschont, ist fast gänzlich ruiniert, das Dragonerregiment Bülow hat sämtliche Pferde eingebüßt; Königsmarcks altes Infanterieregiment mit 240 Toten und Verwundeten die höchsten Verluste von allen. Auch der Kommandeur ist geblieben und die gesamte hannoversche Artillerie perdu. Dem Bericht zufolge stand das hannoversche Korps auf dem rechten Flügel zur Verteidigung des Dorfes Neerwinden, welches das Ziel des Hauptangriffs war. Hinter der Brustwehr und in den Hohlwegen häuften sich die Leichen. Obwohl die Infanterie den ganzen Tag mit beispielloser Wut focht, mußte sie schließlich der Übermacht des Feindes weichen; noch beim Rückzug über den Geetefluß erlitt sie schwere Verluste.

Podewils wischt sich die Augen. »Nachdem es aber Gott nach seinem unwandelbaren Rat und Willen also geführt, gehen wir nun mit aller Macht *en revanche* und gegen die Dänen!«

Der Alte haut auf den Korb seines Reiterdegens, daß die Quasten springen. »Ihre Dragoner«, wendet er sich an Königsmarck, »müssen dem gottverfluchten Dänen über den Hals gehen und auf's Haupt schlagen. Die Ordre zum Marsch ergeht, ich erwarte sie täglich!«

Beim Verlassen der Kriegskanzlei kommt der Oberst sich vor wie ein Feigling. Die Schlacht fand am Tag vor seinem Souper statt; während er tafelte, bissen seine Leute ohne das Vaterunser ins Gras. Statt sich auszuzeichnen, geht er Rebhühner schießen. Sogar die geheime Hoffnung, der Krieg könne den Kurprinzen aus dem Wege schaffen, verkehrt sich ins Gegenteil. Georg Ludwig stand im dicksten Feuer und wird ruhmbedeckt zurückkehren. Eine Stückkugel riß ihm den Stiefel auf; seinem Pagen zerschmetterte sie den Schenkel. Auf dem Rückzug über die Geete verlor er im wilden Getümmel sein Pferd und wäre um ein Haar in Gefangenschaft geraten.

Im Haus in der Osterstraße sieht jedermann zu, dem Grafen nicht in die Quere zu kommen. Er zankt mit Mamsell Cramm wegen der Fliegen, wenn sie die Fenster öffnet; wegen der Stickluft, wenn sie sie schließt. Die Köchin schimpft er eine Sudelmagd, die alles auf eine unflätige und säuische Art angreife. Er schlägt Moritz ins Kreuz, der den Steigbügel nicht gerade hält. Gegen den Hauswirt, der den Mohren für eine Ungeschicklichkeit ohrfeigt, zieht er den Degen und hätte ihn dem Kerl in den Leib gerannt, wenn dieser nicht »*Arretez*! Sie versündigen sich! Man wird Sie beim Kopf nehmen!« geschrien hätte.

In lichten Momenten beklagt Königsmarck sein bizarres Wesen, aber er meistert es nicht. Voller Ingrimm sitzt er über den Briefen der Prinzessin und schlägt sich die Faust an die Stirn. Er ist ein Narr! Verzichtet auf Ruhm und Karriere, während die Prinzessin immer neue Gründe vorschützt, um ihn von sich fernzuhalten. Hätte sie wirklich den Drang, ihn zu sehen, würde sie hundert Vorwände finden, um nach Hannover zu kommen! Aber sie zögert und zaudert. Der eigentliche Verlierer der Schlacht ist er!

Der Graf fegt einen Stapel beschriebener Blätter von seinem Schreibbureau. Es ist das Journal, in dem die Prinzessin dem eifersüchtigen Geliebten tägliche Rechenschaft gibt, was sie tut und wen sie sieht. Die Knesebeck stellt es dem Grafen über ihre Schwester und den Schwager Metzsch regelmäßig zu. Er greift zur Feder und schreibt einen mit Vorwürfen gespickten Brief. Sein Mißtrauen sucht sich Nahrung an jedem Mann, den das Journal erwähnt: an einem belanglosen Gesandten aus Kassel, der die Prinzessin in die Komödie begleitete; an dem cellischen General Boisdavid, einem schlechtgebauten Sechziger, mit dem sie Karten spielt; ja selbst am grauhaarigen Minister Bülow, dem sie ihre Papiere zeigte. In seinem Wahn fürchtet Königsmarck am meisten Prinz Max, den Sudler und *Barbouilleur*, der Sophie Dorothea bei einem Abschiedskuß die Zunge in den Mund steckte und sich auch sonst gelegentlich bei ihr zutäppisch macht. Wenn sie Celle verließe, müßte sie in Herrenhausen neben seiner Kammer logieren, wo er sie durch jedes Astloch beobachten könnte; sie müßte auf Spaziergänge im Garten verzichten, denn er würde ihr folgen wie ein Hund; er würde ihr auflauern und sie nackt sehen, wenn sie das Hemd wechselt; er hätte durch die Verbindungstüren ungehinderten Zutritt zu ihr und am Ende sie selbst. Königsmarck sieht die Prinzessin in den Armen des Sudlers und schäumt. Nein! Unmöglich! Sie darf nicht kommen. Bittere Klagen über die Untreue der Geliebten beschließen den Brief.

Sophie Dorothea trägt die Ketten der eifernden Liebe wie Mariamne, des Tyrannen Herodes frommes Weib, das der Wüterich, ob es gleich einen unsträflichen Tugendwandel führte, des Ehebruchs anklagte und köpfen ließ. Nichts auf der Welt ist ihr so wichtig wie die Zufriedenheit des Geliebten; daher nimmt sie seine Befürchtungen ernst und wagt nicht, nach Hannover überzusiedeln. Seine unverdienten Verdächtigungen entschuldigt sie als Exzesse der Liebe. Vielleicht hat sie ihn selbst durch das Übermaß ihrer Liebe überreizt? Eines Tages aber ist die Grenze der Selbstverleugnung erreicht.

»Celle, im Juli 1693 – Ich bin der ewigen Widersprüche, in denen Sie sich ergehen, müde. Sie wollen mich nicht in der Nähe von Prinz Max sehen und werfen mir doch vor, ich bemühe mich nicht genügend, nach Hannover zu kommen. Sie müssen närrisch sein, anzunehmen, daß geheime Gründe mich hier zurückhalten. Manchmal glaube ich, Gott will mich dafür strafen, daß ich Ihnen mit solcher Leidenschaft anhänge. Wenn ich nur eine Möglichkeit sähe, diesen Verdächtigungen und diesem Mißtrauen ein Ende zu setzen; wenn ich mir ein Mittel vorstellen könnte, Sie davon zu heilen, ich würde gern mein Leben dafür hergeben. Aber ich muß die Hoffnung fahren lassen, daß Sie sich jemals davon frei machen. Es ist stärker als Sie, und die geringste Kleinigkeit, die Ihre Einbildungen zu bestätigen scheint, nährt Ihre Eifersucht und Ihren Argwohn immer aufs Neue. Ich zürne Ihnen deswegen nicht einmal; ja, ich beklage Sie, denn ich sehe, daß Sie nicht wider Ihre Natur können. Ich zittere davor, daß alle diese Einbildungen schließlich dazu führen, Ihre Liebe zu zerstören. Sie kann unmöglich dauern, wenn Sie weiterhin so denken wie jetzt.«

Da Königsmarck nicht ablassen kann, die Geliebte zu verdächtigen, versucht die Prinzessin, das Gift mit einem Gegengift zu bekämpfen.

»Celle, im Juli 1693 – Der Zufall scheint mir zu einer kleinen Rache zu verhelfen: Er schickt mir einen jungen, sehr eleganten und prächtig geputzten Baron aus Mainz. Sie haben sicher nichts dagegen, daß ich mir, um nicht vor Langeweile zu sterben, ein wenig Unterhaltung mit ihm mache. Ich rechne immer noch zu sehr auf Ihre Freundschaft, als daß ich glauben könnte, Sie mißgönnen mir diesen Trost.«

»Celle, im Juli 1693 – Ich hatte erwartet, Sie würden sich tausendmal entschuldigen, um mich zu versöhnen. Stattdessen spielen Sie den Stolzen. Ich habe herzlich gelacht, als ich sah, wie Sie mir in die Falle gegangen sind, und welches Interesse Sie an dem Baron nahmen, den ich einzig und allein für Sie erfand. Der Spaß, den mir Ihr Zorn macht, läßt mich beinahe meinen eigenen Groll vergessen. Ich bin entzückt, daß es mir gelungen ist, mich an Ihnen zu rächen, und meine Achtung vor mir ist ungeheuer gestiegen. Ich hoffe, ich befreie Sie nun von Ihrer Unruhe, denn ich fühle mich *en chien de tendre pour Vous.* Ich kann Ihnen nicht länger böse sein und hoffe, Sie zärtlich und treu zu finden, wenn ich am Dienstag oder Mittwoch nach Hannover komme. Ich teile Ihr Gelübde, das sechste Gebot immer zu halten, wenn ich mit Ihnen zusammenleben kann. Ihr böses Billet von Freitag versetzt mich wahrlich nicht in Flammen, aber lassen wir die Ränke. Bereiten Sie sich darauf vor, mich in Ihren Armen sterben zu sehen! Kommen Sie gleich am Tag meiner Ankunft.«

* * *

Über den feuchten Wiesen, die den Großen Garten auf der Leinemasch umgeben, steht in feinen Schwaden der Morgennebel. Noch ist es kühl; der klare Himmel verspricht einen schönen Tag.

Von der Meierei im Dorf Herrenhausen kommt eine Magd den Fahrweg hinunter. Sie trägt eine hölzerne Mulde auf dem Kopf, worin das tägliche Deputat Tischbutter für die kurfürstliche Tafel liegt, stößt das Seitentor zum Küchengarten auf und bleibt am Taubenschlag hinter dem Kaninchengehege stehen.

»Vorwärts! Hüh, ho!« Zwischen den Obstspalieren taucht Jobst mit der Walze auf. Er treibt einen Gaul in sackleinenen Schuhen an, der die Steinwalze zieht, mit der allmorgendlich die Wege geebnet werden. »Pedd dor nich in, sünst mok ik di platt!« ruft er Ilsabe zu.

»Ik holl mi ja rut«, erwidert diese und blinzelt in die ersten Sonnenstrahlen. »Schall'n heeten Dag warn.« Sie blickt zum Gartenparterre hinüber, wo Gärtner aus fahrbaren Bottichen die Rabatten wässern.

»Dat seggt de Hex, dor schall se brennt warn«, brummt der Knecht das Gespann wendend.

»Hungrige Luus bit scharp!« kräht Ilsabe ihm hinterher. Döösbaddel! Vor dem zweiten Frühstück ist nichts mit ihm anzufangen.

Die Sonne ist höhergestiegen. Das geometrisch angelegte Gartenparterre erhält bereits volles Licht. Zwischen den Pyramiden aus Wacholder und Taxus und den weiß getünchten Statuen, Voluptas mit Schweinskopf, Vanitas mit Kamm und Spiegel, prangen die Broderien in allen Farben. An dem steingefaßten Rund des Beckens, das die Mitte des Luststücks bildet, begutachten Fontänenmeister Pierre La Croix und Oberhofgärtner Martin Charbonnier die Wasserkunst.

»Das soll ein *Jet-d'eau* sein?« sagt Charbonnier stirnrunzelnd. Mitleidig betrachtet er das wallende Häufchen im Zentrum des Beckens.

»Es ist leider ein in gänzlicher Imperfektion sich befindendes Werk!« ruft La Croix verzweifelt. »Und sollte doch ein Strahl von zwanzig Fuß sein, in dessen stäubendem Schleier ein immerwährender Regenbogen glänzt!« Wütend schlägt er mit dem Kavalierstock auf den Steinrand: »Es soll springen!«

Das Wasser hüpft und gluckst einige Male wie zum Spott.

»Das Steigen ist wider seine Natur«, meint der Oberhofgärtner. Da der Kunstbrunnenmeister ihm einen bösen Blick zuwirft, setzt er begütigend hinzu: »Ich an Ihrer Stelle würde den Hofrat Leibniz um Rat fragen. Er versteht sich auf allerlei künstliche Maschinen; hat wollen die Gruben auf dem Harz entwässern und wäre fast reüssiert, wenn *Son Altesse Electorale* ein Mehreres an Geduld und Talern aufgebracht hätten.«

Charbonnier zieht den Hut und überläßt La Croix seinem Ärger. An der Wasserkunst hat sich schon dessen Vorgänger die Zähne ausgebissen. Warum soll der Nachfolger erreichen, was jener mehr als fünfzehn Jahre vergeblich versuchte. Die Holzleitung, die das Wasser vom Benther Berg zu den Hochbehältern außerhalb des Gartens führt, hat noch zu keiner Zeit genügend Druck gehabt.

Die Sonne ist einige Grad nach Süden gerückt und fällt nun in die Fenster an der Gartenseite des Schlosses. Die Kurfürstin sitzt mit einem kleinen Pult über den Knien schreibend in den Kissen. Der gegen die Fliegen am Betthimmel befestigte Gazevorhang ist zurückgeschlagen und gibt den Blick auf den im Morgentau funkelnden Garten frei. Sophie schreibt an ihre Nichte Liselotte in Versailles. Sie berichtet von ihren Kondolenzbesuchen in den Trauerhäusern Hannovers und über den heraufziehenden Krieg mit Dänemark. »Ich fürchte«, schließt sie den Brief »daß unsere Kindskinder den Frieden nicht sehen werden, und ehe man zu demselbigen kommt, wird manchem kein Zahn mehr wehe tun.«

Sophie klingelt nach dem Kammerdiener, der ihr Schreibbrett und Tinte abnimmt, und läßt Hofmarschall Galli kommen, um den Tagesablauf zu besprechen. Der Kurfürst ist mit Prinz Max vor Tau und Tag zur Jagd; nachmittags erwartet ihn die Platen mit den Damen ihrer Entourage an der Anderter Wiese zu einem Diner im Freien. Sophie nimmt die Mitteilung ohne größere Gemütsbewegung zur Kenntnis. Hat sie nicht seit ihrer Kindheit die Affekte des Herzens nach den Ratschlägen des Verstandes zu regeln gewußt? Da schon ihre Mutter ihre Hunde mehr liebte als ihre Kinder, fand sie sich mit dem Brauttausch der welfischen Brüder ebenso ab wie mit dem Verhältnis ihres Eheherrn zu dem ehrgeizigen Kammerfräulein von Meysenbug, spätere Gräfin Platen, wenngleich dieses die dickste Kröte war, die sie in jungen Jahren zu schlucken hatte. Am Vormittag wird die Kurprinzessin ihre Aufwartung machen, alsdann ein Spaziergang mit kleinem Gefolge; abends Vorstellung im Heckentheater. Zufrieden löffelt die Kurfürstin ihre Morgensuppe. Ein ganzer Tag im Garten liegt vor ihr. Ihre Tochter will sie mit aller Gewalt nach Berlin haben; aber sie wird diesen Platz, der ihr das Leben bedeutet, so bald nicht verlassen.

Als die Kurprinzessin gemeldet wird, ist Sophie in einem bequemen Gartenkleid und Schuhen mit breiten Absätzen fertig zum Ausgehen.

»Da schön Wetter ist, spaziere ich lieber, als hier zu sitzen«, empfängt sie die Schwiegertochter, die viel zu elegant gekleidet ist. »Wer mir aufwartet, muß auch spazieren.«

Mit der Knesebeck, der Hofmeisterin Sacetot und dem Hoffräulein von Birkenfeld im Gefolge begrüßt sie den Hofdichter Mauro, Hofrat Leibniz und den Abbate Montalban, die bereits in den Vorzimmern warten. Im Schloßhof schließen sich La Croix und Charbonnier an. Gut gelaunt setzt sich die Kurfürstin an die Spitze des kleinen Zuges. Am gemauerten Halbrund der großen Kaskade, die ihr Wasser in vier rauschenden Bächen über bizarre Muschelbecken in ein flaches Bassin schickt, macht sie die erste Station. Der Fontänenmeister wird beauftragt zu prüfen, warum die Goldfische nach jedem Sommer ihre Farbe verlieren und grau wie Heringe aussehen. Vom Fuß der Kaskade führt eine Treppe auf die mit Statuen besetzte Balustrade. Von dem erhöhten Standpunkt ist der Garten bis zu den Fischteichen zu überblicken. Mannigfaltig und doch vollkommen geordnet liegt er unter dem wolkenlosen, azurblauen Himmel. Die Sonne steht fast im Zenit. Taxuspyramiden und Bildwerke werfen kaum Schatten. Die schnurgraden Wege und beschnittenen Hecken laufen auf einen imaginären Punkt am Horizont zu, wodurch die Illusion von Tiefe und Weite entsteht.

»Die schönste Harmonie von der Welt«, seufzt die Kurfürstin, »ich gäbe meine teuerste Tour Perlen, wenn Gott diesen Platz, den er mir beschert, noch lange erhält.« Sie denkt bei ihrem Stoßseufzer an den Garten ihrer Kindheit in Heidelberg, den die Franzosen im Mai zum zweiten Mal schrecklich verheerten.

»Die Gärten der Hesperiden, wo, von den Töchtern des Atlas bewacht, goldene Äpfel wuchsen, können nicht schöner gewesen sein«, säuselt Hofpoet Mauro. Er ist Priester, der wie Montalban von seinem geistlichen Stand keinen Gebrauch macht; anders als Don Nicolo jedoch von milder, heller Gemütsart, die sich gerne in blumige Reden ergießt.

»Das Paradies der Türken muß noch viel schöner sein«, wirft Don Nicolo ein, »dort fließen Milch und Honig, Wein, der nicht trunken, und Wasser, das unsterblich macht. Es sollen darin aber auch die schönsten Jungfrauen auf die Gerechten warten.«

»Warum zögern Sie dann nur eine Sekunde, die islamische Religion anzunehmen?« stichelt die Sacetot.

»Weil *Monsieur notre Abbé* weiß, daß nur die Gerechten in diesen Garten Eden kommen«, antwortet Mauro für Montalban.

Die Damen gackern, die Herren meckern vergnügt. Trotz seiner grotesken Figur ist Don Nicolo ein Weiberheld. Jeder kennt die Geschichte von der kleinen Pension, die der Kurfürst ihm unter der Bedingung aussetzte, daß er sich auf dem Weg der Ehrbarkeit halten und seiner Familie nicht zum Schimpf wandeln werde. Don Nicolo stimmt notgedrungen in das Gelächter ein, denn auch die Kurfürstin zeigt sich erheitert. Vergnügt führt sie ihre Schar zum Orangenparterre hinter der Kaskade, wo in verzierten Kübeln die Lorbeer-, Orangen- und Pomeranzenbäume aufgestellt sind. Eine intime, mediterrane Atmosphäre herrscht in dem sonnendurchwärmten, von dunkelgrünen Thujen umgebenen Heckenquartier. Es riecht aromatisch; Grillen sägen ihr gleichförmiges Lied. Spanischer Ginster, Oleander, Lavendel und Myrten blühen. Die Yucca Gloriosa recken ihre fleischig-stachligen Blattscheide. Da Sophie es schätzt, viele botanische Kostbarkeiten zu besitzen, ist Charbonnier ständig bemüht, möglichst ausgefallene Pflanzen heranzuschaffen. Leider arten die meisten nicht. Die große Aloe ist verfault; von der Handvoll spanischer Melonenkerne, die er dem cellischen Hoffaktor Stecchinelli für dreißig Taler abhandelte, sind nur zwei angegangen. Dafür gedeiht das Prunkstück der Kurfürstin, ein Granatapfelbaum, der vor vierzig Jahren aus Venedig kam, umso prächtiger. Über und über mit feuerroten, duftenden Blüten an rötlichen Stengeln behangen, steht er, von einem vergoldeten Gitter umgeben, in der Mitte des Orangenparterres.

Da eben der Hofbauschreiber mit einigen italienischen Baukünstlern, die der Kurfürst zahlreich beschäftigt, aus der Galerie tritt, läßt sich die Kurfürstin die Pläne für den bevorstehenden Neubau der Orangerie erläutern. Mauro und Montalban bleiben mit den Damen an dem blühenden Baum zurück. Ehe die Birkenfeld es ihm verwehren kann, bricht Don Nicolo einen Zweig und fällt vor der Prinzessin ins Knie: »Der scharlachrote Brand / der Blüten für und für / gewunden um die Hand / in Rom der Bräute Zier.«

Seine schwarzen Augen glitzern unter der dicht an die Brauen reichenden Perücke. Die Prinzessin erschrickt, bringt aber geistesgegenwärtig hervor: »Seigneur Hortense, Sie bekommen Konkurrenz!«

»Apollon ist nicht nachzuahmen!« ruft Mauro launig und fällt seinerseits auf ein Knie: »Von Gottes Lieb' durchdrungen / da ist des Apfels Schal' / freiwillig aufgesprungen / von großer Samen-Zahl. – Wer nur des Brands gedenket, / der ist ein armer Tor. / Aus dem was Gott geschenket, / sprießt ihm kein' Frucht hervor.«

Die Knesebeck und die Birkenfeld klatschen heftig Beifall; die Hofmeisterin pflückt zwei Zweige von einem der Lorbeerbäume und steckt sie dem Hofpoeten in die Perücke.

»Ein drittes Mal besiegt Ihr mich nicht, Maestro!« verkündet Montalban. Es soll scherzhaft klingen, aber er schlägt sich mit den Handschuhen so vehement den Sand von den Beinkleidern, daß niemandem die darin enthaltene Drohung entgeht.

Die Kurfürstin hat das Kolloquium mit dem Hofbauschreiber beendet und strebt auf die Pforte zu. Munter schreitet sie aus, läßt das Gartentheater links liegen und biegt in die Wege zwischen den buchsbaumumrahmten Beeten im Luststück ein.

»Ich wäre schon diese Woche nach Herrenhausen übergesiedelt«, wendet sich Sophie Dorothea an ihre Schwiegermutter, mit der sie auf ihren hohen Absätzen kaum Schritt halten kann, »aber es ist mir ganz unmöglich, mich in die Nachbarschaft von Maxel zu begeben.«

»Wenn Maxel sich rüpelhaft aufführt und zuviel Lärm macht, so lassen Sie Ihr Bett in Ihr Vorzimmer stellen«, rät die Kurfürstin.

»Mehr als den Lärm fürchte ich seine Nachstellungen«, wendet die Prinzessin ein; »die Astlöcher, die ich im Frühjahr schließen ließ, sind wieder geöffnet und noch einige neue hinzugekommen. Ihr Sohn belauert mich wie ein verliebter Hund; beim letzten Abschied hat der Unverschämte mir sogar die Zunge in den Mund gesteckt.«

»Sie fürchten, daß er Ihnen zu nahe tritt?« lacht die Kurfürstin ungläubig.

»Er hat es getan, und er wird es wieder tun. Meine Kammern sind nur durch eine Tür von den seinen getrennt.«

»Die Tür können Sie verschließen und die Astlöcher verkleben, es liegt ganz bei Ihnen. Und daß er Ihnen etwas antut, halte ich, mit Verlaub, für lächerlich. Also kommen Sie, wann Sie mögen; es hängt ganz von Ihnen ab.«

Die Kurfürstin winkt La Croix an ihre Seite, da die Gesellschaft am Bassin der Fontäne angelangt ist. Das Häufchen Wasser in der Mitte gluckst und wallt noch genauso kraftlos wie am frühen Morgen.

»Die Röhren, die vom Benther Berg herkommen, verlieren zuviel Wasser«, stammelt der Fontänenmeister verlegen angesichts des mümmelnden Wässerleins, »diese Mängel der Kammer anzuzeigen, habe ich niemals versäumt; aber ihnen abzuhelfen, ist niemand imstande.«

Hofrat Leibniz scharrt etwas Kies beseite und zeichnet einige Linien, einen Kreis und zwei Rechtecke in den Sand. Neugierig tritt die Kurfürstin näher.

»Dies ist der Leinefluß, dieses *le grand Jardin*«, erläutert der Gelehrte. »Wenn man einen Kanal macht bis dicht an den Garten und ein Schöpfrad erbaut, dann könnte man das Wasser auf ein Gerenne heben, das auf Stelzen steht, und es bis zu den zwei Wasserbehältern führen, wo jetzo die Leitung vom Benther Berg anlangt.«

»Ingeniös!« ruft Charbonnier. »Endlich ein erfinderischer Gedanke! Sie erhalten mir die Ansicht, daß die Welt immer perfekter werden kann!«

Leibniz verneigt sich, dankbar für die Anerkennung; ein solches Lob erhält er in Hannover nicht alle Tage.

»Und Sie glauben wirklich, so könnte man die Wasserkunst das Springen lehren?« fragt die Knesebeck skeptisch, da La Croix bereits der dritte Fontänenmeister ist, der sich darum bemüht.

»Es kommt auf einen Versuch an«, antwortet der Hofrat eifrig, »man muß es nur richtig anzugreifen wissen und keine Mühe scheuen, nachgehends wird es die Erfahrung lehren«.

»Die Lehren dieser Dame zu beherzigen, ist nicht leicht«, wirft die Sacetot ein, »denn wer nicht klug wird von ihnen, wird bitter.«

»Ich hätte wohl bitter werden können«, entgegnet Leibniz ernsthaft, »da die Versuche, die Gruben auf dem Oberharz zu entwässern, allesamt fehlgeschlagen sind. Aber das Schwere zu tun ist schön, daher bin ich im Begriff, es noch einmal zu probieren«.

Den jungen Damen tun die Füße weh, auch hält sich ihr Interesse an der Fördertechnik im Oberharz in Grenzen. »Ich gehe euch alle müde auf meine alten Tage«, lacht die Kurfürstin, verspricht aber eine Pause und führt ihr Gefolge an den spiegelnden Wasserflächen des *Parterre d'eau* vorbei zur kleinen Kaskade. Vor dem Bassin ist eine Tafel aufgeschlagen: im Licht- und Schattenspiel der Bäume glänzen Silberteller, geschliffene Weinkaraffen funkeln. Das Sprudeln der Wasserstrahlen, die Tritonen und Delphine aus den bemoosten Nischen in das flache Becken speien, gibt die schönste Tafelmusik.

»*Il paradiso!*« ruft Montalban entzückt, nachdem die Stühle gesetzt und die Schüsseln auftragen sind.

»Da Jungfrauen nicht zu haben sind, müssen Sie mit gebratenen Tauben vorlieb nehmen«, lacht die Kurfürstin und erhebt ihr Glas.

»Was die Jungfrauen angeht«, tut der Spaßmacher, in der Linken ein Täubchen, in der Rechten sein Glas, ihr galant Bescheid, »kann ich Eure Kurfürstliche Hoheit kaum glauben, da Sie bereits manche Ehe gestiftet hat; was die Tauben angeht, so fresse ich sie vor Lieb' auf, denn sie fliegen meiner geringen Wenigkeit durch Eure Güte von selbst in den Mund.«

Während man unter weiteren Scherz- und Wechselreden schmaust und etliche Karaffen des Neufchâteler Weines leert, wünscht die Prinzessin das Ende der Tafel herbei. In den Bäumen regt sich kein Hauch, als hätte Zephir das Atmen vergessen. Die Fröhlichkeit der Tafelrunde erscheint ihr gekünstelt; etwas Beklemmendes liegt in der Luft. Ängstlich beobachtet sie, wie Montalban die Knöchelchen hinter sich in den Sand wirft und sie dabei jedesmal bedeutungsvoll anblickt. Auf dem Rückweg schiebt er sich unauffällig neben die Knesebeck, die mit dem Fontänenmeister am Schluß des Gefolges geht. Ob sie nicht auch schon häufig gedacht, wasmaßen das Frauenzimmer im Allgemeinen die bessere Hälfte der Menschheit sei, fragt er das Hoffräulein. Ohne eine Antwort abzuwarten, beginnt er eine umständliche Geschichte, woran ihm diese Wahrheit wieder so recht aufgegangen sei.

»In London liebte ein Edelmann, dessen viel gerühmten Namen ich lieber nicht nenne, der Ihnen aber wohl bekannt ist, eine verheiratete Lady namens Ogle, spätere Herzogin Somerset. Sie schrieben sich Briefe und trafen sich *en secret,* bis die Leidenschaft es dem Ihnen Bekannten verhängte, den Ehegemahl der Dame, einen gewissen Thomas Thynne, ein fetter Kapaun und wegen seines Einkommens Tom of ten Thousand genannt, auf die Seite zu schaffen. Das Aufsehen war ungeheuer, als drei gedungene Banditen den Lord auf offener Straße erschlugen. Unser Edelmann kam aber nicht in den Besitz seines Täubchens, denn nachdem die Täter dingfest gemacht und bald darauf baumelten, saß auch der verliebte Anstifter in Haft. Er trüge heute den Kopf wohl nicht mehr so stolz, wenn er nicht Untertan des schwedischen Königs gewesen und auf dessen Verwendung freigelassen worden wäre.«

Die Knesebeck ahnt, auf wen das Geschwätz des intriganten Menschen gemünzt ist und verlangsamt ihre Schritte, um außer Hörweite der Prinzessin zu gelangen. Don Nicolo fährt umso lauter fort: »Unser Edelmann aber ging nach Paris, und, denken Sie nur, es folgte ihm eine Dame in Pagenkleidern, aber nicht Lady Ogle, sondern Lady Southampton, seine andere Liebe. Was aus ihr geworden ist, weiß man nicht; aber sie gebar eine Tochter, und dieses Fräulein, eine gewisse Demoiselle Dorothée de Hollande, bettelt noch heute um ihren Unterhalt, da Fußfälle und Prozesse nichts verfangen, denn dieser Herr denkt nur an sich selbst. Nun sagen Sie mir, würde eine Frauensperson zu solchen Schlechtigkeiten fähig sein?«

Die Antwort der Knesebeck erübrigt sich. »Ich verabscheue Sie! Sie sind ein verleumderisches Ungeheuer!« zischt Signore Hortensio Don Nicolo entgegen.

»Da haben Sie es! Er verachtet mich! Ich bin ein Verleumder«, zetert Montalban.

»Sie sind ein Abschaum. Eine Null, null, rien, nichts. Niente. *Una cosa da niente!*« stößt der Hofdichter, empört über das abgefeimte Spiel des Landsmanns, hervor.

»Und Sie«, kitzelt ihn Montalban, »sind kein Dichter, sondern ein krakeliger Mensch, ohne Genie und Invention!«

»Beleidigen Sie mich, wenn es Ihnen Spaß macht«, versetzt Mauro und legt die Hand auf den Degen, »aber das Heiligste zu besudeln, erlaube ich Ihnen nicht!«

»Heraus mit der Sprache! *Expliquez-Vous!* Das Heiligste? Was ist das? Erklären Sie es mir! Wenn Sie die Liebe meinen, sollten wir das Gespräch unbedingt fortsetzen«, höhnt Montalban.

»Am besten mit dem Degen«, erwidert der Dichter, spuckt Don Nicolo vor die Füße und nimmt die Prinzessin am Arm, die angstvoll auf jedes Wort Montalbans gelauscht hat.

»Es war sein Bruder Karl Johann!« sagt Mauro bestimmt und so laut, daß auch Montalban es hören muß. »Graf Königsmarck hatte mit der Intrigue nicht das Geringste zu tun, aber er ging, da der ältere Bruder ausgewiesen wurde, mit ihm von London nach Paris. Nach seinem Tod auf dem Peloponnes wandte Mademoiselle de Hollande sich aus dem Kloster bei Paris, in dem sie lebt, hilfesuchend an den jüngeren Bruder.« Um der Prinzessin weitere Fragen zu dem heiklen Thema zu ersparen, setzt er hinzu: »Ich habe diese Details aus derselben Quelle wie unser falscher Priester, denn ich war dabei, als sich kürzlich die Gräfin Platen dieser Kenntnisse rühmte.«

Sophie Dorothea atmet auf. Dankbar drückt sie dem Dichter die Hand und hätte ihn umarmt, wenn im Schloßhof nicht schon die Kurfürstin mit dem Rest der Gesellschaft wartete, um sich auf ihre Gemächer begleiten zu lassen. Beruhigend nickt Mauro der Prinzessin zu; am Abend sieht man sich wieder. Bis dahin ist von Montalban nichts zu befürchten.

»Dunnerslag, disse Föötpedden! Wat möten de Herrschapten so veel rümmerrennen! Brrh!« Jobst zügelt das Pferd und wischt sich den Schweiß aus dem Nacken. In der Mittagshitze rührt sich kein Hauch; der Garten liegt ruhig, fast wie ausgestorben. Umständlich stellt der Knecht seine Holzpantinen an den Steinrand des Fischteichs und taucht die Füße ins Wasser. Zwei Libellen zukken vorbei, stehen sirrend über einer geöffneten Teichrose und gleiten über die spiegelnde Fläche davon.

»De Kohsteerts weten ok, wo dat köhlig is; na, op'n Abend ward dat köhler«, denkt der Knecht. »Ob se op mi tövt? Seggt het se dat. Nu möt se eer Verspreeken blot noch inholn.«

Vom Garten her nähern sich Stimmen. Jobst springt auf und linst durch die Büsche. Zwei Damen mit Sonnenschirmen kommen den Weg neben dem Luststück entlang. Vor den Teichen sehen sie sich um und biegen in den Laubengang ein, der zum Irrgarten führt. Jobst steckt die Füße wieder ins Wasser und macht sich lang.

Zwischen den akkurat gestutzten Hainbuchen, die das ganz aus Hecken bestehende Labyrinth umgeben, herrscht angenehme Kühle. Die Knesebeck klappt ihren Sonnenschirm zu und lauscht auf die Geräusche, die aus dem Garten kommen. Außer dem Gurren der Tauben und dem Summen der Bienen, die die Blüten am Sockel des steinernen Fauns anfliegen, ist nichts zu vernehmen. Die Prinzessin sucht unterdessen, zwischen den mannshohen Blätterwänden in das Zentrum des Irrgartens zu gelangen. Obwohl ihr der Weg seit langem vertraut ist, verläuft sie sich in den Sackgassen des verschachtelten Heckenquartiers und muß umkehren, bevor sie die hölzerne Laube, die den Mittelpunkt der Anlage bildet, erreicht. Auf Zehenspitzen schleicht sie über den Sand und streckt die Hände durch die Holzlatten der Laube.

»Vous-êtes arreté!«

»Vous aussi!« Königsmarck, der sie kommen gehört hat, hält ihre Handgelenke fest.

»Und wer befreit uns?«

»Niemand! Oder wollen Sie von mir befreit sein?«

Die Prinzessin fühlt seine Lippen in ihren Handflächen, läuft zum Eingang des Pavillons und fällt ihm in die Arme. Sie tastet nach seinen Schultern, Hüften und Schenkeln und nach dem *Prisonnier*, der sich mächtig mausig macht. *»Ah, mon cher Königsmarck!«* Die anderthalb Tage, die seit dem ersten Treffen nach seiner Ankunft vergangen sind, erscheinen ihr wie eine Ewigkeit. »Kommen Sie.« Sie zieht ihn an der Hand in das schattige Innere des Pavillons und setzt sich auf seine Knie. Das Karessieren, Küssen und Seufzen dauert jedoch keine zehn Minuten, als die Prinzessin erstarrt.

»Entendez!«

Etwas flattert wild in den Büschen, ein Knurren ist zu hören, dann ein Schrei. Mit zwei Sätzen ist Königsmarck aus der Laube und in dem rechten Heckenausgang, aus dem das Geräusch kommt. Sophie Dorothea blickt ihm nach. Sie glaubt zu träumen, als an der Stelle, wo eben der Graf verschwand, ein Fuchs steht. Er hat eine Taube im Fang. Ein rotes Rinnsal läuft über die Halsfedern und den schlaff zu Boden hängenden Kopf. Seelenruhig, die buschige Rute gereckt, trabt er um die Laube herum. Bevor er im linken Ausgang des Geheges verschwindet, leuchten der rote Pelz und die weißen Hosen in der Nachmittagssonne auf.

»Haben Sie ihn gesehen?« fragt die Prinzessin den Grafen, der unmittelbar darauf wieder erscheint.

»Den Räuber nicht, nur den Tatort«, lacht Königsmarck und zeigt ihr ein blutiges Federchen.

»Ich glaube, ich habe heute von Tauben, Räubern und blutrünstigen Geschichten genug«, klagt die Prinzessin, als sie den Pavillon wieder betreten. Sie berichtet, was Montalban sich erlaubt hat, und muß, da Königsmarck vor Empörung schäumt, all ihre Überredungskunst aufbieten, um ihn von unüberlegten Schritten abzuhalten.

»Sie gewinnen nichts, wenn Sie ihn fordern«, beharrt sie. »Sie würden uns nur verraten. Zu diesem Zweck hat er diese Geschichte erzählt! So begreifen Sie doch! Und da sie zudem von der Platen stammt, so hat sie es darauf angelegt, Sie herauszufordern!«

»Man sollte das Ungetüm einfach ersäufen!« schnaubt Königsmarck. »Und nicht nur diesen Abate, sondern diese ganze Italienerbande! Betrüger und Verführer! Sehen wie Menschen aus und haben doch Tigerherzen!«

»Bis auf einen«, wendet die Prinzessin ein, »Hortensio Mauro hat seinem Landsmann kräftig Bescheid getan.«

»Er wird nicht verfehlen, eine Gunst dafür von Ihnen zu fordern, sowie ich fort bin; und Sie werden nicht anstehen, sie ihm zu gewähren!«

»Was für ein lächerlicher Unsinn, Königsmarck. Sie verdächtigen einen Unschuldigen, *comme d'habitude*. Er ist sechzig! Was soll er fordern? Aber wäre es nicht recht und billig, ihm meine Dankbarkeit zu bezeugen, da er sich auf meine Seite geschlagen hat?«

»Sie werden sicher bereits wissen wie!«

Die Prinzessin zuckt zusammen, als hätte sie einen Schlag erhalten. Ihr ist zum Heulen zumute. Sie beherrscht sich jedoch und sagt: »Ich bedaure Sie aus vollem Herzen, daß Sie so sind, wie Sie sind. Wenn ich ein Mittel wüßte, um Sie von Ihrer krankhaften Eifersucht zu heilen, ich glaube, ich würde Jahre meines Lebens dafür hingeben. Aber ich muß die Hoffnung fahren lassen, es ist stärker als Sie und Ihre Einbildungen werden dazu führen, Ihre Liebe zu zerstören. Sie kann unmöglich dauern, wenn Sie weiter so über mich denken!«

Königsmarck verwünscht sich für seine Worte, aber er ist unfähig, sie zurückzunehmen.

»Sie kaltsinniger, eingebildeter *Cocu*!« ruft die Prinzessin, nimmt ihn an den Schultern und rüttelt ihn. Königsmarck rührt sich noch immer nicht, er sitzt da wie versteinert. Mit einer wegwerfenden Geste wechselt er das Thema: »Ah, *ce diable de guerre,* der Marschbefehl ist da. Das Regiment geht nach Lüneburg. Meine Leute rüsten bereits die Equipage. Montag muß ich Hannover verlassen. Sehe ich Sie vorher?«

Sophie Dorothea ist die Stimmung gründlich verdorben. Ohne auf seine Frage einzugehen, berichtet sie, was ihr die Kurfürstin wegen Prinz Max geantwortet hat.

»Daran sehen Sie ihre wahre Gesinnung Ihnen gegenüber«, sagt Königsmarck finster, »es ist ihr völlig gleichgültig, was mit Ihnen passiert. Wenn der Kurfürst an die Elbe geht, wird sie einen Haufen Leute nach Herrenhausen kommen lassen, und ich wette, sie wird gleichmütig zuschauen, wenn Montalban, Ballati und diese ganze Bande ihre schmutzigen Finger nach Ihnen ausstrecken. Das Gift soll ihnen fleckweise ausschlagen!«

Sophie Dorothea erwidert nichts mehr. Obwohl auch sie sich vor den Nachstellungen Maxels fürchtet, sind die Phantasien des Grafen der reine Aberwitz. Da sie keine Hoffnung mehr hat, aus der augenblicklichen Mißstimmung herauszufinden, sagt sie: »Ich fürchte, man wird meine Abwesenheit im Schloß bemerken, wenn ich länger fortbleibe.«

»Sie bitten mich zu gehen? Sie schicken mich fort?«

Vom Garten tönen die ersten Takte der *Folies d'Espagne* herüber.

»Das vereinbarte Zeichen! Gehen Sie! Schnell!«

»Verzeihen Sie meine Tollheit.«

Königsmarck fällt auf die Knie. Hastig drückt er die Hände der Geliebten an die Lippen; dann macht er sich durch die Heckengänge davon. Bedrückt kehrt Sophie Dorothea zum Ausgang des Irrgartens zurück. Mit einer Handbewegung signalisiert die Knesebeck ihr schon von weitem Entwarnung. Als sie den Laubengang passieren, zeigt sie auf den Knecht, der vor dem Lindenstück das Pferd wendet: »Ich hörte Schritte, es war aber nur Jobst mit der Walze.«

Die Sonne beendet ihren Lauf. Ein brandiges Abendrot hinterlassend, versinkt sie westlich vom Schloß hinter Pappeln und Weiden in der Leinemasch. Mit der Dämmerung ziehen die Sterne herauf, und auch im Großen Garten wird illuminiert. Im Gartentheater, das ganz aus beschnittenen Büschen besteht, läßt Châteauneuf, der Prinzipal der Schauspielertruppe, Fackeln und Kerzenbäume aufpflanzen. In die Kulissen aus lebenden Hecken werden farbige Windlichter gesetzt. Als der Hof das Zuschauerrund betritt, erstrahlt der Theaterbusch in feenhafter Beleuchtung. Ein leichter Abendwind bewegt die unzähligen Flämmchen. Während des Eingangsballetts scheinen die vergoldeten Statuen der Bühnendekoration mitzutanzen.

»*Maestoso!*« flüstert Hortensio Mauro dem Prinzipal zu.

»Warten Sie mit dem Beifall lieber bis nach der Komödie«, wehrt dieser ab, »wir haben sie nämlich zuletzt im Karneval gespielt.«

Seine Besorgnis ist jedoch ganz unbegründet. Mit dem Stück »*Le Jaloux*« hat er für diesen Sommerabend genau das Richtige getroffen. Amüsiert geht das Publikum mit, als Floramunde und ihre Vertraute den Eifersüchtigen in vertauschten Rollen erst verführen und dann zum eingebildeten Hahnrei machen, um ihm seine lächerlichen Leiden und maßlosen Leidenschaften auszutreiben. Auch der Kurfürst ist sichtbar angetan. Da er ab und zu lacht, zeigt das Gefolge helle Begeisterung, sodaß Châteauneuf sich nach dem Ballett-Finale über mangelnden Applaus nicht zu beklagen braucht.

Während der Theaterbusch sich leert, bleibt Königsmarck, der dem Spiel mit finsterer Miene gefolgt ist, zurück. Die Prinzessin würdigte ihn den ganzen Abend nicht eines einzigen Blicks; zudem schien das miserable Stück sie ausnehmend zu erheitern.

Mißmutig schlendert Königsmarck zum Heckenfoyer hinüber, als plötzlich die Knesebeck neben ihm auftaucht. Hastig steckt sie ihm ein Billet zu und verschwindet wieder im Dunkel des Seitenwegs.

»Ich kann Ihnen nicht länger böse sein. Kommen Sie und lassen Sie mich nicht warten. Ich sterbe vor Sehnsucht«, entziffert der Graf, macht auf dem Absatz kehrt und sucht mit langen Schritten Anschluß an das Gefolge des Kurfürsten, das sich heiter plaudernd zum Nachtessen ins Schloß begibt.

»Ein solches Schauspiel ist ebenso wie die Oper ein sehr wohl erfundenes Mittel, das menschliche Gemüt zu bewegen und zu rühren«, stellt Hortensio Mauro befriedigt fest, nachdem der Beifall verrauscht ist.

»Sie nehmen mir das Wort von der Zunge, verehrtester Meister«, pflichtet Hofrat Leibniz bei. »Indem die nachdrücklichen Einfälle, das zierliche Wort, die artige Reimbindung, die künstlichen Bewegungen und die herrliche Musik zusammenkommen, vergnügen sie die innerlichen als auch die beiden oberen äußerlichen Sinne, die dem Gemüt vornehmlich dienen.«

Der Dichter und der Gelehrte eilen neben der Kurfürstin her, die sich nach dem langen Sitzen in der lauen Nachtluft ein wenig die Beine vertreten will und auch im Dunkeln läuft wie eine Wachtel.

»Ich habe in der Komödie brav gelacht«, erwidert sie und horcht dabei auf den Schlag der Nachtigallen, der von allen Seiten aus den Gebüschen schallt, »aber der Gesang dieser Vögel erscheint mir schöner als alles andere. Das ewige Spiel der Leidenschaften, ob auf dem Theater oder in der Welt, ermüdet. Ich sehe daran, daß es nichts Neues gibt unter dem Himmel; nur die Schauspieler, die vor dem lieben Gott Komödie spielen, sind immer andere.«

Leibniz, dem soviel Quieszenz ganz und gar zuwiderläuft, entgegnet: »Das Schauspiel ist aber wie die Beredsamkeit zu guten wie zu bösen Zwecken zu gebrauchen. Es kann den Menschen zu Geilheit, Rachgier, Hochmut reizen und auch zu Tugend, Beständigkeit, wahrer Ehre und ungefärbter Frömmigkeit ermuntern. Daher dergleichen Schauspiele im gemeinen Wesen als ein kräftiges Instrument zur Regierung des gemeinen Mannes zu verwenden wären und zu diesem Ende mehr genutzt werden sollten.«

Die Kurfürstin lacht und verlangsamt ihren Schritt, da dem gelehrten Projektemacher und Weltverbesserer der Atem schon etwas kurz geht. »Ich bezweifle ja nicht, daß der gemeine Mann und die Welt überhaupt der Verbesserung bedürfen, wohl aber, ob dies durch irgendetwas, seien es gute Ratschläge oder Theaterstücke, zu bewerkstelligen ist.«

Hortensio Mauro, der bis jetzt geschwiegen und den Glühwürmchen nachgeschaut hat, muß nun doch für sein Metier eine Lanze brechen. Ob sie ihm darin nicht wenigstens zustimme, fragt er die Kurfürstin, daß es ganz unsinnig sei, wenn die Herren Pfaffen gegen die Komödien wettern. Denn erstlich seien die Komödianten arme Teufel, die ihr Leben dadurch gewinnen, zum anderen aber mache die Komödie Freude.

»Freude gibt Gesundheit und Stärke«, fährt er eifrig fort, »Stärke macht besser arbeiten, also sollten sie es mehr gebieten als verbieten. Aber da sie nicht weiter als ihre Nase sehen, begreifen sie nicht, daß der gemeinen Leute Geld in den Komödien nicht übel angelegt ist.«

»Soviel gelehrte Dispute auf den leeren Magen sind zu schwere Kost«, versetzt die Kurfürstin, »im Saal ist angerichtet.« Sie bleibt stehen und schaut in den Sternenhimmel: »Die Welt ist wie sie ist; ich nehme Gut und Böse mit demselben Gesicht und wie Ebbe und Flut, wofür auch noch niemand den Grund weiß.«

Die Tür zum Küchengang fällt ins Schloß. Jobst schultert seinen Beutel und läuft an den schwarzen Umrissen der Kugellinden entlang zum Seitentor. Während er auf Herrenhausen zugeht, haut ihm bei jedem Schritt der Beutel auf den Rücken.

»Klopp du man«, denkt er, »dien Kloppen kann ik aff.«

Der Küchschreiber hat ihm reichlich vom Tafelabhub eingepackt; zwei Täubchen, eine Kalbskeule, dazu Weißbrot und Äpfel. Der Knecht guckt zum Himmel; fast Mitternacht. »Ob se op mi tövt?« Unter den Bäumen am Dorfeingang ist eine Gestalt zu erkennen.

»Na, oln Butz-Batz? Ik dacht schon, du lettst mi sitten.«

»Nee, worüm?«

Jobst und Ilsabe setzen sich auf den Rand des Pferdekumpens. Jobst knüppert den Beutel auf, holt die Täubchen und zwei Äpfel heraus.

»Ih«, sagt Ilsabe, »Spies ut dat Paradies! Du hest dat good, jedeen Dag in den scheunen Gaarn!«

»Töw man«, erwidert Jobst, »in dit Paradies is dat ok nich beter as allerwegens. Binnen or buten, Lewen is Klütenkloppen.«

Wortlos verzehren sie das Mitgebrachte; der Brunnen plätschert und unter dem Steintrog jiept ein Heimchen.

»De Käwer singt sien drönig Leed«, sagt Ilsabe, »mi ward orntlich fierlich tomoot.«

»Mi ok«, sagt der Knecht. Er sieht den Sternschnuppen nach, dann holt er tief Luft: »Willst mi hebben?«

»Wenn du mich nimmst. Worüm nich«, spricht die Magd.

* * *

Anfang August rückt der dänische König, da er der schleppenden Verhandlungen in Hamburg müde ist, mit einer Streitmacht von 12 000 Mann an die Grenzen des Herzogtums Lauenburg vor. Für Ernst August und Georg Wilhelm wird es nun höchste Zeit, ihre schwachen Kräfte an der Elbe zu sammeln. Außer Königsmarcks Regiment sind es einige Kompanien cellischer Dragoner und etwas Infanterie, die durch Ausschösser verstärkt ist. Insgesamt kann Feldmarschall Podewils nur 3 000 Mann aufbieten.

Am Montag, den 7. August abends, stehen acht dänische Regimenter zu Pferde nördlich der Elbe bei dem Flecken Schwarzenbek, 4000 Reiter und Fußvolk westlich des Landstädtchens Mölln am Lütjensee, der Rest an der Straße von Oldesloe nach Ratzeburg. Das mächtige Lübeck muß die Fahrt auf dem Stecknitzkanal für den Transport der Artillerie freigeben. Bis auf die Feste Ratzeburg ist das Herzogtum damit besetzt.

Die Herzöge nehmen ihr Hauptquartier in Lüneburg. Feldmarschall Podewils bringt seine Truppen am Südufer der Elbe von Winsen über Bleckede bis Hitzacker in Position. Aber wie dünn ist die Linie der Verteidiger! Bei einem Angriff der Dänen ist die sechzig Kilometer lange Uferstellung nicht zu halten. Zudem führt die Elbe so wenig Wasser wie seit Menschengedenken nicht.

»Ihr Mausköpf, wo bleibt Ihr so lange!« schallt es herüber, als die ersten Truppen auf dem Südufer erscheinen. »Was ist's, wollt Ihr Euch Ohrfeigen abholen?« rufen die Königsmarckdragoner zurück. Der Regimentsstab schlägt sein Quartier in Artlenburg auf; Königsmarck läßt zur Vorsicht sämtliche Boote, Kähne und alles Floßholz kassieren. In den nächsten Tagen kommt er nicht aus dem Sattel, da er jede Minute galoppieren muß, um seinen Frontabschnitt einzurichten.

Während an der Elbfront gespannte Ruhe herrscht, geht über Ratzeburg das furchtbarste Donnerwetter nieder. Am Montag, den 21. August, eröffnet Feldmarschall von Wedel das Bombardement. Um sechs Uhr morgens steigen drei Raketen über dem See auf. Sie sind kaum verglüht, als auf den Höhen rund um den See die Mörser losgehen. Unter unbeschreiblichem Krachen werfen sie Brandkugeln auf die unglückliche Stadt. Die Domstraße brennt als erste, dann das Rathaus und die Pfaffengasse. Durch das unaufhörliche Einwerfen der Karkassen und Feuerkugeln ist die Stadt, obwohl die Strohdächer geräumt, mit Erde und Mist bedeckt sind, alsbald ein einziges Feuermeer. Wer sich nicht rechtzeitig in den Dom oder in die Kasematten in Sicherheit gebracht hat, ist verloren. Am Abend bietet sich ein elender Anblick. Die Stadt ist bis auf den Grund abgebrannt. Aus den glühenden Resten erheben sich die gemauerten Kamine wie ein Wald aus steinernen Stümpfen. Durchschossen, aber wie durch ein Wunder verschont, die Stadtkirche und vier Steinhäuser; alles andere liegt in Schutt und Asche.

Die Besatzung hat während des ganzen Tages aus allen Rohren zurückgeschossen, und da die Bollwerke trotz des Feuers und der gewaltigen Schießerei kaum Schaden genommen, setzen beide Seiten das Kanonieren am nächsten Tag mit unvermindertem Eifer fort. General Boisdavid wundert sich, warum die Dänen nicht stürmen. Feldmarschall von Wedel hat jedoch, was der General nicht wissen kann, einen Gichtanfall. Am dritten Tag wird Waffenruhe vereinbart, am vierten schickt der dänische König einen Parlamentär nach Lüneburg. Königsmarck, der bisher wegen des Mangels an Offizieren alle Hände voll zu tun hatte, hat wieder Zeit zum Schreiben.

»Artlenburg, den 24. August 1693 – In diesem Augenblick passiert Thomas Bülow die Elbe mit der Nachricht, daß er das Bombardement von Ratzeburg gesehen hat. Es liegt vollständig in Asche. Bülow hat den Auftrag, den Herzögen glaubhaft zu machen, daß Monsieur Wedel das Bombardement einen Tag früher veranstaltet hat, als er sollte. Der König gab ihm Befehl, bis Montag zu warten, womit er ›Montag inclusive‹ meinte. Aber Wedel war zu begierig auf's Sengen und Brennen und begann bereits am Montag um Sechs. Ich erzähle Ihnen diese Neuigkeiten, weil der König Bülow ausdrücklich schickt, um sein Bedauern zu bekunden, Verständigung anzubieten und die letzten Vorschläge von unserer Seite anzunehmen. So hängen Frieden und Krieg also nun von unseren obersten Herren ab. Gibt es Frieden, bin ich der Erste, der Sie umarmt. Gibt es Krieg, werde ich Sie lange nicht sehen; denn vielleicht müssen Sie sich dann anderswo in Sicherheit zu bringen. Ich stürbe vor Kummer. Nur Berlin, Den Haag oder Amsterdam käme für Sie in Frage. Großer Gott, es brächte mich um, wenn Sie fort müßten. In Brabant herrschen viele Krankheiten im Heer – wenn uns der liebe Gott doch gnädig wäre! Aber mein Glück, Sie ungestört zu besitzen, wäre zu groß. *Je suis tout à Vous, adieu.*«

Die Forderungen, die der Emissär König Christians überbringt, sofortige Übergabe und vollständige Entfestigung Ratzeburgs, stoßen beim Herzog von Celle auf wenig Gegenliebe. Da die Stadt ohnehin in Trümmern liegt, die Besatzung aber guten Mutes und Lebensmittel noch für viele Wochen vorhanden, steht nichts im Wege, sie so lange wie möglich zu verteidigen. König Christian trifft Anstalten, die Feste nun durch einen Sturmangriff in die Hand zu bekommen. Die Dänen beschlagnahmen die lübischen Schiffe auf Trave und Steckenitz. Mit hundert Pferden Vorspann schleppen sie die Kähne über Land und bleiben oft genug stecken. In Mölln werden Salzschuten konfisziert, paarweise zusammengekoppelt und mit Brustwehren versehen. Damit können zweihundert Soldaten auf einmal vor die Feste transportiert werden. Von Holstein geht ein neuer Transport schwerer Artillerie zum Belagerungsheer ab.

Aus dem dänischen Hauptquartier in Rendsburg wird bekannt, König Christian sei bereit, für den Hauptsturm tausend Mann zu opfern. Königsmarck schwebt erneut in Ungewißheit, ob die Dänen nicht doch noch die Elbe überschreiten und ins Lüneburgische einfallen.

»Artlenburg, im September 1693 – Da Feldmarschall Podewils krank ist, komme ich kaum noch zu mir. Wenn die Dänen die Elbe überqueren, werden Ihre Mutter, Ihre Schwiegermutter und Sie flüchten müssen – sicher an einen Ort, wo man sich wunderbar divertiert. Das wird mir den Rest geben. Aber um mein Wort zu halten, fordere ich dann meinen Abschied und folge Ihnen bis ans Ende der Welt. Ich habe einen guten Vorwand dafür, da Generalmajor Ohr zum Generalleutnant befördert wurde und Brigadier

Voigt zum Generalmajor. Ich habe mit Podewils darüber gesprochen. Ich würde nicht im Unfrieden ausscheiden, sondern so, daß ich in Hannover bleiben kann; vorausgesetzt Sie sind einverstanden. Lassen Sie mich das Übrige nur machen. Wenn mein Schicksal nicht von dem Ihren abhinge, hätte ich Podewils schon gesagt, daß der Herzog mich nicht auf der Rechnung hat, sodaß ich also nicht das Geringste zu hoffen habe, und es deswegen besser wäre, wenn ich meinen Abschied selbst nähme, als daß man ihn mir gibt. Ich erwarte Ihre Antwort dazu und werde mich ganz nach Ihrem Willen richten. Bis jetzt bin ich hier noch nicht in Gefahr. Ich sehe allen Kämpfen umso getroster entgegen, als meine Léonisse mir versichert, daß sie mich auch ohne Arm und Bein lieben wird. Ihr Vorschlag, sich mit mir zurückzuziehen, entspricht meinen sehnlichsten Wünschen, doch dürfen wir nicht mit dem Kopf durch die Wand, sondern müssen nach einer Tür suchen. Gott gebe in seiner Güte, daß die Belagerung von Charleroi uns von lästigen Personen befreit. Es ist ein Uhr nachts. – Morgen mehr!«

Es ist Otto Grotes letztem Dienst für das Haus Braunschweig-Lüneburg zu danken, daß die welfischen Herzöge sich schließlich zum Einlenken bequemen. Auf seinen Rat hin wird am 29. September in Hamburg ein Vergleich geschlossen, der die vorige Freundschaft zwischen den beiderseits hohen Kontrahenten wieder herstellt. Die Dänen räumen das Land, die Herzöge müssen die Fortifikation rasieren. Sie behalten aber mit einer Dauergarnison von zweihundert Mann lüneburgischer Völker den Fuß in der Feste und damit Lauenburg in ihrem Besitz. Otto Grote erlebt den Friedensschluß nicht mehr. Ein Fieber wirft ihn auf das Siechbett; er diktiert sein Testament und einen letzten Brief an den Kurfürsten. Dann nimmt er das Sakrament und stirbt wie er gelebt, stracks und ohne Grimassen.

Auch unter den Truppen in den Elbmarschen geht der Tod um, ohne daß Schüsse fallen. Allein in Königsmarcks Regiment liegen zehn Offiziere krank an der Seuche, dazu dreihundert Gemeine.

Viele sterben binnen Tagesfrist. Feldmarschall Podewils läßt sich mit starkem Fieber in der Sänfte nach Lüneburg bringen. Königsmarck bleibt verschont, obwohl ihm die Luft wie von Krankheit verpestet erscheint und selbst die gesündesten Leute sich anstecken. Er zittert um das Leben der Prinzessin, die krank in Celle liegt. Nach dem elften Fieberanfall ist sie, blaß und mager geworden, auf dem Weg der Besserung.

»Artlenburg – Es kümmert meine Liebe wenig, daß Sie glauben, entstellt zu sein. Daß Sie nicht länger leiden, ist alles, was ich wünsche. Ich wäre übel dran, wenn ich meine Verehrung nur an Ihre Schönheit bände; die kann sich von einem Tag auf den anderen in Häßlichkeit verwandeln. Und was täte ich dann? Nein, meine Liebe hat festere Grundlagen und die wandeln sich nicht, selbst wenn Sie eine Greisin von achtzig Jahren würden.«

Über die Elbe, die wieder reichlich Wasser führt, fährt ein frischer Westwind. Er bürstet den Weidenbüschen die silbrigen Blattunterseiten nach oben und setzt den Wellen weiße Schaumkronen auf. Der Oberst sitzt im Zollhaus in Artlenburg. Den Kopf in die Hand gestützt, blickt er in die Abendsonne, die unter taubenblauen Wolkenbänken ein schwefliges Gold auf die eilig vorüberziehenden Fluten wirft. Auf dem Tisch steht das Miniaturporträt der Prinzessin. Seit dem Friedensschluß in Hamburg läßt der Dienst wieder Zeit zum Träumen und Schreiben. Täglich füllt Königsmarck mehrere Briefbögen. Die Worte strömen ihm aus der Feder, ohne sich zu erschöpfen. Die Krankheit der Prinzessin hat seine Liebe vertieft. Seit ihrer Genesung erscheint sie ihm wie neu geschenkt.

»Nur die Schönheit des Herzens hat Dauer. Und das ist es, was ich an Ihnen liebe: Ihren Geist, Ihre Lauterkeit, Ihre Lebensart, vor allem aber Ihre Seele, *si bien née et si juste*. Sie verleiht Ihnen unvergleichliche Anmut und Großherzigkeit ohne Beispiel, etwas so Mildes, das alle meine Vorstellungen übersteigt. Äußere Schönheit hat mich oft geblendet, aber niemals verblendet, wenn die

Eigenschaften des Herzens dürftig waren. Daran liegt es, daß ich mich niemals ernstlich fesseln ließ und Ihnen nun ein Herz darbringen kann, daß zum ersten Mal in seinem Leben eine wahrhafte Leidenschaft fühlt. Ich kann Ihnen sogar schwören, daß kein einziges Liebesabenteuer mich bisher auch nur eine Viertelstunde lang die innere Ruhe gekostet hat. Jetzt dagegen finde ich oft halbe Nächte lang keinen Schlaf, weil ich alles mögliche fürchte.«

Über dem Deich ziehen Schwalben ihre Bögen. Möwenschwärme fliegen zum anderen Ufer. Ihr Gefieder leuchtet in den letzten Sonnenstrahlen vor den schieferfarbenen Wolken. Eine festlich-dramatische Stimmung liegt über der Elblandschaft, wie geschaffen für die großen, reinen Gefühle, in denen der Oberst schwelgt. Er versäumt keine Sonntagspredigt, lebt wie ein Kapuziner und sieht mit dem Bart, den er sich stehen läßt, auch so aus. Er nimmt den Chiffrenschlüssel und die Flasche mit der unsichtbaren Tinte aus der Schublade. Bevor der Kurprinz aus den Niederlanden zurückkommt, muß er die Prinzessin wenigstens einmal heimlich in Celle treffen. Königsmarck schreibt seinen Vorschlag für ein Stelldichein mit der Geheimtinte auf ein gesondertes Blatt, dann setzt er den angefangenen Brief fort.

»Wenn ich Perseus wäre, könnte ich meine Andromeda von dem Ungeheuer befreien, das im Anmarsch ist und sich bald über sie hermachen wird. Aber da ich nur ein gewöhnlicher Sterblicher bin, bleibt mir nichts anderes übrig, als meine Göttin inständig zu bitten, sich aus dessen Umarmungen möglichst wenig zu machen, denn leider kann ich mich nicht in der Sicherheit wiegen, der erste zu sein, der sein Gelüste bei Ihnen stillt. Es brächte mich um den Verstand, wenn der Kurprinz Ihnen ein Kind macht. Ich würde nicht zögern, mich in die Elbe zu werfen, die hier nahe genug vorbeifließt. Bitte bedenken Sie: alles, was einem von uns geschieht, trifft auch den anderen. Aber vielleicht gelingt es, daß ich vor dem Kurprinzen bei Ihnen bin. Schon jetzt möchte ich aufbrechen, um Ihnen *de la manière la plus violante* meine Glut zu beweisen. Ach, wie sehne ich mich nach Ihren Augen, die mir so oft ihre Freude zeigten, *à me voir mourir sous eux.* Wann werde ich Sie wieder rufen hören: »*Mon cher Königsm., je – faisons le ensemble!*« Aber ich schwärme, denn zuvor müssen Sie wieder zu Kräften kommen. Wer mir Sie streitig macht, dem werde ich den Hals abschneiden. *Adio cor mio, moro per te, e senso te non posso vivere. Ah, si je pouvais baiser ces petits milieux qui m'ont donné tant de plaisir!* Adieu, Léonisse! Je länger ich Sie anbete, umso mehr fürchte ich, daß mein Los das des Schmetterlings sein wird, der an der Kerze verbrennt.«

Daniel steckt den Kopf in die Tür, stellt kalten Braten, eine Kanne Bier und die Kerze auf den Tisch. »De Herr is all duhn un het noch nix suupt«, murmelt er, da Königsmarck nicht einmal aufblickt, »awer wo de Düwel nich henkann, dor schickt hei'n scheunet Wiev.«

Königsmarck schreibt, bis die Kerze erlischt. Die Beunruhigung über die Rückkehr des Kurprinzen folgt ihm bis in die Träume.

Der Mord

Das Jahr 1694 kommt mit Nebel und nasser Kälte. Alle Welt liegt mit Husten, Schnupfen und starken Flüssen zu Bett. Viele Kinder von armen Leuten sterben an den Pocken. Als der Titular-Geheimrat Oberg sich nach Wien aufmacht, um die Perfektionierung des Elektorats voranzubringen, fängt es hart an zu frieren. Indessen ist es gut, daß zuvor Schnee gefallen ist, um die Saat zu bedecken. Der Gesandte führt außer seinen Instruktionen einen Satz wertvoller Tapisserien in seinem Gepäck, der als Argument von starker Persuasion für den kaiserlichen Obersthofkanzler bestimmt ist. Die Verleihung des Kurhuts liegt nun schon über ein Jahr zurück, aber das Haus Braunschweig ist immer noch nicht ins Kurkolleg eingeführt und der Widerstand der Fürstenopposition ungebrochen. Ebenso unvollendet wie die Kur ist die Lauenburgische Sache. Sachsen erstritt noch im Altjahr vor dem Reichshofrat in Wien ein Mandat, das die Welfenfürsten bei Vermeidung einer Pön von hundert Mark lötigen Goldes auffordert, Lauenburg unversäumt an Sachsen herauszugeben. Obwohl Platen meint, das Mandat sei null und nichtig, habe daher nichts auf den Rippen als einen kahlen Prozeß, entschließen die Herzöge sich zu einem Vergleichsvorschlag. Sie bieten Sachsen ein Drittel der Revenuen des askanischen Erbstücks an der Elbe an; nötigenfalls wollen sie das Amt Schwarzenbek, das durch den für Hamburgs Schiffs- und Häuserbau so wichtigen Sachsenwald 12 000 Taler im Jahr einbringt, noch hinzutun. In Dresden verfangen aber weder Argumente noch Geschenke, so daß Ernst August die Verhandlungen im März abbricht. »Wenn man keinen Dank davon hat«, befindet er, »ist man der verdrießlichen Dinge gerne überhoben.« Der Karneval wird gefeiert wie alle Jahre. Der cellische Hof kommt nach Hannover, Ende Februar geht man gemeinsam nach Celle.

Königsmarck logiert mit einem Kammerdiener, zwei Lakaien und seinem Mohren im Sandkrug. Angelegentlich verfolgt er, wie der Kurprinz die Schwester der Platen über den Tod ihres in der Schlacht von Neerwinden gefallenen Mannes hinwegtröstet. Nach dem Karneval begibt er sich in Geschäften auf sein Landgut Eppendorf, eine halbe Meile von Hamburg entfernt.

Das Frühjahr gleicht mit vorsommerlichen Temperaturen die Unbilden des Winters aus. In den zarten Blättern der italienischen Pappeln beidseits der Auffahrt zum Herrenhaus fängt sich das Sonnenlicht. Auf den Kastanien an der Alster sind aus den Knospen feste, kleine Blattschirme aufgebrochen. Königsmarck nimmt nichts davon wahr. Die Brauen zu einer finsteren Geraden zusammengezogen, sitzt er über Urkunden und Verträgen, rechnet die Zahlenkolonnen nach, die der Verwalter Adam Drosten ihm vorlegt, und flucht zwischendurch, als ob es weder Gott noch Teufel gäbe. Im Dezember entzog ihm die schwedische Krone das Amt Wollin, worauf er sich entschloß, das Gut Wulfshagenerhütte an den holsteinischen Kanzler von Liliencron zu verkaufen. Danach war seine Finanzlage immer noch dergestalt beschaffen, sich die Nägel von den Fingern zu beißen. Königsmarck gab die Güter Perdöl und Stempke einem jüdischen Faktor an die Hand mit der Maßgabe, sie auch unter Wert zu verkaufen, wenn er nur sofort mit Bargeld aufwarten würde.

»4600 Taler Unterhalt für Maria Aurora und die Tanten, 25400 an Lasten auf den Gütern im Bremischen, 5500 Debet beim Hofjuden in Hannover, 2760 Pistolen Spielschuld bei Graf Arco ...«, murmelt Königsmarck. Er schreibt an einer Liste seiner Schulden, um sich Überblick über seine Finanzlage zu verschaffen. Von der Tür ist ein Räuspern zu hören. Ehrerbietig tritt Adam Drosten näher. Vorsichtig legt er einen Zettel zuoberst auf den Papierwust, der den Sekretär bedeckt. Eine Zahlenreihe ist zu der geringen Summe von 250 Talern aufgerechnet, Drostens Salär und das der Bedienten in Eppendorf, das eigentlich schon zu Lichtmeß fällig war. Seither sind zwei Monate vergangen.

»Es sind so viele geldhungrige Leute da«, unmutig wirft Königsmarck die Feder beseite, »daß alles Silber auf dem Harz nicht genug ist, sie zu sättigen!«

»Um Vergebung, Eure Hochgräfliche Gnaden.« Der Verwalter tritt einen Schritt von dem Schreibmöbel zurück und senkt das Kinn auf die Brust, »die Dänen haben mir von dem Meinigen also genommen, daß ich von dem Rest nur kümmerlich zu leben habe, und wie einem jeden, dem ich vor Augen geh, sichtbar, fast kaum ein Kleid über dem Leibe.«

Königsmarck mustert den Verwalter; er sieht in der Tat recht abgeschabt aus. »Habe auch während der Okkupation darauf gesehen, daß das Gut und alle Gebäude unter gutem Dache blieben«, setzt Drosten hinzu, »während auf den Herrschaften ringsum nicht nur die Dänen, sondern böses Gesinde die Schlösser erbrochen und der Herrschaft das Ihrige gestohlen und entführt hat.«

Königsmarck geht die Klage des ehrlichen Mannes an die Generosität. Er zieht seinen Geldbeutel und hält ihn Drosten unter die Nase: »Sieht Er nun, daß Wir Unsere Börse wohl gefegt haben? Getröste Er sich bis Trinitatis, dann hat der Jude den Erlös für die Güter eingezahlt.«

»Euer Hochwohlgeboren haben vergessen ...« Der Verwalter zeigt auf den Schrank, der hinter dem Sekretär steht. Königsmarck schlägt sich an die Stirn und zieht die Tür des massiven Eichenkastens auf. Er hat nicht viel Hoffnung, das Gesuchte zu finden, da das Schloß während seiner Abwesenheit zertrümmert wurde; aber hinter allerlei Kram, einer Laute mit drei Saiten und den militärischen Büchern, die die Rückwand des Faches bedecken, ertasten seine Finger ein hölzernes Kästchen.

»Voilà! Der Schatz des Priamos!«

In der Schatulle liegen zehn in Papier eingeschlagene Münzrollen, insgesamt hundert hannoversche Rösseltaler.

»Verteil Er das unter die Leute, mehr ist nicht da, jedenfalls soweit mir bewußt.«

»Ik glöv, ik kann noch wat tostüern.« Auf Adam Drostens Gesicht breitet sich ein knitziges Grinsen aus. Er verschwindet und kommt mit einer eisernen Kassette und dem dazu passenden Schlüssel zurück. Der Graf kratzt sich hinter den Ohren. Die Kornkasse! Wie hat er sie nur vergessen können. Wenn er doch etwas weniger nachlässig mit seinem Geld umginge! Nie weiß er, an wen er welchen Betrag ausgeliehen und wo er die Schuldscheine hingetan hat. Aber das soll sich ändern! In der Kornkasse finden sich 75 Taler. Fünfzig steckt Königsmarck ein, den Rest der Verwalter. Königsmarck weist ihn an, sämtliche Papiere zusammenzutun und für morgen die Equipage fertigzumachen.

Als der Graf am nächsten Morgen durch die Pappelallee auf Hamburg zufährt, singt er aus voller Kehle in den Frühling hinaus. Regimentsauditeur Rüdiger, der auch zivile Dienste versieht, hat die Laute repariert und zupft eine Begleitung. Nach dem Dammtor rasselt die Equipage ohne Aufenthalt über den Pferdemarkt zum Hafen. Königsmarck hat es eilig, nach Hannover zu kommen. Wenn er wirklich Grund in den Sumpf seiner Schuldenwirtschaft bringen will, braucht er die Hilfe seines Sekretärs Hildebrand. Er ist nicht nur im schwedischen Recht beschlagen, sondern auch dem Haus Königsmarck treu verbunden, da schon sein Vater und sein Großvater im Dienst der Familie standen.

Die Kutsche schaukelt samt Vorspann auf der Fähre über die Norderelbe zum Kleinen Grasbrook hinüber. Die schwarzblaue Gewitterwand über dem Köhlbrand verzieht sich in Richtung Altona. Der Graf und sein Auditeur sitzen singend unter dem braunen Segel, das ein frischer Nordwest bläht. Die kurzen, scharfen Wellen vor dem Bug spucken ab und zu einen Mundvoll Elbwasser über die Reling. Die Altländer Mamsells, die Hafenknechte, die nach Moorburg und ins Spadenland wollen, sperren die Ohren auf, dann fallen sie in das Kriegslied ein. Dem Prediger von St. Petri wäre es lieber, die Leute sängen ein Kirchenlied. Aber der Auditeur klopft den Rhythmus der Regimentstrommel so lebhaft auf den Lautenkörper, daß selbst der Schiffer die Pfeife aus dem Mund nimmt und mitbrummt.

Königsmarck hält das Gesicht in den Wind. Wenn er fliegen könnte, würde er mit den Wolken, die federleicht über ihren Köpfen hinziehen, nach Celle segeln. Noch weiß er nicht, wie er es anstellen muß, um die Prinzessin heimzuführen. Aber er fühlt die Kraft in sich, es zu tun, sie und sich aus den festgefahrenen Verhältnissen zu lösen, um an irgendeinem Platz der Welt mit ihr glücklich zu werden.

Georg Konrad Hildebrand, ein unauffällig gekleideter, junger Mann in blonder Perücke, erwartet seinen Herrn bereits mit Ungeduld. Es sind impertinente Briefe von Gläubigern eingegangen. Außerdem drängt Graf Löwenhaupt, der in Brabant das ehemalige Königsmarcksche Regiment führt, auf einen Vergleich im Streit um den Brautschatz, während Rabel aus Stockholm Bezahlung vorgeschossener Prozeßkosten verlangt. Der Sekretär ist außerordentlich erleichtert, als Königsmarck ihm die aus Eppendorf mitgebrachten Papiere aushändigt und ihn anweist, Ordnung in den verwirrten Status der Finanzen zu bringen. Nach Meinung des Sekretärs ist das Unglück schon übergroß und fast aufs Äußerste gekommen.

Drei Tage lang prüft der getreue Konrad die Jahresabrechnungen der Güter, frißt sich durch Prozeßakten und Korrespondenz, sortiert Schuldverschreibungen und Schuldscheine, woran der Graf so reich, wie Jakob an Hammeln. Immer wieder schüttelt er die blonde Perücke. Er stößt auf Forderungen, die der Herr nie erwähnt und nie eingezogen hat, und auf einen Schuldenberg, der ihn schwindeln macht. Der Herr lebt schon lange von der Substanz. In dürren Worten legt Hildebrand ihm die Lage dar. Die Einkünfte aus den verbliebenen Gütern und die mäßige Gage, die der Herr zieht, decken den Aufwand für den Haushalt, die Kosten für Angehörige, Bediente und Prozesse nicht mehr. Die aufgelaufenen Schulden wären auszugleichen, wenn die Forderung über 95 000 Taler an das Haus Holstein-Gottorp, die noch vom Großvater stammt, beizutreiben wäre. Der Schuldner beruft sich jedoch auf ein kaiserliches Moratorium. Bleibt als Außenstand von einiger Bedeutung nur die Spielschuld des Prinzen August von Sachsen über 8 000 Pistolen aus dem Jahre 1692, was umgerechnet 40 000 Taler ausmacht. Aber da diese Summe nicht einklagbar ist und niemand einen solchen Herrn, wenn er nicht freiwillig zahlt, mit Mahnungen überzieht, ist das Papier weniger wert als ein Orswisch, mit Verlöff.

»So sind Wir also ebenmäßig ziemlich ruinieret«, resümiert Königsmarck trocken. Dieses Stands der Dinge hat er sich nicht versehen, ist aber weniger erschüttert als der gute Hildebrand. Ein Grandseigneur hat zu spendieren, die Taler unter die Menge und die Geldbeutel zum Fenster hinauszuwerfen, ohne ihnen nachzulaufen. Der liebe Gott wird einen *honnête homme* nicht verlassen.

»Hol Er'n Köm, wi möt Help hebben«, befiehlt er. Nach dem zweiten Glas wagt sich Hildebrand mit einem Vorschlag heraus.

»Eure Hochgräfliche Gnaden könnten den vollkommlichen Ruin abwenden, wenn Sie sich in den Gedanken setzten, sich einige Kostgänger vom Halse zu schaffen, vielleicht zehn Lakaien, das Doppelte an Pferden und Ihren Hausstand auch sonst etwas verkleinern, so käme Ihnen schon manches von der Tasche.«

Aber damit kommt er bei Königsmarck schlecht an.

»Kotzdonner! Ist Er ein Apfelkramer oder *Courtaud de boudique* auf dem hamburger Topfmarkt? Dies Markten und Feilschen gefällt mir blutsübel! Troll Er sich, sonst mach ich Ihm Beine!«

Hildebrand täte nichts lieber, als das Kabinett zu räumen, kann aber nicht umhin, den Herrn mit einer letzten Banalität zu behelligen. Es ist kein roter Heller mehr im Kasten, das Tuch für die neue Livree der Dienerschaft aber schon geliefert, und der Wandschneider erwartet Bezahlung.

»So sprich Er beim Juden vor«, befiehlt Königsmarck, »aber um eine gehörige Summe, damit Er nicht so bald wieder laufen muß.«
Hildebrand tritt ab.

»Reich wie Krösus sein und nach eigenem Gefallen leben können«, seufzt Königsmarck, »aber es muß wohl ein Wunder passieren, damit meine Börse dermaleinst dergestalten gerüstet ist.«

* * *

Sophie Dorothea steht die Enttäuschung ins Gesicht geschrieben, als der Kurprinz ihr eröffnet, nicht er, sondern Generalleutnant von Gohr werde die hannoverschen Regimenter in die diesjährige Kampagne führen. »Es gibt außer mir noch andere Helden, die ins Feld gehen können«, erwidert er mürrisch auf ihre Frage nach den Gründen.

Da auch Königsmarcks Regiment im Lande bleibt, argwöhnt die Prinzessin, der Kurprinz könne sie überwachen wollen. Ihre Befürchtung erweist sich jedoch als unbegründet. Es ist lediglich mit den Verbündeten keine Einigung für das Oberkommando des hannoverschen Korps zustande gekommen, und seine Truppen bei englischen und holländischen Regimentern untergesteckt zu sehen, geht Georg Ludwig gegen die Ehre. Ohne sich um das Tun und Treiben der ihm Anvermählten weiter zu kümmern, frequentiert er die Soupers der Platen, geht auf die Jagd und verbringt seine Nächte mit der Schulenburgin oder Frau von dem Bussche.

Das Mißvergnügen, das die Ehegatten gegeneinander empfinden, bricht aber dennoch bei dem geringsten Anlaß hervor. Es sind *querelles d'Allemand,* Streitigkeiten um nichts, und mit umso größerer Erbitterung geführt. Sophie Dorothea verliert nach wenigen Worten die Contenance, während Georg Ludwig zu Eis erstarrt. Öffnet er doch einmal den Mund gegen sein eiferndes Weib, spricht er brutal wie ein Kutschknecht.

»Man könnte meinen, der deutschen Sprache sei nur zu keifen oder dient wie im Kriege nur zum Kommando und bei den Pauken und Trompeten«, bemerkt Kammerdiener Angeau nach einem solchen Auftritt.

»Wie Adam aus dem Paradies verjaget«, entgegnet die Knesebeck dem Franzosen giftig, »hat der Engel deutsch, die Schlange italienisch, aber Adam in seinen Lügen zu Gott französisch geredet.«

Anfang Mai ziehen sich Ernst August und Georg Ludwig mit der Platen und Madame von dem Bussche zu einer *Partie quarrée* in die Waldeinsamkeit von Linsburg zurück, nur von kleinem Gefolge und einer Truppe Puppenspieler aus Hamburg begleitet. Die ersten Maitage sind ungewöhnlich schön, die Abende mild. Nach dem Souper sitzt man im Garten hinter dem Jagdhaus, wo ein kleines Theater aus Tannenbohlen aufgeschlagen und mit bemalter Leinwand verkleidet ist. Unterhaltsamer noch als die Possen des Pickelherings ist das Schauerstück, das am Dresdner Hof über die Bühne geht. Fast täglich kommen Kuriere mit den Berichten des Gesandten von Ilten. Montalban trägt sie mit Grabesstimme und grotesken Ausschmückungen vor, muß sich allerdings sehr in acht nehmen, die Gefühle anwesender Damen nicht zu verletzen, denn die Historie ist kurzgefaßt diese: Kurfürst Johann Georg von Sachsen ist der blutjungen Sibylla von Neitschütz verfallen. Er läßt seine Buhlschaft zur Reichsgräfin erheben und alle Welt wissen, wasgestalt er diese Verbindung für eine rechte Ehe halte; behauptet auch öffentlich die Vielweiberei. Die Neitschütz stirbt an den Blattern. Da sich nun grüne und gelbe Flecke auf der Leiche zeigen, glaubt der Liebestolle, sie sei vergiftet und läßt den Leib der Toten öffnen, worin sich aber nichts Verdächtiges findet. Kurz darauf trifft den Kurfürsten ein Schwächeanfall. Man trägt ihn zu Bett, von wo er bald wieder aufspringt und einen Degen von der Wand reißt, um seine unglückliche Gemahlin, in der Meinung, sie habe der Neitschütz das Gift gegeben, vor seinem Abgang eigenhändig zu erstechen. Bruder Prinz August zerbricht an dem Rasenden zwei Degen, dann folgt Johann Georg seiner dolce bella in den Tod. Prinz August beginnt gleich mit dem Strafgericht gegen die Mutter der Neitschütz. Sie wird angeklagt, eine Hexe zu sein, die sich der Zauberei beflissen habe, um dem Verblichenen eine ungemeine Liebe zu ihrer Tochter und einen unversöhnlichen Haß gegen seine Gemahlin einzugeben. Soll immer ein Pott bei ihr auf dem Feuer gestanden haben, aus dem es rauchte und stank. Die Eiferer sehen die alte Neitschütz schon brennen; noch ist ihr von Zauberei aber nichts bewiesen. »Ich setze drei Kreuze«, zitiert Don Nicolo des Gesandten Iltens Schlußwendung, »und hoffe, daß es mit Liebesraserei, Zauberei, Hexenwahn und Spuk nun bald ein Ende hat, weilen ich in diesem *Tour de Babylon* in Ermanglung eines geordneten Regiments nichts zu bestellen vermag, sondern nur das Geld von *Son Altesse Electorale* nutzlos verzehre.«

Auch Don Nicolo bekreuzigt sich und rollt die Papiere zusammen. Während er sich einschenken läßt, setzt er wie nebenbei hinzu: »Es scheint aber, so schreibt der Gesandte in seinem Postskriptum, daß einer in dem Wirrwar aus Intriguen und Geistererscheinungen seinen Vorteil findet. Es ist Graf Königsmarck. Sicherer Nachricht nach will Prinz August, sowie er zum Kurfürsten eingesetzt ist, ihn in seine Dienste ziehen und zum Generalmajor der Kavallerie bestellen.«

Der Nachtwind rauscht in den Bäumen und läßt das Gerüst des Theaters klappern, in den Blakern flackern die Kerzen.

»Was von all dem zu halten«, bricht die Platen schließlich das Schweigen, »ist nicht leicht auszumachen. Einem was einzugeben, das liebestoll macht, kann wohl sein, aber es ist doch keine Hexerei!«

»Ob Hexerei oder nicht«, lacht Montalban, »kommt es nicht darauf an, was einem eingegeben wird? Krebsaugen oder ein *Poudre de succession?* Ich ziehe jedenfalls ein Mittel, an dem man den Venustod stirbt, demjenigen vor, von dem man zur Hölle fährt.«

»Man darf sie nicht vermischen«, läßt sich Madame von dem Bussche vernehmen, »die unreinen Mischungen bringen das Unheil.«

»Meine Damen, mit Verlaub, Sie sprechen wie die Geisterseher von Dresden«, läßt sich Ernst August ungehalten vernehmen. »Ich glaube genauso wenig daran, daß der Kurfürst seine Gemahlin hat poignardieren wollen wie daran, daß die Mutter ihm etwas eingegeben hat. Er war ein schwacher Fürst und nicht aus hartem Holz und ebenso sein Vater, das ist alles. Aber großer Herren Laster erschallen durch die ganze Welt, und die Fama pflegt sie allezeit noch größer zu machen, als sie sind. Deswegen täte Prinz August gut daran, das fabulöse Geschwätz zu unterdrücken, statt es durch unsinnige Prozesse zu nähren.«

»Geht nicht ohnehin alles viel natürlicher zu als man glaubt?« wirft Georg Ludwig ein. »Ein Klistier beim Kaiser Leopold zur rechten Zeit kann dieselbe Wirkung haben, die sich Hofrat Leibniz zuschreibt, nämlich die Welt zu bewegen. Wenn die Leute aufhörten, aus allem ein Drama zu machen und es stattdessen mit dem gesunden Menschenverstande hielten, ginge es der Welt besser.«

Da sich nach des Kurfürsten ärgerlicher Bemerkung kein Gespräch mehr ergeben will, begleitet Montalban die Damen ins Haus. Georg Ludwig bittet den Vater, der ebenfalls Anstalten macht, sich zurückzuziehen, ihm noch für zwei Worte zur Verfügung zu sein.

»Daß alle Fürsten tapfer und höflich sind, immer die ruhige Überlegung und eine gute Contenance wahren, ohne sich zu erzürnen, das haben wir heute abend wieder gehört«, beginnt der Kurprinz mit einem verächtlichen Lachen; »daß alle Prinzessinnen wohlerzogen und tugendhaft sind, gehört ebenso zu dieser Fama wie die Nase zum Gesicht, wie die Wurst zum Braunkohl oder der Gestank zum *Privet*.«

Ernst August ist neugierig, worauf der sonst so wortkarge Kurprinz hinauswill. Es muß etwas Schwieriges sein, da der Sohn ihn nicht anblickt, sondern an ihm vorbei in die Dunkelheit schaut. In knappen Worten schildert er dem Vater, wie sich das Leben mit der Kurprinzessin immer unerträglicher gestaltet. Habe er vordem mit ihr in einer Art Burgfrieden gelebt, hin und wieder von einer *Querelle de Mariage* unterbrochen, häuften sich nun die Auftritte. Obwohl sie sich selbst niemals wie eine Lukretia gezeigt, werfe sie ihm in einer ihm gänzlich unverständlichen Schärfe und Erbitterung seine Liebschaften vor. In Venedig und auch später habe sie sich von ihren Cicisbeos und Anbetern umschwärmen lassen, ihnen wohl auch diese oder jene Gunst gewährt; er habe ihr das Vergnügen gegönnt, denn wie könne er ihr verwehren, was er für sich beanspruche. So hätten sie es lange gehalten. Nun aber vergällten Zank und Streit ihm die Tage. Die Schimpfworte rollten ihr wie Erbsen von der Zunge und nähme das Keifen kein Ende.

Ernst August schiebt die Unterlippe vor. »Sie geben Ihrer Gemahlin in der Tat Anlaß zu Klagen«, sagt er bedächtig, »nicht nur durch eine Retraite wie diese, sondern auch mit der Schulenburgin. Versehen Sie denn Ihre Pflichten bei der Kurprinzessin?«

»Ich tue es, wenn auch nicht aus übergroßer Neigung, sondern mehr, um mir nichts vorwerfen zu lassen«, bekennt Georg Ludwig. »Und wenn ich aufrichtig spreche, wird es mir, je länger es währt, ein unangenehmer Zwang.«

»So finden Sie in sexualibus keinen Gefallen mehr aneinander«, stellt der Kurfürst fest.

»Es wäre wohl besser für beide Teile, wenn es unterbliebe«, räumt der Sohn ein, »Ihre Schwiegertochter scheint jedenfalls bei dem Grafen Königsmarck größeres Vergnügen zu finden als bei mir.«

Ernst August brennt sich eine Pfeife an und bläst ein paar Wölkchen in die Nachtluft und gegen die Mücken. Nachdenklich betrachtet er seinen Sohn. Er hat Görgen, wie er als Kind genannt wurde, viel Zeit gewidmet und sieht diese Mühe in dem Erwachsenen belohnt. Er mag nicht die Gaben eines großen Feldherrn haben, aber er versteht sein Handwerk, kümmert sich um die Geschäfte und verfährt in allem nach seinem Rat. Warum folgt er nicht auch in diesem Punkt seinem Beispiel? Die eine Frau zum Repräsentieren, die andere zum Divertissement, ohne großes Aufsehen davon zu machen.

»Warum gehen Sie sich nicht aus dem Weg, wahren das Dekorum und leben jeder nach seinem Gefallen?« erkundigt er sich. Georg Ludwig zuckt die Achseln. »Fragen Sie die Kurprinzessin danach, denn ich weiß es nicht, oder ihre Mutter, die Herzogin von Celle, die sehr strenge Auffassungen von der Ehe hat. Wenn ich recht verstehe, was hinter dem Gebaren meiner Gemahlin steckt, muß ich annehmen, daß sie es darauf anlegt, von mir geschieden zu sein. Und ich kann nicht verhehlen, daß sich mittlerweile auch meine Wünsche darauf richten.«

Georg Ludwig blickt seinen Vater an. Er hat nun herausgebracht, was er sagen wollte, und lehnt sich zurück. Ernst August legt die Stirn in Falten. Eine Scheidung bringt das cellische Erbe in Gefahr. Faßt man sie dennoch ins Auge, müßte alle Schuld auf die Seite der Kurprinzessin fallen, um dem Herzog von Celle keinen Vorwand zu liefern, sich aus den Verträgen zu lösen. Aber wie das bewerkstelligen, wenn der Kurprinz sich der gleichen Verfehlungen befleißigt wie die Prinzessin? Ernst August gähnt. Er wird sich bedenken. »Wir sind Ihrem Wunsch nicht völlig dawider«, bescheidet er den Sohn, »aber man muß einen gangbaren Weg finden.«

Der Kurfürst läßt sich zu seinen Gemächern geleiten und schickt nach der Platen. Was sie über die Liaison der Kurprinzessin mit dem Grafen Königsmarck wisse, fragt er sie.

»Was man so weiß«, antwortet Klara Elisabeth. »Sie stecken viel zusammen, aber sie machen alles sehr heimlich, sodaß niemand Kenntnis hat, wieweit sie gehen.«

Neugierig betrachtet sie den Kurfürsten, der, den Finger an die Nase gelegt, mitten im Gemach steht.

»Wenn Sie mehr wissen wollen«, setzt sie hinzu »warum lassen Sie diesen Herrn, da er nun in sächsische Dienste tritt, nicht ein wenig observieren, vielleicht auch seine Korrespondenz überwachen? Wenn man einen Hund hängen will, wird sich ein Strick schon finden.«

* * *

Königsmarck kommt Ende Mai aus Dresden zurück. Die Prinzessin überrascht ihn mit der Nachricht, beim letzten Streit mit dem Kurprinzen, der heftiger verlaufen sei als je, habe er mit der Scheidung gedroht. Welche Aussichten! Zumal das sächsische Angebot auch Königsmarcks desolate Lage verbessert. Die Prinzessin drängt, es anzunehmen, wenn Prinz August dem Chevalier freistellt, erst im Herbst oder zum nächsten Frühjahr davon Gebrauch zu machen. Auf diese Weise können sie die weitere Entwicklung abwarten. Königsmarck begibt sich wieder nach Dresden, wo er alles Erwünschte erreicht. Prinz August bestellt ihn zum Generalwachtmeister und Befehlshaber der am Rhein stehenden kursächsischen Reiterei, Jahresgehalt 2400 Taler, dazu die Inhaberbezüge eines Kürassierregiments. Die Bestallungsurkunde wird auf der Kriegskanzlei unterschrieben und besiegelt, das Datum offen gelassen. Von der Aussicht auf die Erfüllung seiner sehnlichsten Wünsche beflügelt, stürzt Königsmarck sich in die Feierlichkeiten zur Einsetzung des Kurfürsten. Grandiose Feste wechseln mit gewaltigen Saufereien und Kinderpossen. Königsmarck trägt ein blaues Auge davon, als er eine Theaterfestung zu verteidigen hat, die der Kurfürst mit rohen Eiern attackiert.

Sophie Dorothea reist unterdessen nach Bruchhausen, um ihren Vater zu erweichen, in eine Scheidung zu willigen. Erbittert hält sie ihm sämtliche Fehltritte und Mätressen vor, die Georg Ludwig sich in zwölf Ehejahren erlaubt hat. Sie weint und fleht, doch der Herzog bleibt hart. Aus den politischen Aushilfen, die er seit seinen jungen Jahren bei Ernst August suchte, um seinen Wirrsalen zu entrinnen und sein eigenes Lebensglück zu schmieden, ist inzwischen ein fest gesponnenes Netz von Verträgen geworden, aus dem sich zu lösen der Herzog nicht mehr willens ist. Ob sie wisse, nach einer Scheidung ohne die Wohltaten der Leibeslust leben zu müssen; schon aus väterlicher Sorge für sie werde er einer Scheidung nicht zustimmen. Am Ende der langen Unterredung ermahnt er die Prinzessin, ein gutes Vertrauen zu ihrem Gemahl zu fassen und sich gegen denselben, wie sich's gebührt, zu erzeigen.

Sophie Dorothea ist grenzenlos enttäuscht. In den Briefen, die zwischen Bruchhausen und Dresden hin und her gehen, mokiert sie sich über den alten Schwätzer, der, weil er selbst sein Lebtag lüstern gewesen, sich nicht vorstellen könne, ohne »das« auszukommen. Königsmarck tröstet sie mit den Scheidungsabsichten Georg Ludwigs und malt ihr die gemeinsame Zukunft außerhalb der Welfenlande in den schönsten Farben aus. Da das nächste Treffen für den 21. Juni verabredet und vom Vater nichts mehr zu hoffen ist, kehrt Sophie Dorothea nach Hannover zurück. Der Hof erwartet sie in Herrenhausen. Die Prinzessin läßt jedoch ausrichten, mit einem andertägigen Fieber das Bett zu hüten. Der Kurprinz, der am nächsten Tag seinen Besuch abstattet, bevor er für einige Wochen nach Berlin reist, findet sie bis zur Nasenspitze in feuchte Laken eingepackt. Die Ehegatten tauschen Grüße ihrer Eltern und einige Belanglosigkeiten über deren Befinden aus. Bevor das Gespräch wie sonst ins Stocken gerät, eröffnet Georg Ludwig seiner Gemahlin, daß er sich entschlossen habe, sich von ihr zu trennen.

»Wozu der Zwang, uns beieinanderzuhalten, wenn es nicht geht«, begründet er seinen Entschluß. »Wenn ich von Berlin zurück bin, schreibe ich an Ihren Herrn Vater und bitte ihn um die Scheidung.«

»Und was sagt *Monseigneur, Votre père*?« fragt die Erbprinzessin in namenloser Freude.

»Er ist einverstanden.«

Sophie Dorothea ist froh, daß sie liegt und fest eingepackt ist, so stark fährt ihr der freudige Schreck in die Glieder. Zum ersten Mal nach vielen Jahren könnte sie Georg Ludwig umarmen und küssen. Ihr wird noch heißer in den Laken, der Schweiß steht ihr in hellen Perlen auf der Stirn. Der Erbprinz, ohnehin immer in Sorge, anderen Leuten lästig zu sein, wünscht gute Besserung und verabschiedet sich.

Königsmarck strahlt das Glück aus allen Knopflöchern, als er der Kurfürstin in Herrenhausen aufwartet, um sie mit den Ereignissen in Dresden zu unterhalten. Er schwebt, während er Hildebrand anweist, seine Equipage zu richten, da sein Regiment nun doch noch in die Kampagne beordert ist. Der Abmarsch nach Brabant ist auf den 5. Juli festgesetzt.

Am Donnerstag, den 28. Juni, geht der Graf abends aus und taucht erst am Sonnabendmorgen wieder auf. Hildebrand und Rüdiger sind daran gewöhnt, daß er zuweilen einen Tag und eine Nacht ausbleibt, ohne daß jemand weiß, wo er steckt. Die Knesebeck erwartet ihn an der Treppe des Bühnenausgangs. In der neuen Kammer schließt die Prinzessin den Chevalier in die Arme. Am nächsten Tag simuliert sie wieder das andertägige Fieber, nachts schüttelt sie ein Fieber anderer Art.

* * *

Kanzlist Neubourg, Dechiffreur in cellischen und hannoverschen Diensten, kratzt sich den Kopf. Aus der Postfangstelle in Nienburg sind Abschriften von Privatbriefen gekommen, die ihm Rätsel aufgeben. Der Code scheint ihm nicht schwer zu entschlüsseln, enthält aber viele Verschreibungen und Ungereimtheiten. Nach einer Nachtsitzung ist die Arbeit vollbracht. Neubourg läßt ausgeschriebene Kopien anfertigen, schickt sie nach Hannover und wendet sich wieder der Diplomatenpost zu.

Ernst August lacht, als er liest, was die Kurprinzessin über den Herzog von Celle schreibt. Ein Kostverächter ist sein Bruder wahrhaftig nie gewesen, indem er seine diesbezügliche Leibeswohlfahrt den Staatsrücksichten immer vorgehen ließ; glücklicherweise ist er, nicht zuletzt dank der *Demoiselle française d'Olbreuse,* in reiferem Alter zu Ruhe und Vernunft gekommen. Der Kurfürst reibt sich die Hände. Sie fühlen sich prall und gedunsen an. Das Blut will nicht richtig zirkulieren. Er überlegt, ob er sich zur Ader lassen soll, befiehlt dann aber nur eine Schale mit Eiswasser, taucht die Finger hinein und beginnt wieder zu lesen. Bei den Passagen des Obristen über ein gemeinsames Leben außerhalb der welfischen Lande runzelt er die Stirn. Bei dem Satz »Ich wollte, daß ich 40 000 Mann hätte, um Sie zu enlevieren«, zieht er die Brauen hoch. Über die Liebes- und Treueschwüre liest er hinweg.

Nach einer Stunde klappt er das Dossier zu und lehnt sich zurück. Der Blutstau ist vorüber. Der Plan für das weitere Vorgehen bildet sich hinter den geschlossenen Lidern wie von selbst. Zwar lassen die Briefe nicht mit letzter Sicherheit erkennen, ob die Kurprinzessin *au crime* gekommen ist; für eine Anklage wegen ehewidrigen Verhaltens und eine nachfolgende Scheidung reichen sie jedoch aus. Und wenn die Prinzessin sich auf die Eheverfehlungen seines Sohnes beruft und Widerklage erhebt? Horribler Gedanke! Dresdner Zustände! Am Ende werden die Feinde des Hauses behaupten, die Kinder des Kurprinzen seien nicht die rechten Erben. Daher unter keinen Umständen ein Wort von Ehebruch! Faktum ist: Die Prinzessin hat wollen heimlich außer Landes ziehen; also kann man die Scheidung auf desertio malevola, böswilliges Verlassen, stützen, ohne daß die Eheverfehlungen des Erbprinzen zur Sprache kommen müssen. Um alle Fährlichkeiten für den Heimfall des cellischen Erbes auszuschließen, wird man der Prinzessin die Wiederverheiratung verbieten und sie nach vollzogener Scheidung sorgfältig wegsperren. Ihr Vater wird keinen Muckser tun, wenn man ihm die Briefe vorlegt.

Nun zu Königsmarck. Ernst August hält die Hände in das Wasserbecken; der Blutstau hat wieder eingesetzt. Er könnte ihn des

Landes verweisen. Aber weiß man, was der Obrist vom Ausland aus ins Werk setzen wird, um seinen Ruf zu retten, dem Haus zu schaden und die Prinzessin zu befreien? Der Graf könnte sie zum Instrument der mächtigen Feinde des Hauses machen. Vetter Tönis, König Christian, der Bischof von Münster, der allerchristlichste König von Frankreich und die gesamte Fürstenopposition warten nur auf eine solche Gelegenheit. Ernst August verwirft den Gedanken, Königsmarck auszuweisen. Der Mann liebt *jusqu' à la folie;* daran lassen die Briefe keinen Zweifel. Er wird alle Hebel in Bewegung setzen, um sich der Prinzessin zu bemächtigen. Gefangensetzen und ihm den Prozeß machen? Aber was wären die Anklagepunkte? Für ein Todesurteil müßte der Ehebruch zweifelsfrei erwiesen sein. Gefangensetzen ohne Prozeß? Aber wie lange und wo, sodaß niemand seinen Aufenthalt erfährt? Der Kurfürst von Sachsen wird nicht zögern, seine besten Spione auszusenden, um seinen frischgebackenen Generalmajor ausfindig zu machen und ihn herauszuverlangen; die Verwicklungen und der Rumor wären unabsehbar. Bleibt nur, Extrema zu ergreifen und den Grafen auf die Seite zu schaffen, ein actus macchiavellicus, unchristlich und contra legem, aber Utilitas publica und *Raison d'ètat,* Regierungsklugheit und Staatsräson, fordern ihn. Das bonum commune hängt davon ab. Ernst August taucht die Hände wieder in das Wasserbad. Nur keine falschen Bedenken. Solange die Prinzessin gefangen und der Obrist am Leben ist, stellt er eine Staatsgefährdung dar.

Ernst August läßt Platen rufen und setzt ihn ins Bild: Königsmarck observieren, Bernstorff instruieren, aber noch nicht den Herzog von Celle. Der Premier wird Vorschläge unterbreiten, wie man sich des Grafen unauffällig entledigen kann; Belohnung für den Poignardeur 10 000 Taler. Platen zieht sich zurück. Im Vorzimmer wartet Leibarzt Conerding mit den Instrumenten für den Aderlaß.

* * *

»Heute?« fragt Vizekanzler Hugo und wendet sich zum Fenster.

»Heute abend«, bestätigt Philipp Adam von Eltz. Der Freiherr steht an dem mit Büchern bedeckten Tisch, von dem der Vizekanzler sich gerade erhoben hat. Er mustert die dunkle Wandtäfelung und die monumentale, mit gedrehten Säulen verzierte Kredenz. Hugos altfränkisches Meublement verrät, daß er unter den Geheimen Räten der einzige Bürgerliche ist. Der Vizekanzler blickt unterdessen auf die Marktstraße hinunter. Es ist Sonntag. Ein Trauerzug, dem die Innungsfahne der Knochenhauer vorangetragen wird, bewegt sich zur Ägidienkirche. Die Maultiere vor dem Leichenwagen sind mit schwarzen Decken behängt.

»Und zu welcher Stunde?« fragt der Vizekanzler.

»Das vermochte Seine Exzellenz Graf Platen noch nicht zu sagen, da Monsieur Montalban nur in Erfahrung bringen konnte, daß das nächste Rendezvous auf den heutigen Abend vereinbart ist.« Die Stimme des Hofjunkers klingt belegt.

»Man wird ihn doch nicht unter den Augen der Kurprinzess ...?«

»Das gerade nicht«, nimmt Eltz dem Vizekanzler das Wort aus dem Mund, »aber auf dem Weg dorthin.«

Um das Schweigen zu überbrücken, stützt Eltz die Hände auf den Tisch, der die Mitte der Studierstube einnimmt. Er sieht noch bleicher aus als sonst. Die Sommersprossen auf den weißen Wangen sind jede einzeln zu erkennen. Angelegentlich studiert er die Titel der Bücher, die auf dem Tisch liegen. »Unbeträgliches Staats-Orakel« von 1688, Hermann Conring »De ratione status«, Hugo Grotius »De iure belli ac paci«, Wilhelm Schröter »Fürstliche Schatz- und Rentkammer«. Eltz schlägt das Vorwort zum »Unbeträglichen Staats-Orakel« auf, worin der Autor sich rühmt, die heimlichen Interessen der Potentaten, ihre machiavellistischen Griffe und politischen Geheimnisse sonnenklar an den Tag zu geben sowie die Gruft der merkwürdigen Staats- und Kriegsgründe zu entdecken. Mehrere Lesezeichen sind zwischen die Seiten gelegt; Hugo scheint sich Rat in der Literatur gesucht zu haben.

»Es ist ein italienisches Verfahren, das man gebrauchen will«, Eltz klappt das Buch wieder zu. »Seine Exzellenz, der Herr Geheime Rat Platen haben mich auf heute abend befohlen, dazu die Hand zu reichen und Beistand zu leisten.«

Der Vizekanzler starrt noch immer auf die Marktstraße hinunter. Der Trauerzug ist verschwunden; dafür kommen aus der Bullenstraße ein Fiedler und ein Pfeifer, dahinter eine Sänfte, die von vier galonierten Dienern getragen wird. Am Wappen auf dem Schlag erkennt Hugo, daß es die nachgelassene Witwe des Oberjägermeisters Moltke sein muß, welche sich die Zeit mit einer Spaziertour vertreibt.

»Und wollen Sie der Ordre folgen?«

»Bei diesen Umständen mag man sich wohl fragen, ob ein Befehl recht fundieret ist«, anwortet Eltz. »Mir sagt Gott ›Du sollst nicht töten‹. Ist nicht die Ordre wider Gottes Gebot und göttliches Recht, weil auch jeder weltliche Fürst Gottes Gesetz unterliegt? So lehrt es Bodin und so habe ich es bei meinen Studien auf der Akademie Rinteln gelernt.«

»Die Kurprinzeß intendiert, mit dem Grafen heimlich aus dem Lande zu ziehen!« betont Ludolf Hugo. Leise, aber sehr deutlich setzt er hinzu: »Es kann dies nicht geschehen, ohne daß die sehr erbitterten, mächtigen und am Ruin des kurfürstlichen Hauses interessierten Feinde die Gelegenheit ergreifen, ihre üblen Intentionen wider dasselbe ins Werk zu setzen. Das Land wird dadurch in solche Gefahr geraten, daß ohne Horror nicht daran gedacht werden kann. Daß dies entdeckt worden ist, ist der Güte Gottes billig zu danken. Also ist es in hoc situ ein Gebot der Vernunft, denjenigen, der den Frieden des Gemeinwesens stört und rem publicam an den Abgrund bringt, unschädlich zu machen.«

»Die Staatsraison gleicht einer Universal-Medizin«, entgegnet Eltz. »Sie ist *à la mode* und scheint alles weitere Nachdenken zu ersetzen, indem Staatisten und Jurisconsulten der Obrigkeit in allem Recht geben, wenn sie jesuitische und habsburgische Praktiken gebrauchen will. Warum macht man dem Grafen nicht den Prozeß? Selbst wenn man die Fiktion setzt, es gäbe Gott nicht, ist dem Fürsten geboten: neminem laedere. Denn er ist auch dem jus naturale unterworfen. Das natürliche oder Naturrecht gründet sich gleichfalls auf die Vernunft. Habe ich weniger Richtiges in Rinteln gelernt als Eure Exzellenz in Helmstedt? Den Untertanen Sicherheit zu verschaffen, ist Aufgabe des Fürsten. Haben sie sich nicht deswegen im Staat zusammengefunden und der Gewalt des Herrschers unterworfen?«

Hugo schweigt. Er nimmt ein Buch vom Tisch, Hermann Conrings »Über die Staatsklugheit«. Conring war sein Lehrer und das Buch seine Bibel während seiner Studienjahre in Helmstedt. Aber er schlägt es nicht auf, weil er weiß, daß er darin für diese Lage keinen Rat findet. Conring verdammte Machiavelli nicht, wie all die Schulfüchse und politischen Skribenten vor noch nicht langer Zeit für nötig hielten. Im Gegenteil: Er druckte und kommentierte ihn, weil er dessen nüchterne Betrachtung der Staatsdinge schätzte und wohl wußte, daß in diesen Sachen stets etliche Tröpfchen List und Betrug mit unterlaufen. Allerdings verlor Conring niemals die Mitte zwischen der guten und der schlechten Staatsraison aus dem Auge, und genau hier liegt der Hund begraben. Der Vizekanzler weiß nicht, wie er den Mittelweg der prudentia mixta in diesem Fall finden soll.

»Princeps legibus solutus, der Fürst steht über den Gesetzen«, sagt er ohne rechte Überzeugung.

»Ad tamen legem vivimur! Trotzdem leben wir dem Gesetze nach«, ergänzt der Freiherr.

»Er muß aber Löwe und Fuchs sein«, fährt Hugo fort, »wenn er das Staatsschiff lenken will. Das eben sind die Arcana, die der Landesherr den Untertanen nicht bekannt macht, die aber dem Gemeinwesen den Frieden erhalten und zu denen er zuweilen greifen muß, wenn die ratio status es erfordert.«

Der Vizekanzler zuckt mit den Schultern; wat schall man daun. Dem Kurfürsten mit dem göttlichen Recht, dem Jus naturale oder den Fundamentalgesetzen des Reiches zu kommen, hat er gar nicht erst versucht. Es ist völlig zwecklos. Denn Ihre kurfürstliche Durchlaucht glauben an nichts, sondern setzen ausschließlich auf sich und Ihre Regierungsklugheit. Auch Platen hat nur mit der Zweckmäßigkeit und dem öffentlichen Nutzen argumentiert. Er, Hugo, würde sich nur unbeliebt machen, und um den Grafen Königsmarck ist es ohnehin geschehen, ob mit Prozeß oder ohne.

»Ein Prozeß gegen den Grafen«, erwidert er daher schließlich, »wird des Hauses Reputation unfehlbar in ewigen Schimpf und Schande setzen. Alle unsere Feinde werden umgehends in der Welt ausschreien, daß des kurprinzlichen Paares Kinder nicht welfischen, sondern königsmarckschen Geblütes seien.«

»Ich sehe, daß Eure Exzellenz mehr für die *occultissime machinazioni di Don Nicolo* zu haben sind«, stellt Adam von Eltz fest.

»Man wird uns ja nicht verdenken, bei dem so beschaffenen gefährlichen Stand der Dinge ein wenig auf die zukünftige Sicherheit zu reflektieren und zu solchem Behuf remedia zu ergreifen, ne malum peius fiat.« Hugo rechtfertigt sich, da er spürt, daß in diesem Falle keine Entscheidung zu treffen, gleichwohl eine ist. Eltz bedankt sich und geht. Er hat noch acht Stunden, um sich zu resolvieren, ob er das Weite sucht oder Platens Ordre befolgt.

* * *

»1 türkischer, mit blauen Steinen besetzter Säbel; 1 englische Reitpeitsche; 1 Trauerfußdecke; 1 Paar silberne Leuchter und 1 Lichtputze; 2 gestickte Köcher mit 2 Bund Pfeilen; 3 türkische mit Silber beschlagene Zaumzeuge; 1 Paar spanische Pistolen; 1 Lanze; 1 Pulverhorn; 4 Perücken; 1 ½ Dutzend Buchsbaumkämme; 1 Schildpattkästchen … *attendo*! Der Geldkasten, den nimmt Seine Durchlaucht mit.«

Obwohl Sonntag ist, läuft Sekretär Hildebrand, die Feder hinter das rechte Ohr geklemmt, mit einer Liste durchs Haus, in die er jeden Gegenstand, der nicht mit ins Feld geht, verzeichnet. Sachen von einigem Wert läßt er Daniel in das Kabinett im ersten Stock tragen; bei der Abreise des Grafen wird er es abschließen. Hildebrand legt die Liste beiseite und klappt den Deckel des Geldkastens auf. Es liegen nur noch ein paar Taler und einige Mariengroschen darin. Bis zum Abmarsch am Donnerstag reicht das als Barschaft nicht aus. Er wird also noch einmal beim Juden vorsprechen müssen, was ihm sehr widersteht, aber nun bald ein Ende hat. Vom Legationsrat Oberg kam ein Hinweis aus Wien, daß der Kaiser unter Umständen das Moratorium aufzuheben gedenkt, das die holsteinische Forderung bisher blockierte, und überhaupt steht es mit des Grafen Finanzen nicht mehr ganz so desolat wie bisher.

Hildebrand vervollständigt das Verzeichnis und macht sich auf den Weg in die Neustadt, wo Lefman Berens, Hofjude und Kammeragent, sein Haus in der Langenstraße hat. Als er an der Garnisonskirche vorbeikommt, erhebt sich ein Geschrei vor dem Portal. »Spitzbooven, Daagdeef«, schreit der Bälgertreter Melcher Bruns. Er schwingt seinen Knüttel gegen die Bettler und unnützen Leute, die auf der Treppe lagern. »Packt euch. Ümsünst is de Dod. Arbeed gift dat ümme Eck!« Einem Invaliden, der nicht schnell genug fortkommt, versetzt er einen Tritt gegen den Stelzfuß, daß dieser die Stufen herunterkollert. Hildebrand drückt ihm einen Groschen in die Hand. »Gott baue Euch und Euren Kindern Häuser und sei reichlich Ihr Vergelter«, murmelt der Invalide. Hildebrand biegt in das Gäßchen zwischen Wall und Garnisonskirche ein, wo neben dem Armenhaus das Spinn- und Werkhaus liegt. Da Sonntag ist, sitzen die Züchtlinge, die vom Rat zur Arbeit verurteilt sind, vor den Türen in der Abendluft. An Werktagen sieht man sie, die Köpfe gebeugt, hinter den Fenstern an den Uniformröcken nähen, die der Hoffaktor an des Herzogs Armee liefert.

Der Zuchtmeister zieht den Hut, als er Hildebrands ansichtig wird. Dieser grüßt freundlich zurück. Seit der Rat das Werkhaus zur Einnahmequelle gemacht, hat es schon viel Gutes nach sich gezogen, indem es mit dem Gassenbetteln, das eine helle Plage war, viel besser geworden.

Die Neue Brücke ist von einem Haufen Volk versperrt. Die Leute sehen zu, wie die Stadtsoldaten eine Wasserleiche an Land ziehen. Soll die Ehefrau eines Knopfmachers aus der Bockstraße sein, die liederlich gelebt, in die Leine lief und sich ersäufte. Hildebrand bleibt einen Moment stehen. Drüben auf dem Wall ist dem Oberjägermeister Moltke der Kopf abgeschlagen worden. Rüdiger hat ihn auf die Stelle geführt und ihm den Hergang in allen Einzelheiten erzählt. Das Blut soll zum Himmel gespritzt sein. Hildebrand drängt sich durch die Menge und kommt gleich darauf in die Langenstraße, in deren spitzgiebligen Häusern die Juden beieinander wohnen, da sie in der Altstadt nicht geduldet sind.

Lefman Berens sitzt mit seinem Kassier vor der Haustür, über der in hebräischen Buchstaben die Worte »Viel Glück« angebracht sind, und sortiert Münzen. Der Sekretär macht seine Referenz und bekommt einen Stuhl angeboten, zieht es aber vor, stehenzubleiben. Der Hoffaktor ist zwar ein angesehener Mann, da der Kurfürst ihn als Bankier, Juwelier, Münzer und Heereslieferant gebraucht. Auch ist er ganz wie andere Personen von Stand gekleidet, glattrasiert, lebt dazu mäßig, geht zu Fuß, prunkt nicht mit seinem Reichtum und wäre von einem Christenmenschen nicht zu unterscheiden, wenn er nicht sein Geld auf der Straße zählte. Während der Kassier die Geldbeutel zubindet, führt Berens den Sekretär in das Kontor. In den Wandborden liegen große und kleine Geldsäcke; neben der Tischwaage stehen Türme der verschiedensten Münzsorten. Hildebrand ist die Menge des offen aufgehäuften Zasters unheimlich. Der nackte Mammon hat etwas Schamloses, das zu der würdigen Gestalt des Hoffaktors in keiner Weise paßt.

»Wieviel wünschen der Graf?« fragt Lefman Berens zuvorkommend und schlägt das Schuldbuch auf.

»Mit 500 werden wir hoffentlich reichen«, antwortet Hildebrand.

»Es sind jetzt 6000, die Ihr Herr stehen hat«, lächelt Berens bedauernd. »Zu neun Prozent kann ich es nicht mehr geben. Denn, wie ich höre, hat der Bankier Texeira zu Hamburg Ihrem Herrn ein Darlehen über 12000 abgeschlagen, wegen mangelnder Sicherheit. Also neuneinhalb?«

»Dann ist Ihnen noch nicht bekannt, daß Seine Hochfürstliche Gnaden eine Anstellung in Sachsen erhalten und zum Generalmajor befördert sind?« wendet Hildebrand ein.

»Sehr wohl«, entgegnet Berens, »die Bezüge dürften damit das Doppelte von dem Vorigen betragen, und mehr als doppelt so viel hat Ihr Herr bei mir stehen. Also überkommt mich die Sorge, am Ende mehr zu verlieren als zu gewinnen; denn wer garantiert, daß ich je wieder zu dem Meinigen komme, da die Gage bei denen Herren Offizieren so gut aufgehoben wie Wasser in einem Sieb?«

Hildebrand kommt der modus agendi des Juden wenig anständig vor. Da er nichts mehr entgegenzusetzen hat, stimmt er in der Annahme zu, der Graf werde das halbe Prozent nicht ansehen, und läßt sich die Summe abzählen. Da das unangenehme Geschäft nun erledigt und Feiertag ist, lenkt der Sekretär seine Schritte zum »Weißen Schwan«. Er gönnt sich zwei Kannen Bier und kommt erst kurz nach Einbruch der Dunkelheit in die Osterstraße zurück. Das Geld wird er dem Grafen morgen übergeben. Dieser ist gerade aus dem Haus gegangen; wohin, kann Rüdiger nicht sagen.

»Zu Hofe wohl kaum«, meint der Regimentsauditeur, »denn er war nur mit dem braunen Kampagne-Rock, den grisen Leinwandhosen und einem ebensolchen Kamisol bekleidet.«

Von der Marktkirche wird eben zehn Uhr geblasen, als Königsmarck mit schnellen Schritten am Rathaus vorbei über den abendlich belebten Markt geht. Auf den Backsteinen des Turms liegt noch ein rötlicher Lichtschimmer, während Häuser und Gassen schon Dämmerung umgibt. Pfeiferauchende Bürger lehnen aus den Fenstern, in der Dammstraße lärmt eine Hochzeitsgesellschaft. Königsmarck summt die Tanzmelodie mit. Die Aussicht, die Prinzessin in nicht allzuferner Zeit ganz zu besitzen, läßt ihm die Zukunft heiter und den bevorstehenden Abschied weniger schwer erscheinen. An der Einmündung zur Leinstraße tritt er in eine Toreinfahrt und späht zum Klosterflügel des Schlosses hinüber. Auf dem Balkon im ersten Stock öffnet sich die Tür. Die Knesebeck erscheint mit einem Licht in der Hand, das vereinbarte Zeichen, daß die Luft rein ist. Königsmarck überquert die Straße, biegt um die Ecke des Opernhauses und drückt die Klinke zum Bühneneingang. Die Tür ist offen. Vorsichtig schließt er sie hinter sich und verharrt einen Moment, um seine Augen an das Dunkel zu gewöhnen. Mit zwei Schritten nimmt er die flachen Stufen zu dem Treppenabsatz, von dem es zur Stiege in den ersten Stock geht. Ein Geräusch läßt ihn herumfahren. »Verrat!« schießt es ihm durch den Kopf. Es ist sein letzter Gedanke.

Don Nicolo wischt die Klinge ab. Eltz und Klencke schleifen einen Sack mit Wackersteinen herbei, kippen die Steine aus und ziehen das Behältnis über den schlaffen Körper.

»*Dépechez-vous!*« flüstert Stubenvol, der mit Schnüren bereitsteht.

»*Ta gueule!*« zischt Eltz. Oben auf der Stiege taucht ein heller Schatten auf und verschwindet wieder. Stubenvol verschnürt schon das Sackende um die Knöchel des Toten, als Klencke die Steine bemerkt.

»*Peste! Déliez encore une foi!*«

Stubenvol muß die Schnüre durchschneiden, da er im Dunkeln die Knoten nicht mehr aufbekommt. Nachdem die Steine in den Sack gefüllt sind, bindet er sich die Schärpe ab und kann sich nicht verkneifen, aus dem letzten Knoten eine hübsche Schleife zu machen.

»Voilà, le nœud papillon«, kichert er, *»ah, mon cher Königsmarck, ah mon pauvre petit papillon ...!«*

Die Vier packen jeder einen Zipfel des Sacks und schleppen ihn an der Mauer des Opernhauses entlang um das Laboratorium herum ans Ufer des Mühlenkolks. Unter den Bäumen liegt ein Boot bereit. Stubenvol rudert auf den tiefen Kolk vor der Klickmühle zu. Gurgelnd versinkt der Sack im schwarzen Wasser.

* * *

Die Prinzessin ist außer sich, als die Knesebeck ohne Königsmarck zurückkommt. Was diese von der dunklen Treppe aus wahrnahm, ist nicht viel, läßt aber das Schlimmste befürchten. Die Nacht vergeht in ohnmächtiger Spannung. Die Frauen zermartern sich das Hirn, was dem Grafen geschah und wer sie verraten haben könnte. Aus dem tintigen Blau des aufziehenden Morgens schreien die Drosseln.

Mittags noch immer kein Lebenszeichen von Königsmarck. Die Knebeseck drängt, die Briefe zu verbrennen. In ihrer Kopflosigkeit vergißt die Prinzessin diejenigen, die unter die Spielkarten gemischt und hinter den Gardinen versteckt sind. Abends läuft das Kammerfräulein in die Köbelingerstraße. Wenn Königsmarck noch am Leben ist, muß der Feldmarschall ihn gesprochen haben; der Abmarsch an den Rhein sollte heute von statten gehen. Podewils läßt das Fräulein nur unwillig vor. Den Obristen habe er nicht gesehen, von einer Schlägerei im Schloß wisse er nichts. Von Ungewißheit und Angst getrieben eilt Eleonore zurück und bittet fußfällig, die Prinzessin möge ihr den Abschied geben, damit das Unglück sie nicht auch noch begrabe. Da die Prinzessin jammert und fleht, man werde sie um so eher für schuldig halten, läßt Eleonore sich erweichen, worauf die Frauen sich schwören, niemals zuzugeben, daß Königsmarck nachts bei der Prinzessin gewesen ist.

Am nächsten Tag stiehlt die treue Dienerin sich wieder in die Stadt. Sie warnt Schwager Metzsch, über den in den letzten Jahren ein Teil der Briefe gelaufen ist. Metzsch geht sofort zu Hildebrand. Dieser hat von den Briefen noch nie gehört. Rüdiger weiß Bescheid, findet sie in der Schlafkammer des Grafen, verpackt sie und schickt sie mit Boten an eine Vertrauensperson in Celle. Hildebrand sucht unterdessen Podewils auf. Der Feldmarschall beruhigt den Sekretär, der Graf werde sich wohl wiederfinden und sollte man seines Ausbleibens halber keinen *Bruit* machen, insonderheit das Gesinde zum Stillschweigen anhalten. Vier Tage später zeigt Hildebrand dem Feldmarschall das Verschwinden seines Herrn offiziell an. An Maria Aurora schreibt er nach Hamburg:

»Madame! In einzig unglücklicher Lage sehe ich mich genötigt, Ihnen zuvörderst eine traurige Nachricht mitzuteilen: Ich weiß nicht, was aus dem Herrn Grafen, Ihrem geliebten Bruder, geworden ist. Er ging nach der Aussage seines Kammerdieners am Sonntagabend nach zehn Uhr ganz allein aus seiner Wohnung, ohne bis jetzt zurückzukehren, und versetzte mich in die größten Sorgen, in die lebhafteste Unruhe, die ein Sterblicher haben kann. Es zerreißt mir das Herz, daß ich ihn in Ungewißheit über sein Schicksal verlor. Ich weiß nicht, ob eine grausame, verräterische Hand, geheim, auf welsche Weise durch einige Dolchstiche ihn mir geraubt oder welches bejammernswerte Los ihn getroffen hat. Ich möchte immer umherlaufen, ihn zu suchen; aber ich weiß nicht, wohin ich mich wenden soll oder welche Schritte ich wagen darf, um den Beteiligten nicht zu schaden. Folge ich meinen Gedanken und lasse ich meinem Verdacht freien Lauf, so finde ich den Grafen nicht lebendig. Keine Überlegung führt aus diesem Labyrinth hinaus. Ich lege den Finger auf den Mund und überlasse es dem Höchsten, ein Rätsel zu lösen, das mich mit Schrecken erfüllt.«

* * *

Der Herzog von Celle ist wie erschlagen, als Bernstorff ihm die Abschriften der aufgefangenen Briefe vorlegt. Widerstandslos willigt er in die Scheidung und in alle Vorschläge ein, die ihm sein Premier in Absprache mit Platen unterbreitet. Danach soll jedes Wissen um den Verbleib Königsmarcks geleugnet, der Zusammenhang mit der anzubahnenden Ehetrennung der Kurprinzessin glatt bestritten, das Scheidungsverfahren nicht auf Ehebruch, sondern auf böswilliges Verlassen abgestellt werden.

Die hannoversche Regierung, durch Feldmarschall Podewils in aller Form vom Verschwinden des Obristen unterrichtet, schreitet nun auch nach außen zur Tat. Sie läßt die Räume der Prinzessin durchsuchen, wobei sich die vergessenen Briefe finden. Die Prinzessin und das Kammerfräulein werden unter Hausarrest gestellt; anschließend verhört man die Dienerschaft.

Am nächsten Tag durchsucht der Geheime Kriegssekretär Zachariae auch Königsmarcks Haus. Hildebrand muß einen Schlosser holen, der den Schreibtisch des Grafen öffnet; nach der Perquisition werden Zimmer und Haus versiegelt. Durch die Amtshandlung erfahren die Domestiken und in Windeseile die ganze Stadt, was Ungeheuerliches geschehen. Auf dem Schloß werden die Wachen verstärkt, mehrere Schildwachen ausgesetzt und der Durchgang über den Schloßhof zur Neustadt gesperrt.

Maria Aurora und ihre Schwester treffen aus Hamburg ein. Platen schlägt ihre Bitte um eine Audienz bei seiner Kurfürstlichen Durchlaucht rundheraus ab und weist die Schwestern außer Landes. In Celle bedeutet Bernstorff ihnen, ihre ungeduldige Reklamation werde, falls ihr Bruder überhaupt lebendig in der Hand der hannoverschen Regierung sei, nur zur Folge haben, daß dieselbe ihn nicht ausliefere. Die Schwestern wenden sich nun mit einem in den ehrerbietigsten Wendungen gehaltenen Gesuch an den Kurfürsten. Die Antwort ist mehr als unbefriedigend. Ernst August erklärt, er wisse nicht mehr von ihres Bruders Verlust, als was von seinen Dienern berichtet, demnach der Graf oft unbekannterweise ausgegangen sei, so auch diesmal, und müsse er also dahingestellt sein lassen, welche Resolution der Graf genommen und was für accidentia sich dabei begeben. In der festen Überzeugung, der Bruder befinde sich lebend in den Händen der hannoverschen Behörden – sein Horoskop sagt für 1694 eine große *Disgrâce* voraus, aus der er triumphierend hervorgehen werde – reist die Gräfin umgehend nach Dresden. August der Starke nimmt die schöne Frau mit offenen Armen auf und schickt den Generaladjutanten Banér an die Leine. Seinem Verlangen, den Grafen unverzüglich freizugeben, da dieser als kursächsischer Generalmajor zur Armee am Rhein beordert sei, begegnet man in Hannover mit dem unschuldigsten Nichtwissen. Ernst August läßt dem Gesandten übermitteln, er wolle dem Grafen Königsmarck seinen Abschied nicht vorenthalten, habe ihn aber nicht in seiner Gewalt. Banér fordert eine Untersuchung, drängt, droht und geht jedem der zahlreich umlaufenden Gerüchte nach. »Noch lebet der Graf«, berichtet er nach Dresden, »doch möchte es wohl nicht mehr lange währen.«

Auf dem Holzmarkt, wo man alle Zeitungen hört, erzählen sich die Leute, die Hexen von Dresden hätten Königsmarck weggeführt. Im Heer am Oberrhein spricht man davon, der Obrist sei abends zehn Uhr auf Befehl des Kurfürsten aus seinem Quartier geholt und auf dem Schloß massakriert, der Körper in die Kloake geworfen worden. Bei der Armee in Flandern kursiert, Königsmarcks Leiche sei mit drei Stichen als Folge eines Duells gefunden, doch hätten die Wunden mehr nach Partisanen- denn Duellwaffen ausgesehen. Nach der Version, die am Reichstag zu Regensburg umgeht, wurde er von vier Vermummten arretiert und dann über die Seite gebracht.

An allen europäischen Höfen wird von nichts anderem geredet als von Königsmarcks mysteriösem Verschwinden. In Versailles befragt König Ludwig bei jeder Tafel seine Schwägerin, was aus dem Grafen geworden. Die stets rede- und schreiblustige Liselotte von der Pfalz hat aber nur *On-dits* zu bieten, da ihre Tante in Hannover sich hütet, ein Journal davon zu machen, was in Hannover vorgegangen. Am besten ist wieder einmal Otto Mencken unterrichtet, Dänemarks Vertreter in Wolfenbüttel und bevorzugter Vertrauensmann Anton Ulrichs. In seinen Berichten nach Kopenhagen nennt er die Namen der Mittäter, den Ort, an dem die Leiche verschwand, und er weiß, daß der verlaufene Priester Montalban Königsmarcks Mörder ist. König Christian und König Ludwig, die sonst keine Gelegenheit auslassen, Hannover zu schaden, weisen ihre auswärtigen Vertreter jedoch an, kein politisches Kapital aus der Sache zu schlagen. Das Verschwinden des Grafen ist eine *affaire domestique* des Welfenhauses.

*   *   *

Am Donnerstag, den 12. Juli abends, wird die Knesebeck vom Spiel mit der Tochter der Prinzessin weg verhaftet. Im Verhör zeigt sich das Geheime Ratskollegium über das Liebesverhältnis *en détail* unterrichtet. Hat Königsmarck mit der Prinzessin nicht ehelich gelebt? Hat er nicht eine um die andere Nacht in ihrer Kammer verbracht? Hat das Fräulein ihn nicht versteckt und mit Essen versorgt? Platen sagt es der Knesebeck auf den Kopf zu, aber diese läßt sich nicht einschüchtern, lügt standhaft und präsentiert das beste Gewissen von der Welt. Freilich hätten Königsmarck und die Prinzessin sich geliebt und zwar von Jugend an, weshalb der Graf auch hannoversche Dienste gesucht habe, aber diese Liebe sei ehrlich gewesen.

»Mademoiselle Knesebeck, was tut Sie übel; Sie ist schlimm, schlimm«, bedrängt Vizekanzler Hugo das obstinate Fräulein. »Ich habe mir eingebildet, Sie wäre gut, aber nun sehe ich wohl, daß Sie ein schlimm Mensch ist.«

Da Ermahnungen nichts verfangen, halten die Minister ihr die beschlagnahmten Briefe vor.

»Ich habe der Kurprinzessin Befehl wider meinen Willen nachleben und einige Briefe bestellen müssen«, verteidigt sich das Kammerfräulein, »ohne zu wissen, was in ihnen war. Tausend Mal habe ich es ihr widerraten, deshalb auch drei- oder viermal meinen Abschied gefordert, aber sie hat mich nicht weglassen wollen, und durch Bitten und Tränen bin ich bei ihr geblieben.«

»Die nächsten Verhöre werden Sie sprechen machen«, droht Platen zum Schluß, »und die Festigkeit, die Sie blicken läßt, ebenso zu Schanden machen wie *la bonne mine,* die Sie zu Ihrem schlimmen Spiel aufsetzt!«

Bei der nächsten Einvernahme droht er wieder, man werde scharfe Mittel gebrauchen, sofern sie nicht freiwillig bekennt, den Grafen in die Kammer der Kurprinzessin geführt zu haben.

»Sie werden nicht wollen, daß ich sage, was nicht geschehen ist«, wehrt sich die Knesebeck. »Sie können mich sterben machen, aber nicht mein Gewissen mit einer vorsätzlichen Unwahrheit beflecken, noch auch meiner lieben, gnädigen Frau etwas aufbürden, daran sie unschuldig ist.«

»Hat Sie nicht Rattengift und Scheidewasser in Ihrer Kammer gehabt, das Sie Ihrer Kurprinzlichen Durchlaucht eingeben wollte?« fragt Vizekanzler Hugo. Eleonore schlägt ein höhnisches Lachen an. Ob die Herren nicht wüßten, daß auf den Kammern unter dem Dach viele Ratten seien? Sie brauchte nur den Lakaien Herbort zu fragen, der zum Dienst bei den Kammerjungfern bestellt sei; der habe das Gift auf ihren Befehl vor einem Jahr aus der Ratsapotheke geholt und mit Zucker und Mehl vermischt ausgestreut. Das Scheidewasser aber brauche sie zur Konservation ihres Teints, das Rezept dazu könne sie vorweisen.

Da die Minister aus dem Fräulein kein Geständnis herausbringen, macht man weiter kein Federlesen mit ihm und setzt es auf dem Amtshaus in Springe gefangen.

Auch Sophie Dorothea soll, so schnell es geht, aus Hannover entfernt und im Gebiet ihres Vaters festgesetzt werden. Das Amtshaus in Ahlden im Sumpf zwischen Aller und Leine erscheint für diesen Zweck hinlänglich abgeschieden. Zuvor geht eine Zirkularnote ins englische Feldlager, nach Wien, Regensburg, Stockholm, Den Haag, Berlin und Dresden, in der den welfischen Gesandten mitgeteilt wird, wie sie die Affäre darzustellen haben. Gleichzeitig ergeht die Weisung, jedes über den Grafen Königsmarck umlaufende Gerücht, sein Verschwinden hätte mit dem Rückzug der Kurprinzessin nach Ahlden zu tun, mit allen Mitteln zu unterdrücken.

Nachdem mit der cellischen Regierung der Grund für die Verbannung, auch Reiseroute, Geleit und Gepäck ausgehandelt sind, kann die Prinzessin endlich ihre Zimmer im Schloß, in denen sie alles an den Geliebten und sein vermutlich blutiges Ende erinnert, verlassen.

* * *

Der Himmel ist von dichten Wolken bedeckt. Ein grauer Landregen fällt, als Sophie Dorothea und ihr Train unter scharfer Bewachung in Ahlden, einem gottverlassenen Dorf inmitten von Mooren und einsamen Wäldern, ankommen. Das Amthaus liegt etwas abseits von den strohgedeckten Häusern. Zwei Wassergräben und ein Erdwall umgeben das anspruchslose Geviert aus Fachwerk und roten Ziegeln. Das Haupttor trägt als einzigen Schmuck das steinerne Wappen eines längst verstorbenen Herzogs von Celle, links von einer Pieta, rechts von einer Justitia flankiert.

Oberfalkenmeister de la Fortière, ein gemütlicher Spitzbauch, der mit der Aufsicht über den zu etablierenden kleinen Hofstaat betraut ist, hilft der Prinzessin aus dem Wagen. Er führt sie durch den Torbogen und das frischgetünchte Vestibül in das Obergeschoß des Nordflügels. Hier sind sechs Zimmer hergerichtet und bereits mit Möbeln, Teppichen und Spiegeln versehen. Konnte Sophie Dorothea es nicht erwarten, aus dem Leineschloß fortzukommen, erschrickt sie nun über die schiefen Dielen, die niedrigen Decken und den modrigen Geruch, der vom inneren Graben heraufsteigt. Mit zuckenden Schultern steht sie vor den regennassen Scheiben. Hinter dem Wall, zwischen Weidenbüschen und sumpfigen Wiesen, ist die Fahrstraße zu erkennen. Dort führt die Brücke über die Alte Leine und der Weg zurück in die Welt.

Madame de la Bressière, eine mütterlich-resolute Person, die ihr als erste Hofdame beigegeben ist, läßt die Prinzessin eine Weile gewähren. Schließlich mahnt sie, sich zu fassen, um ihr den Rest des Anwesens zu zeigen. Ihre Damen logieren unter dem Dach, die Domestiken parterre in der schattigen Feuchte von Wall und Graben. Hofmeister, Küche, Menagerie und Ställe verteilen sich auf die übrigen Gebäude um den Innenhof. Während des Rundgangs entnimmt Sophie Dorothea den Bemerkungen des Oberfalkenmeisters, daß seine Instruktion dahin lautet, sie und ihr Gefolge von der Außenwelt abzusperren, bis sie sich ihrer Pflicht gegenüber dem Kurprinzen wieder anbequemt.

Einige Tage nach ihrer Ankunft lassen die cellischen Räte Bernstorff und Bülow sich melden, um die Gefangene über ihre Lage zu unterrichten und ihr mitzuteilen, welches Verhalten man von ihr erwarte. Sie finden die Prinzessin in einem fast willenlosen Zustand. Nachdem sie aus der Betäubung erwachte, die der Katastrophennacht folgte, entlud sich der Schmerz über das vermutlich blutige Ende des Geliebten in wilden Tränenausbrüchen. Danach wechselten vergebliche Versuche, Genaueres über sein Schicksal zu erfahren, mit Zeiten tiefster Zerknirschung, in denen sie sich als die am Tod des Geliebten eigentlich Schuldige verdammte. Kurz vor ihrer Übersiedlung nach Ahlden faßte sie den Entschluß, allem zu entsagen und sich ganz in Gott zu ergeben.

Von Selbstanklage und Reue gemartert, stimmt sie, wie die cellischen Räte es verlangen, der Separation und dem Scheidungsgrund der böswilligen Verlassung zu, leugnet aber mit Bestimmtheit, mit Königsmarck *au crime* gekommen zu sein. In ihrer Zerknirschung bittet sie den Vater um Vergebung und setzt großes Vertrauen in des Schwiegervaters Generosität.

»Ich muß es als eine Glückseligkeit ansehen«, erklärt sie, das Taschentuch an den Augen, »daß Gott mich durch dieses Malheur von der Welt, der ich vormals ganz ergeben war, abzieht; denn er will mir Gelegenheit geben, ganz an ihn und mein Heil zu denken. *J'espère d'être un exemple de piété, comme je l'avais esté de scandale.*«

Zufrieden nimmt Bernstorff die Selbstbezichtigung zur Kenntnis. Diese Dame wird keine Schwierigkeiten mehr machen.

* * *

Es ist Anfang August, als sich Ernst August und Georg Wilhelm bei brütender Hitze und einer Unmenge Fliegen im Posthof von Burgdorf bei Hannover treffen. In freundbrüderlicher Liebe vereinbaren sie den modus procedendi für die Scheidung. In seinem verletzten Stolz heißt der Herzog von Celle alles gut, was Hannover vorschlägt, auch die lebenslange Einschließung seiner Tochter nach geschehener Separation. Das Interesse des Hauses Braunschweig-Lüneburg, betonen Bernstorff und Platen abwechselnd, erheische die völlige und dauernde Verwahrung. Nur finanziell läßt sich Georg Wilhelm nicht lumpen: ab ihrem vierzigsten Lebensjahr, wenn ihr die *Folien* aus dem Kopf sind, setzt er der Tochter ein Jahrgeld von 18 000 Talern aus.

Für den Prozeß wird Sophie Dorothea von Ahlden auf hannoverschen Boden in die Wasserburg Lauenau am Deister überführt. Das Ehegericht, vier Geistliche und vier Juristen, konstituiert sich unter dem Vorsitz des alten Geheimrats von dem Bussche, der auch das Vertrauen der Prinzessin besitzt. Die Anklageschrift wird zugestellt und Hofrat Thies, ein unscheinbarer, aber redlicher Mann, zu ihrer Verteidigung bestellt. Die Prinzessin läßt die Richter durch ihn wissen, bei der schon zuvor abgegebenen Resolution zu verbleiben und ihrem Ehegemahl, dem Herrn Kurprinzen

Liebden, nimmer ehelich hinwieder beiwohnen zu wollen; sie verlange daher nichts mehr, als daß die Ehescheidung fordersamst erfolgen möge. Das Ehegericht beruhigt sich mit dieser Deklaration jedoch nicht. Namentlich die Geistlichen halten es für ihre Pflicht, eine Aussöhnung zu versuchen.

In Hannover herrscht daraufhin helle Aufregung. Die Geistlichen könnten, so befürchtet man, die Eheverfehlungen des Kurprinzen in die Waagschale werfen, um die Prinzessin von ihrem Wunsch, geschieden zu werden, abzubringen. Überdies strebt inzwischen auch der Herzog von Celle Erleichterungen für seine Tochter an; eine Trennung von Tisch und Bett müsse genügen.

Nach endlosem Hin und Her schreitet am 30. November eine Deputation des Gerichts zur mündlichen Einvernahme der Prinzessin. Diese wurde zuvor von Bernstorff genauestens instruiert, obwohl ein Sinneswandel gar nicht zu fürchten steht. Der bloße Gedanke, zu Georg Ludwig zurückzukehren, erfüllt Sophie Dorothea mit Schrecken.

Dem Geheimen Kammerrat von dem Bussche, ein im Dienst des Landes ergrauter Junggeselle, der vor Zeiten Oberhofmeister der Prinzen war, zittert die Stimme, als er den Versöhnungsversuch eröffnet; wie man sich im Ehegericht habe erschrocken, daß Ihre Durchlaucht nicht könne noch wolle ihrem durchlauchtigsten Herrn Gemahl wieder ehelich beiwohnen, sonderlich da sie hierzu nicht die geringste Ursache angeführt. Der Kammerrat hat bereits manchen betrüblichen Wechselfall in der kurfürstlichen Familie erlebt, die Verstoßung des Prinzen Friedrich August, die Verschwörung und Unterwerfung des Prinzen Max, aber nichts hat ihm so ans Herz gegriffen, wie diese undankbare Verrichtung an dem armen Menschenkind, das kalkweiß, mit abweisender Miene vor ihm sitzt. Er weiß, wie der Abt Molanus und Hofrat Thies, die ihn begleiten, daß die Regierung in Hannover keine Versöhnung will. Wenn die Prinzessin dem Gericht nicht selbst die Mittel an die Hand gibt, ihr beizustehen, ist sie schon jetzt eine Verstoßene.

»Es wissen Ihro Durchlaucht, was für eine hochwichtige Sache dies ist, wovon viel Unheil im Lande entstehen, Ihrer Eltern Vergnügen und Freude auf einmal erlöschen und Ihr eigenes Renommé im ganzen Reich Not leiden kann«, beginnt von dem Bussche. »Bedenken Sie auch, in welcher Hoheit und Vergnügen Sie gelebt und ferner zu leben vermöchten, wenn Sie nach unserem Wunsch zu Ihrem Ehegemahl sich wieder kehren und demselben hinkünftig ehelich beiwohnen.«

Sophie Dorothea nimmt die Erklärung des alten Rats gefaßt entgegen. Aus der Zerknirschung, die sie noch bis in den Herbst unter das Rad nahm, ist der feste Entschluß geworden, sich zurückzuziehen. Sie läßt durch Lefman Berens bereits ihre Staatskleider zum Kauf anbieten. Bei dem Gedanken, Georg Ludwig wieder zu Willen sein zu müssen, schaudert es sie; undenkbar, überhaupt jemals wieder einem anderen Mann anzugehören. Die Vorstellung, aus Ahlden bis zu ihrem Tode nicht mehr herauszukommen, kann ihre Jugend, die auf gnädige Behandlung rechnet, nicht fassen. Jede andere klug vorausschauende Resolution ist aus der Welt.

»Unsere beständige Meinung ist, nicht wieder zu Unserem Gemahl zu gehen«, antwortet sie daher. »Da Wir Uns der Providenz Gottes ergeben, so wollen Wir auch künftig alles Glück oder Unglück von ihm erfahren.«

»Da Ihro Durchlaucht Gottes Wort so reiflich erwägen, so könnten Ihr wohl einige Ursachen hieraus und aus Ihrem Gewissen vorgehalten werden, daß Sie sich doch eines Besseres zu bedenken belieben möchte«, repliziert der Kammerrat, bevor er den Fortgang der Verhandlung dem Abt übergibt. Insgeheim hofft er, Molanus werde die Prinzessin veranlassen, die Eheverfehlungen des Kurprinzen zu erwähnen. Er selbst wagt es nicht, obwohl eine Widerklage nicht nur Aufschub des Urteils, sondern auch Rettung bringen könnte.

»Keinem Menschen ist erlaubt«, sagt der Abt, »sich von seinem Ehegemahl zu scheiden. Gott allein hat sich dieses vorbehalten, und wenn einer es eigenmächtig unternimmt, so hebt er Gottes Ordnung auf, fällt ihm ins Amt und zieht seine Ungnade unfehlbar auf sich, woraus Ihro Durchlaucht von selbsten sehen, in welch gefährlichem Zustand Sie stecken, und wie schwer Ihnen die Gnade Gottes fallen wird. Denn für einen solchen, der sich Gottes Ordnung widersetzt, kann ja keine Gnade sein.«

Molanus denkt nicht daran, der Prinzessin eine Brücke zu bauen. Gegen das Mätressenwesen der Fürsten anzugehen, hat er längst aufgegeben. In Hannover erscheint es ihm sogar wie ein heilsamer Bestandteil des Staatswesens. Daß er sich dennoch nicht wohl fühlt in seiner Haut, schiebt er auf das melancholische Gepräge der Landschaft, das sich ihm während der Herfahrt aufs Gemüt legte, auf den tief hängenden Himmel, auf Nebel und Nässe, die über den Niederungen kleben.

Da die geistliche Drohung nicht verfängt, führt er die mütterliche Pflicht der Prinzessin gegen ihre Kinder ins Feld, welche sich bei herankommenden Jahren über die Mutter betrüben, wohl gar ärgern werden. Da auch dies ohne Wirkung bleibt, fragt der Abt, ob Ihre Durchlaucht, die eine junge Prinzessin sei und nach Gottes Willen noch viele Jahre leben könne, reiflich erwogen, sich keine Hoffnung machen zu dürfen, so lange der unschuldige Teil lebe, wieder zu heiraten, weil das Verbot, sich mit einem Manne hinkünftig zu vereinigen, unfehlbar Ihro Gnaden Strafe sein werde.

Sophie Dorothea sitzt immer noch aufrecht und unbewegt. Was der Abt ihr vor Augen führt, hat sie mit Casauçau, dem ihr beigegebenen reformierten Priester, längst durchgenommen und sich entschieden.

»Ihre Raisons sind stattlich und die Strafe hart. Wir wollen sie aber gerne von der Hand des Herrn annehmen, weil sie Unserer Seele guttut. Die Sache ist in Unserem Gewissen genug überlegt. Daher wissen Wir wohl, daß Wir die Unglücklichste sein werden und den größten Schaden leiden. Es ist aber besser für Unsere

Seele, daß Wir allein bleiben, maßen Wir die Welt zu viel geliebt, nun aber Gott uns davon abzieht.«

»Es ist noch Zeit, allem Unheil zu entgehen«, beschwört Molanus die Prinzessin zum dritten Mal, »indem Sie sich die Augen nicht selbst verblenden und sich einbilden, kein Unrecht zu tun und bei Gott nicht aus Gnaden zu fallen. Es sind die Verführungen des Fleisches oder menschlicher Hochmut, welche uns schändlich betrügen. Gott richtet nicht, wie wir Menschen uns einbilden, sondern wie er sein Recht und Wissen offenbart.«

Sophie Dorothea antwortet wie zuvor: »Wir haben bereits so viel überlegt, daß es keines Überlegens mehr nötig hat.«

Hofrat Thies wundert sich, warum der geistliche Herr nicht einfach fragt, ob vielleicht der Kurprinz einigen Anlaß gab, sich von ihm abzuwenden. Dies wäre das einfachste Mittel, der Sache auf den Grund zu gehen. Da er selbst es sich am wenigsten leisten kann, den Ankläger seiner weltlichen Herren zu machen, erkundigt er sich lediglich, ob Ihro Durchlaucht noch etwas hinzuzufügen habe. Die Prinzessin bleibt dabei, sie befinde sich besser, wenn sie allein lebe, da sie Gott auf diese Weise recht dienen könne.

Dem Kammerrat drehen sich die Augen vor Müdigkeit, der Abt hält seine Pflicht für getan, Hofrat Thies beruhigt sich mit seinem Auftrag, nichts als die Ehescheidung zu betreiben. Die Deputation des Ehegerichts nimmt ihren Abschied.

Anfang Dezember fordert das Gericht Thiesen auf, seine Abschlußschrift einzureichen. Kurz zuvor ist der Herzog von Celle, nachdem die Herzogin ihn auf Knien anflehte, mit einem letzten Versuch hervorgetreten, das seiner Tochter zugedachte Urteil zu mildern, indem er sich gegen das Verbot der Wiederheirat auflehnt. Thies beginnt endlich, in Betreff der Fehltritte des Kurprinzen eine drohende Sprache zu führen. Die Richter erwägen schon, der Anregung aus Celle näher zu treten, als Herzog Georg Wilhelm wiederum den ehernen Bedenken Hannovers, die Erlaubnis zur Wiederverheiratung gefährde die mühsam gesicherte Vereinigung der Lande, erliegt.

Am 28. Dezember ergeht das Scheidungserkenntnis. Es gestattet dem Kurprinzen eine neue Heirat, der Prinzessin wird sie versagt.

Sophie Dorothea erhält das Urteil am letzten Tag des Jahres 1694. »Wir haben das Urteil wohl eingenommen«, schreibt sie an Hofrat Thies, »und resolviert, es dabei bewenden zu lassen. Mit Ihren Verrichtungen sind Wir in Gnaden zufrieden, daher Sie hinkünftig nichts weiter vornehmen und einbringen sollen und Wir Sie von aller Verantwortung frei und ledig erkennen.«

Nach dem Anerkenntnis wird die Prinzessin vom Hof des Vaters sowie aus dem Kurhaus verstoßen und ihr Name aus dem Kirchengebet getilgt. Bald darauf erfolgt ihre Überführung von Lauenau nach Ahlden, das sie bis zu ihrem Tod nicht mehr verlassen wird.

* * *

Am 3. Oktober 1694, nachmittags um 3 Uhr, schreitet der Geheime Kriegssekretär Zachariae im Beisein des Oberzahlkommissars Reinbold und des Notars Böhmer zur Entsiegelung von Königsmarcks Quartier auf der Osterstraße. Sekretär Hildebrand und Regimentsauditor Rüdiger sind nach Vorlage der Vollmachten von Fräulein Maria Aurora, ihrer Schwester und deren Ehemann Graf Lewenhaupt vorgeladen, um den Nachlaß in Empfang zu nehmen. Auch Lefman Berens ist erschienen, da in seinem Schuldbuch das Konto des Verschwundenen noch nicht glattgestellt ist.

Der Kriegssekretär entfernt die Siegel von den Zimmertüren; Rüdiger öffnet die Fenster, um den muffigen Geruch auszulüften. Hildebrand schaut währenddessen in das Kabinett im ersten Stock, wo er vor der Katastrophe die besten Sachen des Grafen zusammensetzen ließ. Alles steht und liegt noch, wie er es im Juli hinterließ. Wieder muß er zum Schlosser schicken, Zachariae will einen Schrank inspizieren, den er bei der ersten Durchsuchung übersah. Außer einigen Ordres Feldmarschall Podewils' wegen des Marsches an den Rhein und nach Flandern kommt nichts zum Vorschein. Wegen des Betrags, den Lefman Berens fordert, ist man sich schnell einig. Die stärkste Forderung beglich Graf Lewenhaupt, bevor er Hannover verlassen mußte: Sein Diener wurde bei dem Versuch ertappt, der Prinzessin in Lauenau einen Brief zuzuspielen. Den strittigen Rest von 500 Talern verspricht Hildebrand der Kriegskanzlei in Verwahrung zu geben, ebenso die unklare Schuld von 200 Talern wegen des Pfeifers bei dem gehabten Dragonerregiment des Grafen.

Da nun alles soweit seine Richtigkeit hat, verabschieden sich die Herren. Dem Sekretär und dem Regimentsauditeur bleibt noch die Aufgabe, die Effekten auf Wagen zu verladen und nach Braunschweig in die Verwahrung eines Treuhänders zu schaffen. Hildebrand zückt schon Schreibbrett und Feder, um die letzte Liste im Dienste der Königsmarcks aufzustellen, als Rüdiger ihm ein Glas unter die Nase hält.

»Ah, Kirschwasser. Wo kommt das jetzt her?«

Der Regimentsauditeur stellt die Flasche auf die Konsole unter dem silbergerahmten Spiegel im Flur und schwingt sich auf die Truhe an der gegenüberliegenden Wand.

»Erinnerst du dich an das Rebhuhnessen vor dem ratzeburgischen Marsch? ›*Ah, Eau de Cerise! Ah, mon cher Königsmarck!*‹ Davon muß die Buddel noch sein. Sie steckte in dat lütje Schapp inne Köök.«

Hildebrand erinnert sich; er war vorher bei Lefman Berens, um Geld für den Wein zu borgen.

»*Santé!*« sagt er bedrückt, »auch wenn es nichts hilft.«

»Unsen Eddelmann wol nich«, bemerkt Rüdiger grimmig, »de het nu wol de ewige Gesondheet.«

»Du glaubst, er kommt nicht mehr zum Vorschein?«

»Nee! Glövst du dat? De Groof hett sien Gräffnis in'n Meßfaalt.«

Hildebrand blickt verständnislos drein.

»Dat heet ›Misthaufen‹«, poltert Rüdiger. »Er liegt im Mist begraben! In der Kloake! *Tas de fumier!* Wo nüms rinpedden will, süs liggt een sülben drin!«

»Schhh, hör auf zu schreien!« Der Sekretär sieht sich ängstlich um. Im Juli und August konnte er keinen Schritt tun, ohne observiert zu werden; man wollte ihn sogar, bloß weil er zu den Leuten des Grafen gehörte, wie einen Übeltäter aus der Stadt weisen. Auf seinen Protest verblieb es bei der Drohung. Die Metzschen aber, Schwester der Knesebeck, wurde hinausgeworfen, und auch sonst ließ die Regierung, um den Rumor zu unterdrücken, allerlei Leute wegen ungebührlicher Plauderei am Kragen packen und vor die Tore schaffen. Ein Schneider aus der Neustadt wurde eine ganze Woche gefänglich gehalten, weil er gemutmaßt, der Graf säße schwer blessiert auf der Münze, wovon doch allerorts viel Sagens war.

»Würde die Regierung so zugreifen, wenn es nicht wahr wäre?« sagt Hildebrand aufgebracht. »Ich glaube, er lebt noch, doch hat niemand die Macht, ihn hervorzuholen, nicht einmal der Kurfürst von Sachsen. Der Oberst Banér geht dieser Tage nach Dresden zurück.«

»Banér? De is doch bloot dor, dat Aurora in Dresden dat roosige Spundlock updeit!« prustet Rüdiger los.

»Nein, der verhandelt nicht zum Schein«, erwidert Hildebrand. Er hat Banér gestern im »Weißen Schwan« getroffen hat. Banér fluchte auf die *cochons du gouvernement,* weil sie ihn mit diplomatischen Finessen abspeisten und seinem Herrn in Dresden drohten, wenn er sich nicht beruhige und seinen Gesandten endlich heimrufe, Truppen aus Brabant abzuziehen. »Daran siehst du, daß der Sachse einen *Point d'honneur* aus dem Verschwinden des Grafen macht.«

»Ik seh dadran«, der Regimentsauditeur greift wieder nach der Flasche, »dat de Mörders inne Regeerung sitten.«

»Gegen einen Backofen kann man das Maul nicht aufsperren«, zitiert Hildebrand Grotes Wahlspruch.

»Dat ist een veritables Malöör«, der Regimentsauditeur ist bereits ziemlich beduselt, »wi vermögen nix dagegen, Banér und sien puissanter Herr vermögen ok nix. Und so blifft de Mörderee ungerochen.«

Traurig betrachtet er den Rest vom *Eau de Cerise*. »Tja, und denn, wenn wi dat uthebben? Wat is denn?«

»Ich habe eine Bestallung im Dänischen beim Grafen Rantzau in Aussicht«, sagt der Sekretär, nimmt die Feder vom Ohr und macht sich an die Arbeit. Rüdiger sitzt breitbeinig auf der Kiste.

»Disse Swienhund«, murmelt er, »in'n Meßfaalt hebbt se em don!«

Er kippt den letzten Schluck hinter die Binde. Dann schmettert er die Flasche mit aller Kraft in den Spiegel.

Epilog oder wasgestalt sich dramatis personae von diesem Erdenrund verloren

Die Fürsprache Ernst Augusts verschafft Don Nicolo di Montalban noch im Herbst 1694 ein Archidiakonat an der Hofkirche in Mantua. Vor seiner Abreise schreibt ihm die Kammer zwei Darlehen in Höhe von 15 000 Talern gut, die sie auch gleich mit Zinsen bedient. Die Darlehen sind fingiert. Sie stellen den Gegenwert für das Blut- und Schweigegeld dar, welches dem Mörder nicht ausbezahlt wird. Falls er plaudert, hat die Regierung ihn zumindest pekuniär in der Hand. Von Don Nicolo ist jedoch schon bald nichts mehr zu befürchten. Im Februar 1695 wird er, mit der Mitra angetan, in Mantua zu Grabe getragen.

* * *

Oberkammerherr Wilken Klencke muß zwei Jahre später aus dieser Zeit scheiden. Im Juli 1697 wird er mit einem Express-Schwerttransport von 100 000 hannoverschen Rösseltalern zu August dem Starken nach Krakau abgefertigt. Das Geld ist ein Teil des mit Sachsen ausgehandelten Kaufpreises für Lauenburg, von August dringend benötigt, um die polnische Krone auf seinem Haupt zu befestigen. Klencke wohnt der Krönung bei, die er viel weniger prächtig findet als die Verleihung des Kurhuts anno '92. Kurz danach befällt ihn ein Fieber, von dem er sich nicht wieder erholt. Da die Polen sich bei der Abführung des einbalsamierten Leichnams diffizil zeigen, bringen Klenckes Leute ihn in der Bagage versteckt über die Grenze. Die Beisetzung auf Schloß Hämelschenburg erfolgt mit allen Solennitäten. Ob Klencke, der ein guter Katholik war, sich ein Gewissen daraus machte, daß er mithalf, den Obristen über die Seite zu schaffen, weiß man nicht. In seinen nachgelassenen Papieren findet sich darüber nichts.

* * *

Ernst Augusts letzte Krankheit kündigt sich mit einem Schlagfluß und unausgesetztem Erbrechen im Karneval des Jahres 1696 an. Von einer Badekur nach Wiesbaden kommt er kränker zurück, als er bei seiner Abreise war. Schon nach wenigen Schritten befällt ihn beim Reiten der Schwindel. Um wenigstens noch von der Kalesche aus jagen zu können, läßt er in Linsburg einen Tiergarten mit sternförmigen Wegen anlegen, erleidet aber schon beim nächsten Mondwechsel zwei weitere schwere Zufälle, die ihn an den Rand des Todes bringen. In düstere Melancholie versunken, bewegt er *ni pied ni patte* und muß auch im Zimmer getragen werden. Conerding, La Rose und den medizinischen Kapazitäten aus Helmstedt, Amsterdam und Lübeck bleibt nichts mehr übrig, als die Erschöpfung der Nervenkräfte zu konstatieren. Da die ärztliche Kunst versagt, holt man Schwarmgeister und Scharlatane an das Krankenlager. Witwe Grote, auch schon *à deux doigts à la mort,* schwört auf den Goldschmied du Nort aus Braunschweig. Bevor der Kurfürst Sonnenbalsam und Korallentinktur einnimmt, verabreicht man die teuren Latwergen an arme Leute. Die Gräfin Platen und ihre Tochter, die die Medizin ebenfalls versuchen, befinden sich sehr übel danach; Witwe Grote stirbt nun doch. Trotzdem probiert der Kurfürst die Mittel, denn er ist matter denn je.

»Ich habe die Geduld verloren, all die Scharlatanerie anzusehen«, klagt die Kurfürstin, »du Nort seine Droppen haben gar nicht geholfen.« Tag für Tag sitzt sie bei dem ganz apathisch Gewordenen in der Kammer; Monsieur Galli liest aus den Zeitungen vor. Nimmt der Kurfürst noch wahr, was der Hofmeister sagt? Nach einem weiteren schweren Accident im Oktober 1697 ist die rechte Hälfte des Körpers gelähmt, die Sprache fast ganz verloren, auch sieht das linke Auge nichts mehr. Die Wintersonnenwende bringt keine Besserung. Am Nachmittag des 22. Januar befällt den maroden Körper ein starkes Schütteln und Zittern. Gegen Mitternacht ist auch das vorbei. Hannovers erster Kurfürst stirbt am 23. Januar 1698. Die Obduktion ergibt eine ungewöhnliche Ausweitung der Speiseröhre bei gleichzeitiger Verengung des Magenpförtners. »Vun de Povertät kümmt dat nich«, bemerkt der Badergeselle, der dem Leibchirurgen zur Hand geht. Im März hallt die Stadt von Geschützdonner und Glockengetöse wider. In der Schloßkirche versammelt sich die Trauergemeinde. Neben dem Sarg sind die Insignien der welt- und geistlichen Macht, Kurhut und Herzogskrone, Hoheitsschwert und Bischofsstab, aufgestellt. Hofprediger Erythropel zeichnet das eigentliche Bild eines vortrefflichen Regenten nach. Bei dem Lied »Nun lasset uns den Leib begraben« tragen 16 Oberste den Sarg im Fackelschein zur Gruft unter dem Chor hinunter. La Rose öffnet den Totenschrein ein letztes Mal und legt den kurfürstlichen Körper zurecht. Am späten Abend wird die Tür des Grabgewölbes geschlossen und der Schlüssel dem Hofprediger übergeben.

* * *

Mit dem Tod des Kurfürsten sinkt auch der Stern der *grande Pantocrâte*. Wie ihr fürstlicher Amant erkrankt sie an Störungen der Durchblutung, erleidet Schlaganfälle und ist doch erst 52 Jahre alt. Der wahre Grund ihrer Krankheit aber ist, außer *Faveur* zu sein. Das Geld fließt nicht mehr wie früher, niemand zahlt mehr die Kutschen für eine Badereise. Auch sonst hat das Glück sie verlassen: Ihre Tochter wird von einem unbedeutenden Kavalier geschwängert; der Sohn tut sich als Vollsäufer hervor und verspielt sein Geld. An Sauerbrunnen könnte Klara Elisabeth das große Faß in Heidelberg austrinken und würde doch nicht kuriert. Kurfürstin Sophie, ihre Tochter in Berlin und Madame in Versailles verfolgen den Verfall der *grosse Dongdong* mit behaglicher Médisance. »Die Gräfin Platen hat Herzensängste und Konvulsionen, denn sie hat einen Schlag erlitten«, schreibt Sophie im Februar 1699, »der linke Arm und die Hand sind lahm; das rechte Aug' und der Mund ganz verzogen. Man läßt sie zur Ader und setzt spanische Fliegen an, welches ihr das Leben noch einmal rettet, auch den Verstand wieder bringt. Sie ist sehr unruhig, küßte mir die Hand, weinte sehr. Seit einem Jahr habe ich sie nicht gesehen. Nun gehe ich alle Tag aus Mitleiden hin.« Das Elend dauert noch ein weiteres Jahr. Am 1. Februar 1700 hat die Gräfin Platen endlich einen sanften Tod. In der Leichenpredigt erwähnt Oberhofprediger Erythropel vom Lebensweg der Verblichenen nur das Allernötigste; um so ausführlicher schildert er die Höllenqualen ihrer Krankheit, die ihr doch noch ein Anrecht auf einen Platz im Himmel erkaufen.

* * *

1705 kommt die Reihe an Herzog Georg Wilhelm, das Feld zu räumen. Der 82jährige ist bis zuletzt rüstig, reitet zur Jagd und fällt vom Pferd, ohne Schaden zu nehmen. Da der Tod eine Ursache haben will, schickt er dem Herzog zur letzten Hühnerjagd eine Erkältung. Zwei Wochen lang liegt Georg Wilhelm bei qualvoller Harnverhaltung in seinem Jagdhaus beim Kloster Wienhausen auf dem Siechbett. Als nun am 28. August das Ende naht, verlangt er das heilige Abendmahl, will danach niemanden mehr sehen als seine Gemahlin und den Pastor. Er verscheidet am selbigen Tag mit großer Ergebenheit und wird in der Familiengruft unter der cellischen Stadtkirche beigesetzt. Mit seinem Ableben fallen seine sämtlichen Lande an Hannover.

In seinem Testament bestimmte er der freundlich geliebten Tochter, außer den ihr schon früher vermachten Geldern und Renten, die Möbel des Schlosses in Celle – ein letztes Zeichen der unvermögenden Vaterliebe, denn Georg Wilhelm hat seine Tochter nicht wiedergesehen. Im Jahre 1702 erklärte er Georg Ludwig sein Einverständnis, auch nach seinem Ableben solle sie von der Außenwelt abgesperrt bleiben. Georg Ludwig versprach dafür, Sophie Dorothea nach dem Tode des Vaters nicht zu gravieren oder ihr sonst einiges Leid zufügen zu wollen. Ein Jahr später überkam den Herzog der dringende Wunsch, seinem Kind einige Konsolation zu gewähren und es zu diesem Zweck in Ahlden zu besuchen. Georg Ludwig stimmte widerstrebend zu. Bernstorff vereitelte jedoch jede Begegnung. Sein eiserner Wille beherrschte den Herzog bis zu dessen letztem Atemzug. Selbst an das Sterbelager des Vaters durfte die Tochter nicht kommen.

* * *

Eleonore von dem Knesebeck sitzt drei Jahre lang, ohne Prozeß und Urteil, auf dem Scharzfels, einer mittelalterlichen Felsenburg am Südrand des Harzes. Im Frühjahr und Herbst heult der Sturm um das hochgelegene Gemach, im Sommer zittert sie vor den am Rand des Gebirges entlangfahrenden Gewittern. Doch das Fräulein ist zäh, fest im Glauben und verzweifelt nicht. In der Nacht vom 24. auf den 25. Oktober 1697 seilt der Dachdecker Hans Veit Rentsch es von der Oberburg an den Fuß der Klippe ab. Schwager Metzsch und drei Mannspersonen nehmen das Fräulein in Empfang. Als der Mond aufgeht, sind sie abgeritten und kurz darauf über die Grenze. Die Burgwache findet am nächsten Tag nur noch die Racheverse, mit denen die bibelfeste Knesebeck die Wände ihres Gefängnisses von oben bis unten beschrieben hat. Von Braunschweig, wo Herzog Anton Ulrich vorläufig Schutz gewährt, schreibt Eleonore Bittbriefe, erhält auch durch die Herzogin von Celle eine einmalige Zahlung von 2000 Talern. 1710, nach dem Bankrott des Bankiers, dem sie ihre Barschaft anvertraute, klagt sie, zunehmend verbittert, unter Vorwürfen und Verwünschungen die Prinzessin der Undankbarkeit an und droht, hinfort nichts mehr zur Entschuldigung ihrer ehemaligen Herrin zu sagen. Nach

1712 verliert sich ihre Spur. Vermutlich hat sie 1717 mit 62 Jahren auf dem Gut ihres Schwagers das Zeitliche gesegnet.

*　*　*

»Diese Sache wird mich krank machen, ich werde sie nicht überleben«, ruft Kurfürstin Sophie bei der Lektüre eines Briefs der englischen Königin Anna. Tatsächlich übereilt der Tod sie zwei Tage später, am 8. Juni 1714. Sie stirbt beim Abendspaziergang in ihrem Garten, *sans médecin ni praître,* wie sie es sich immer gewünscht hat. Seit der Jahrhundertwende ist der Stuart-Enkelin die Stellung als Erbin Großbritanniens verbrieft. Obwohl sie vorgibt, mehr an das Himmelreich als an das von England zu denken, ist ihr letztes Lebensjahrzehnt von der Aussicht auf die englische Sukzession bestimmt. Bei Empfängen mit Diplomaten und auswärtigen Gästen muß Sophie zeremoniellen Aufwand treiben, der ihr widersteht und den sie genießt. Neun Wochen nach ihrem Tod trägt man Queen Anna zu Grabe. Sophies ältester Sohn wird König Georg I. von England.

*　*　*

Im November 1716 schließt Hofrat Leibniz, ohne seine Geschichte des Welfenhauses beendet zu haben, im Alter von 70 Jahren die Augen zur letzten Ruhe. Als der Hof nach London ging, blieb Leibniz zurück. Nicht einmal als Historiographen wollte Georg Ludwig ihn haben. Nach dem Tode Sophies vereinsamte er. Sein Ende war kümmerlich. Niemand gab dem Gelehrten das letzte Geleit. Sein Leben lang hatte er darüber geklagt, daß die Fürsten nicht genügend Aufhebens von ihm machten. Sein Grabstein auf dem Neustädter Friedhof trägt als einzige Inschrift: »Ossa Leibnitii«.

*　*　*

Den 5. Februar 1722 um halb elf vormittags nimmt Gott der Herr die Herzogin von Celle zu sich. Sie beschließt ihr irdisches Dasein in höchst christlicher Weise im 85. Lebensjahr. Nach der Ehescheidung Sophie Dorotheas erhielt sie die Erlaubnis, Ahlden zu besuchen. Alles andere, was sie zugunsten ihrer Tochter unternahm, scheiterte an der starren Haltung Georg Ludwigs und Bernstorffs. Als der Alternden die weiten Reisen von ihrem Witwensitz in Lüneburg quer durch die unwegsame Heide zu beschwerlich wurden, erwirkte sie von ihrem Schwiegersohn, in das leerstehende cellische Schloß zurückkehren zu dürfen. Ihre Besuche in Ahlden dehnten sich zunehmend aus. Fast blind, äußeren Genüssen entfremdet, ihren Reichtum an Verwandte und fromme Stiftungen, an Bediente und Dürftige verteilend, erwartete sie ihren Heimgang. In der Stadtkirche zu Celle wird sie an der Seite Georg Wilhelms in aller Stille beigesetzt.

* * *

Prinz Maximilian Wilhelm geht 1694 als kaiserlicher General nach Wien. Nach dem Tod des Vaters nimmt er den Widerstand gegen die Primogenitur wieder auf, seine Klage wird vom Reichshofrat jedoch abgewiesen. Unfähig, mit seiner Apanage auszukommen, muß er sich erneut unterwerfen, diesmal seinem Bruder, dem Kurfürsten Georg Ludwig, was ihn mehr und mehr auch der Mutter entfremdet. Unter dem Einfluß seines Regimentskaplans wird er katholisch. 1726 stirbt er an einem Schlagfluß. Den Rest seines Vermögens stiftet er einem Militär-Invalidenhaus; sein bestes Pferd bekommt Prinz Eugen.

* * *

Sophie Dorothea ist 28 Jahre, als man sie einsperrt und fortan wie eine Tote behandelt. Sie sieht weder ihren Vater noch ihre Kinder wieder. Ihre Gnadengesuche finden kein Gehör. Jeder Versuch auswärtiger Fürsten, sich zu ihren Gunsten ins Mittel zu schlagen, wird von der Regierung im Keim erstickt. Das Leben im Amtshaus Ahlden ist üppig, das Gefängnis vergoldet. Brillanten im Haar, von Reitern mit gezogenem Säbel begleitet, sehen die Dörfler die Gefangene ausfahren. Das Kabriolet kutschiert sie selbst und in so rasendem Tempo, daß die Wachen kaum folgen können. Aber nur eine Viertelmeile im Umkreis, gerade bis zum Büchtener Tor, ist ihr gestattet. Über die Jahre zermürbt sie die fast vollständige Abschließung von der Außenwelt. Am 3. September 1725 schreibt sie an Christian von Bar, ihren Güterintendanten: »Ich sehne die Freiheit so sehr herbei, daß ich keine Ruhe finde. Im Namen Gottes, holen Sie mich hier heraus oder ich sterbe. Ich ertrage dieses Ungemach nicht mehr.« Nachdem auch die letzte Hoffnung auf Begnadigung fehlschlägt, die von Bar mit Hilfe der Königin von Preußen, der Tochter der Gefangenen, zu erreichen sucht, erlischt ihr Lebenswille. Von ärztlicher Hilfe will sie nichts mehr wissen. Der Arzt, der sie im November 1726 ein letztes Mal aufsucht, findet sie ohne Bewußtsein und *sans espérance pour sa vie*. Man quält sie nicht länger, sondern läßt geschehen, daß sie allmählich aufhört zu leben.

* * *

Nach seiner Mithilfe an der Ermordung Königsmarcks verfolgt Philipp Adam von Eltz seine Laufbahn. 1702 wird er Geheimer Rat. Bei einem Besuch König Wilhlems von England in Celle erhält er vom Kurfürsten den Auftrag, den König gegen die Interventionen der Herzogin Eleonore zugunsten ihrer Tochter zu präparieren. König Wilhelm unternimmt daraufhin nichts. 1727 stirbt von Eltz als hannoverscher Minister.

* * *

Hans Christoph Stubenvol erhält 1698 seine Entlassung, als Georg Ludwig den aufgeblähten Hofstaat seines Vaters verkleinert. Mehr ist über ihn nicht bekannt.

* * *

Am 22. Juni 1727 beendet Georg Ludwig seines Lebens Lauf. Er tut, 67 Jahre alt, seinen letzten Atemzug in Osnabrück während einer Reise von London nach Hannover. Im Jahre 1708 erreichte er, was dem Vater nicht mehr gelang: die Perfektionierung der Neunten Kur. Der Gesandte Limbach hatte davon einen anstrengenden Tag, denn die Zeremonie währte von sieben Uhr morgens an. Mittags fuhr er in spanischer Gala sechsspännig vor den Reichstag; um halb acht abends wurde er feierlich zu seinem Sitz im Kurfürstenkolleg gebracht, wobei ihm der kurmainzische Vertreter vier Schritte entgegen kam. Das Ringen um das kurbraunschweigische Introduktionsnegotium war damit zu einem glücklichen Ende gediehen. Georg Ludwig durfte sich Herzog zu Braunschweig-Lüneburg, des Heiligen Römischen Reiches Erzschatzmeister und Kurfürst nennen. Als er nach London übersiedelte, folgte ihm Melusine von der Schulenburg. Auch als König von England hielt er an ihr fest wie sein Vater an der Platen. Bis auf seine alten Tage umgab ihn ein Harem von Frauen, der aus der *Côterie* der Platen hervorgegangen war. Seine Tochter Sophie Dorothea wurde Königin von Preußen; sein Sohn, der Bärentöter, folgte ihm als Georg II. auf den Thron. Er hat den Vater gehaßt.

* * *

Maria Aurora kann der Stärke und Perfektion des Kurfürsten von Sachsen nicht widerstehen. 1696 bringt sie in Goslar einen Sohn zur Welt. Moritz von Sachsen ist der letzte männliche Trieb am Stamm der schwedischen Königsmarcks. Ob seine Urenkelin

George Sand, geborene Aurore Dupin, wußte, daß Maria Aurora von Königsmarck ihre Vorfahrin war? Als Maria Aurora mit ihrem Sohn niederkommt, hat der Kurfürst schon die Gräfin Hierserle an ihre Stelle gelegt. Als sie ihm nach Krakau folgt, ist die Hieserle gegen Fatima eingetauscht, eine Türkin, die ihr Bruder als Kriegsbeute aus Ungarn mitbrachte, die sie taufen ließ und christlich verheiratete. Maria Aurora hält sich trotzdem weiter zum Hofe Augusts, folgt seinen Kriegszügen und versucht sich in diplomatischen Missionen; hier findet sie ihren Rahmen. Das Verschwinden des Bruders hat sie lange nicht ruhen lassen. Noch im Jahre 1701 forscht eine Vertraute für sie nach, wer der rätselhafte Gefangene ist, der eines Abends durch Amelinghausen geführt und von der Tochter des Amtsvogts mit einer Milchsuppe gelabt wird. Das Erlöschen der letzten Hoffnung faßt sie in ein Gedicht:

> *Belle ombre, hélas, qu'exiges-tu de moi?*
> *Je veux te suivre au tombeau sans effroi.*
> *Ta sœur, qui n'a pu te défendre,*
> *demande à mourir avec toi.*

Sie lebt noch eine ganze Weile. Als Flucht- und Versorgungsort dient ihr das Reichsstift Quedlinburg, dessen Koadjutorin sie wird. Hier stirbt sie, hoch verschuldet, nach ruhelosen Reisen durch Nordeuropa mit 66 Jahren an einer Herzkrankheit. Kurz vor ihrem Hintritt am 16. Februar 1728 schreibt sie: »Stunden verwunden; die letzte tötet und heilt.«

Anhang

Personenverzeichnis

Anton Ulrich, Herzog von Braunschweig-Wolfenbüttel, 1633-1714; »Vetter Tönis«; Kopf der Prinzenverschwörung und Anführer der Fürstenopposition gegen die neunte Kur

Asfeld, Benoit Bidal Baron de; französischer Diplomat, Dragoneroberst, Unterhändler Ludwig XIV.

August der Starke, 1670-1733; Kurfürst von Sachsen 1694

Ballati, Aloisius Luigi, gest. 1696; italienischer Abt; Diplomat und Hofmann in hannoverschen Diensten

Berens, Elieser Lefmann, 1634-1714; Hoffaktor in Hannover

Bernstorff, Andreas Gottlieb Freiherr von, 1649-1726; cellischer Premierminister

Bielke, Niels, 1644-1716; schwedischer Graf und Feldmarschall; Gönner Königsmarcks

Blume, Heinrich Wilhelm; Sekretär bei Prinz Friedrich August, ab 1691 im Dienst des Herzogs Anton Ulrich

Bucco, Lukas de, † 1725; natürlicher Sohn des Herzogs Georg Wilhelm; Oberstallmeister in Celle

Bussche, Maria Katharina von dem, geb. Meysenbug, 1655-1723; jüngere Schwester der Platen; verheiratet mit dem Generalmajor Johann von dem Bussche, der 1693 bei Neerwinden fiel

Bussche, Albrecht Philipp von dem, gest. 1698; seit 1672 Erzieher und Oberhofmeister der Söhne Ernst Augusts, Geheimer Rat und Vertrauter der herzoglichen Familie; Vorsitzender des Ehegerichts,

Chauvet, Jeremias, um 1620-1699; cellischer Feldmarschall

Christian V., 1646-1699; Neffe Ernst Augusts; dänischer König, regierte ab 1670

Conerding, Brandan August, gest. 1707; Leibarzt in Hannover

Eleonore, Herzogin von Braunschweig-Lüneburg, geb. Desmier d'Olbreuse, 1639-1722; verheiratet mit Georg Wilhlem von Celle, Mutter Sophie Dorotheas; ihr Deckname in den Briefen: le Pédagogue

Eltz, Philipp Adam Freiherr von, geb. um 1668-1721; seit 1689 Hofkavalier Georg Ludwigs, seit 1692 Hofmeister seines Sohnes Georg August; Mittäter beim Mord an Königsmarck

Ernst August von Braunschweig-Lüneburg, 1629-1698; verheiratet mit Sophie von der Pfalz; Schwiegervater Sophie Dorotheas; 1661 Bischof von Osnabrück, 1679 Herzog von Hannover, 1692 Kurfürst

Erythropel, David Rupert, 1653-1732; Oberhofprediger in Hannover

Friedrich August von Braunschweig-Lüneburg, 1661-1690; zweiter Sohn Sophies und Ernst Augusts

Galli, Guiseppe Carlo, † 1709; Conte, Kammerherr, später Hofmarschall der Herzogin Sophie

Georg August von Braunschweig-Lüneburg, 1683-1760; Sohn Sophie Dorotheas und Georg Ludwigs; 1727 Georg II. König von England

Georg Ludwig von Braunschweig-Lüneburg, 1660-1727; Kurprinz von Hannover, ältester Sohn Ernst Augusts und Sophies, seit 1682 mit seiner Cousine Sophie Dorothea von Celle verheiratet, 1694/95 Scheidung; 1698 Kurfürst; 1714 König von England; sein Deckname in den Briefen: le Réformeur

Georg Wilhelm von Braunschweig-Lüneburg, 1624-1705; Bruder Ernst Augusts, verheiratet mit Eleonore d'Olbreuse, einziges Kind: Sophie Dorothea; Herzog von Celle, der letzte Heideherzog, regierte in Hannover von 1648 bis 1665, in Celle von 1665 bis 1705; sein Deckname in den Briefen: le Grondeur

Grote, Otto Reichsfreiherr zu Schauen, 1636-1693; Premierminister, Geheimer Rat und Kammerpräsident in Hannover

Harling, Anna Katharina von, geb. v. Offeln, 1624-1702; gen. »die Uffeln«; seit 1661 verheiratet mit dem Oberstallmeister Friedrich Christian von Harling; Oberhofmeisterin der Herzogin Sophie; betreute ihre Söhne bis zu deren sechstem Lebensjahr, Erzieherin ihrer Tochter Sophie Charlotte

Hattorf, Johann, um 1637-1715; Geheimer Kriegs- und Kammersekretär in Hannover, Kabinettschef Ernst Augusts; 1703 geadelt

Haxthausen, Anton Wulf von; dänischer Gesandter in Hannover und Berlin

Hildebrand, Georg Konrad; Sekretär Königsmarcks, zuvor Kanzlist bei der schwedischen Regierung in Stade; schon sein Großvater und sein Vater standen im Dienst der Familie Königsmarck; der Vater begleitete Königsmarcks Onkel Otto Wilhelm, der als venezianischer Feldmarschall den Peloponnes von den Türken befreite, bis vor Athen. Er erlebte die Beschießung des Pantheons mit, bei der der Tempel der Minerva, in dem die Türken ein Munitionslager eingerichtet hatten, zerstört wurde. Er stand dem Feldmarschall in seiner Sterbestunde bei, nachdem der Versuch, den letzten Stützpunkt der Türken in Negroponte auf Euböa zu erobern, fehlgeschlagen war und die in dem Belagerungskorps wütende Seuche auch den Feldmarschall dahinraffte. Der junge Hildebrand erwarb sich seine ersten Meriten um das Haus Königsmarck, indem er mit dem Grafen nach Venedig hinabreiste und verhinderte, daß bei der Überführung der Leiche des Feldmarschalls nach Stade ungetreue Diener ihre Hände in seine nachgelassenen Papiere und Gelder schlugen.

Hugo, Ludolf, 1630-1704; Vizekanzler, Leiter der Justizkanzlei und Geheimer Rat in Hannover

Ilten, Jobst Hermann von, 1650-1730; hannoverscher Staatsmann, General und Diplomat

Johann Friedrich, von Braunschweig-Lüneburg, 1625-1679; Bruder Georg Wilhelms und Ernst Augusts; katholisch ab 1651; regierte in Hannover 1665 bis 1679

Karl XI., König von Schweden; regierte von 1660-1697, betrieb die Domänenreduktion, um die von Königin Christine nach dem Ende des 30jährigen Krieges in wahlloser Freigebigkeit an den Adel verschenkten Krongüter wieder einzuziehen

Klencke, Wilken, gest. 1697; Katholik; Oberkammerherr und Diplomat Hannovers; Erbherr auf Hämelschenburg; Mittäter bei der Ermordung Königsmarcks

Knesebeck, Eleonore von dem, etwa 1655-1712 oder 1717; entstammt einer der angesehensten Familien des Lüneburger Uradels, als einzige von sechs Schwestern nicht verheiratet; Kammerfräulein der Kurprinzessin seit 1677; »la seule Confidente de l'intrigue«

Königsmarck, Hans Christopher, 1605-1663; Großvater von Philipp Christoph und Maria Aurora; schwedischer Feldmarschall im 30jährigen Krieg

Königsmarck, Karl Johann, 1659-1686; der ältere Bruder Königsmarcks

Königsmarck, Maria Aurora, geb. in Stade 1662, gest. 1728 in Quedlinburg, Schwester Königsmarcks; Voltaire nannte sie die interessanteste Frau zweier Jahrhunderte; sie zeugte mit August dem Starken den Marschall Moritz von Sachsen; ihre Nachfahrin war die Schriftstellerin Aurore Dupin, verheiratete Baronin Dudevant, genannt George Sand (geb. 1804)

Königsmarck, Philipp Christoph, geb. in Agathenburg 1665, 1694 in Hannover ermordet; Oberst in hannoverschen Diensten; der Geliebte der Kurprinzessin

Leibniz, Gottfried Wilhelm, 1656-1716; Philosoph, Gelehrter, Erfinder, Hofrat und Historiograph in Hannover; Freund der Herzogin Sophie

Leopold I., von Habsburg, 1640-1705; Kaiser seit 1658

Lescours, Armand de, † 1729; Obermarschall in Celle

Lewenhaupt, Karl Gustav Graf, † 1703; verheiratet mit Amalie Wilhelmine, der jüngeren Schwester Königsmarcks

Limbach, Johann Christoph; Geheimer Legationsrat und hannoverscher Diplomat

Liselotte, geb. Prinzessin von der Pfalz, 1652-1722; eigtl. Elisabeth Charlotte, Herzogin von Orléans; Lieblingsnichte der Herzogin Sophie; Schwägerin König Ludwig XIV.

Marenholtz, Asche Christoph Freiherr von, 1645-1713; Titular-Geheimrat und cellischer Diplomat, Publizist; Privatier auf Groß-Schwülper

Mauro, Hortensio, 1643-1714; Abt, Hofdichter und Librettist in Hannover

Maximilian Wilhelm, von Braunschweig-Lüneburg, 1666-1726; dritter Sohn Sophies und Ernst Augusts; Deckname in den Briefen: le Barbouilleur, der Sudler

Mencken, Otto; 1689 bis 1703; dänischer Diplomat an den Welfenhöfen

Metzsch, Hans Friedrich von, 1659-?; verheiratet mit Juliane Sibylle, Schwester der Knesebeck; sorgte für die Übermittlung der Briefe zwischen Königsmarck und der Prinzessin

Molanus, Gerard Wolter, 1633-1722; Abt zu Loccum und Generalsuperintendent der evangelisch-lutherischen Landeskirche Hannover

Moltke, Joachim von; Oberstleutnant, Adjutant des Prinzen Friedrich August; einer der Verschwörer gegen die Erstgeburtsordnung

Moltke, Otto Friedrich von, 1692 hingerichtet; verheiratet mit Maria Euphrosine, geb. Schärtlin von Burtenbach, hinterließ sieben Kinder; Oberjägermeister in Hannover, Drost auf dem Amt Salzderhelden; Verschwörer gegen die Erstgeburtsordnung

Montalban, Nicolo di, gest. 1695 in Mantua; italienischer Abbate, Hofkavalier in Hannover; Mörder Königsmarcks

Platen, Franz Ernst von, 1631-1709; mittelloser Sohn eines schwedischen Subalternoffiziers des 30jährigen Krieges; seit 1670 im Dienst Ernst Augusts; erwarb 1682 vom cellischen Hoffaktor Stechinelli das Postregal, das ihn reich machte; seit 1689 Reichsgraf; hannoverscher Oberhofmarschall und Premierminister

Platen, Klara Elisabeth von, geb. Meysenbug, 1648-1700; seit 1668 in Osnabrück als Kammerfräulein der Herzogin Sophie; 1673 Heirat mit Franz Ernst von Platen, Mätresse Ernst Augusts, 1675 Geburt einer mit dem Herzog gezeugten Tochter, die wie die legitime Tochter des Herzogs Sophie Charlotte genannt wurde

Podewils, Heinrich von, 1615-1696; hannoverscher Feldmarschall; diente im 30jährigen Krieg unter Bernhard v. Weimar, Ungarnfeldzug 1664, Generalleutnant unter Johann Friedrich von Hannover, Oberbefehlshaber des Heeres seit 1670, baute die hannoversche Armee nach französischem Vorbild auf

Rentsch, Hans Veit; Dachdecker, Ofensetzer und Büchsenschneider aus Herzberg am Harz

Rüdiger, Johann Adolf; Regimentsauditeur in Königsmarcks Diensten

Sacetot, Catharine de, geb. de la Chevallerie; Oberhofmeisterin in Hannover und Berlin

Schulenburg, Ehrengard Melusine von der, 1667-1747; Hoffräulein in Hannover; seit 1690 Mätresse und Lebensgefährtin Georg Ludwigs, die ihm im Verborgenen zwei Töchter gebar

Sophie von Braunschweig-Lüneburg, geb. Prinzessin von der Pfalz, 1630-1714; verheiratet mit Ernst August von Hannover, Schwiegermutter Sophie Dorotheas, Tochter des Winterkönigs Friedrich von der Pfalz, Enkelin des englischen Königs Jakob I.; Gönnerin und Freundin von Leibniz

Sophie Charlotte von Brandenburg, Kurfürstin, 1668-1705; Tochter der Herzogin Sophie, seit 1684 verheiratet mit Friedrich III.; 1701 Königin in Preußen; ihr Deckname in den Briefen: la Boule

Sophie Dorothea, 1666-1726; einzige Tochter des letzten Herzogs von Celle, Erb- und Kurprinzessin von Hannover, verheiratet mit Georg Ludwig von Hannover von 1682 bis 1694/95; »die Prinzessin von Ahlden«

Sophie Dorothea, 1687-1757; Tochter der »Prinzessin von Ahlden«; seit 1706 verheiratet mit Friedrich Wilhelm, König von Preußen

Steffani, Agostino 1654-1728; italienischer Priester; Diplomat, Sänger, Schauspieler, Komponist; als Kapellmeister von München nach Hannover berufen

Stubenvol, Johann Christoph von; hannoverscher Hofjunker; in erster Ehe verheiratet mit der natürlichen Tochter Ernst Augusts Laura di Montecalvo (Calenberg); Mittäter beim Mord an Königsmarck

Wilhelm von Oranien, 1650-1702; seit 1689 König von England; Führer der europäischen Allianz im Kampf gegen Ludwig XIV.

Verwandtschaftstafel der Prinzessin

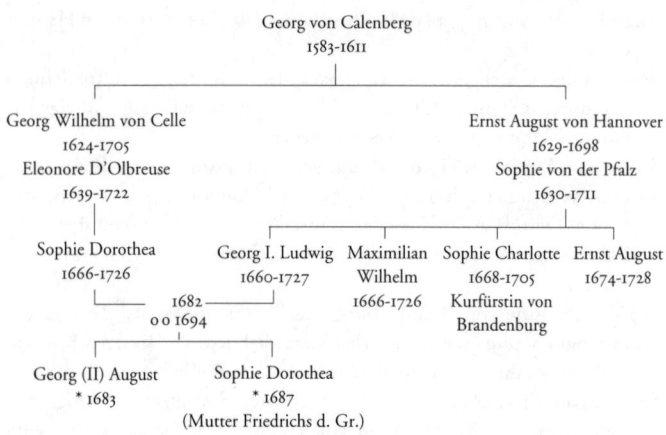

Verwandtschaftstafel Königsmarcks

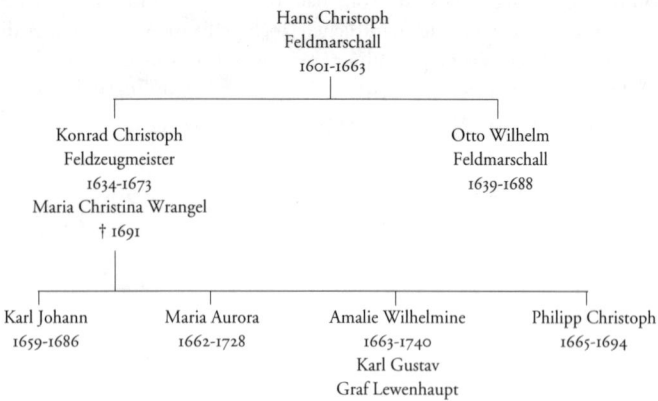

Inhalt

Das Fest
5

Der Brief
12

Die Verschwörung
49

Die Kurwürde
83

Der Heiratsvertrag
138

Der Mord
202

Epilog
244

Anhang
254

Personenverzeichnis
257

Verwandtschaftstafeln
262

Die Stiftung Niedersachsen und das Land Berlin haben die Arbeit an diesem Buch mit Stipendien unterstützt, wofür ich mich an dieser Stelle bedanke.

Ebenfalls zu danken habe ich dem niedersächsischen Landeshistoriker Georg Schnath (†), dessen Forschungsergebnissen der Roman im wesentlichen folgt.

Die Deutsche Bibliothek – CIP-Einheitsaufnahme

Westernhagen, Dörte von:

Und also lieb' ich mein Verderben :
Chronik aus dem 17. Jahrhundert / Dörte von Westernhagen. –
Göttingen : Wallstein Verl. 1997

ISBN 3-89244-246-0

© Wallstein Verlag 1997
Vom Verlag gesetzt aus der Adobe Garamond
Umschlaggestaltung: Basta Werbeagentur, Alexandra Brenner
Druck: Hubert & Co, Göttingen

ISBN 3-89244-246-0